Elizabeth Rolls

Die geerbte Braut

IMPRESSUM

Dieser Roman erscheint in der CORA Verlag GmbH & Co. KG,
20354 Hamburg, Valentinskamp 24

CORA

Redaktion und Verlag:
Brieffach 8500, 20350 Hamburg
Tel.: 040/600909-361
Fax: 040/600909-469

Geschäftsführung:	Thomas Beckmann
Redaktionsleitung:	Claudia Wuttke (v. i. S. d. P.)
Produktion:	Christel Borges
Grafik:	Deborah Kuschel (Art Director), Svenja Hahn
Vertrieb:	MIRA Taschenbuch, Schaafenstr. 25, 50676 Köln Telefon 01802-937637

Originaltitel: „The Dutiful Rake“
erschienen bei: Mills & Boon Ltd., London
Published by arrangement with HARLEQUIN ENTERPRISES II B.V./S.àr.l.
Deutsche Erstausgabe 2003 by CORA Verlag GmbH & Co. KG, Hamburg
Übersetzung: Roy Gottwald

Fotos: shutterstock

Satz und Druck: GGP Media GmbH, Pößneck
Printed in Germany

Aus Liebe zur Umwelt: Für CORA-Romanhefte wird ausschließlich 100% umweltfreundliches Papier mit einem hohen Anteil Altpapier verwendet.
Der Verkaufspreis dieses Bandes versteht sich einschließlich der gesetzlichen Mehrwertsteuer.

1. KAPITEL

Lady Hartleigh tanzte mit Marcus Langley, Earl of Rutherford, und ihre grünen Augen strahlten. Nicht einmal die kritischste von Almack's Patronessen hätte etwas an der Art, wie er Ihre Ladyschaft über das Parkett führte, auszusetzen vermocht.

Mehrere Damen warfen dem zwanglos plaudernden Paar verstohlene Blicke zu. Schließlich wollte niemand den Earl of Rutherford kränken, falls das Gerücht zutraf, dass er sich endlich zum Heiraten entschlossen hatte. Er galt als eine der besten Partien der Saison, und das lag nicht nur an seinem großen Vermögen und seinem Titel, der einer der ältesten und angesehensten im ganzen Land war. Er sah auch vorzüglich aus, war stets elegant gekleidet und außerdem sehr sportlich. Daher war es nicht verwunderlich, dass seit seiner Rückkehr aus dem Krieg vor einigen Jahren viele Damen versucht hatten, ihn für sich zu gewinnen. Bis jetzt hatte er jedoch alle diese Bemühungen ignoriert.

Er war fünfunddreißig Jahre alt und galt als eingefleischter Junggeselle. Niemand konnte sich erinnern, dass er je ausgeprägtes Interesse für eine heiratsfähige Dame bekundet hatte. Wenn er in der Stadt weilte, was ohnehin nur im Frühjahr der Fall war, zog er es vor, sich seinen Vergnügungen hinzugeben. Den Rest des Jahres verbrachte er auf seinen verschiedenen Landsitzen.

In London kursierten Gerüchte über ausschweifende Feste, die er auf seinen Besitzungen veranstaltete und an denen keine anständige Frau teilnahm. Ihm ging der Ruf voraus, ein großer Frauenheld zu sein, und so mancher Ehemann tat gut daran, ein Auge auf seine Gattin zu haben, wenn Lord Rutherford in der Nähe war. Zu seinen Ehren musste jedoch gesagt werden, dass er kein Gefallen daran fand, junge und naive Frauen zu verführen oder sich mit einer verheirateten Frau einzulassen, deren Gatte diese Affäre aller Wahrscheinlichkeit nach nicht widerspruchslos hinnehmen würde. Bei Witwen ließ er diese Rücksicht jedoch nicht walten.

Zyniker und Leute, die mit ihm bekannt waren, behaupteten, seine Zurückhaltung sei weniger auf ethische Grundsätze zurückzuführen, sondern eher auf ein ausgesprochenes Desinteresse an unerfahrenen Frauen und einen ausgeprägten

Sinn für Selbstschutz. Es hieß, er wolle sich keineswegs genötigt sehen, die Ehe mit einer Debütantin einzugehen.

Dennoch galt er trotz seines angegriffenen Rufs wegen des Titels, guten Aussehens und großen Reichtums in bestimmten Kreisen als vorzügliche Partie, sodass die Tatsache, ihn mit Lady Hartleigh tanzen zu sehen, einer ehrgeizigen Witwe, deren Leumund nicht der beste war, bereits genügte, um unter den Anwesenden Getuschel auszulösen.

Lady Diana Carlton, seine ältere Schwester, hatte sein Interesse an der hübschen Lady Hartleigh höchst missbilligend zur Kenntnis genommen.

„Ich frage mich, was er beabsichtigt", äußerte sie verstimmt. „Er hat doch hoffentlich nicht vor, diese Person zu heiraten!"

Jack Hamilton, sein bester Freund, enthielt sich eines Kommentars.

„Warum antwortest du nicht?", fuhr sie ärgerlich fort. „Du hast doch Einfluss auf ihn und weißt gewiss, mit welchen Absichten er sich trägt. Es gibt nicht viele Leute, die das von sich behaupten können."

Belustigt schaute Jack sie an und erwiderte: „Ich teile deinen Standpunkt nicht, Diana. Immerhin ist es dir und eurer Tante gelungen, Marcus zu bewegen, die Ehe in Betracht zu ziehen.

Das war doch eine erfolgreiche Beeinflussung."

Wütend sah Diana Jack an und entgegnete: „Du bist dir sehr wohl darüber im Klaren, dass weder Tante Regina noch ich je im Sinn hatten, er solle Lady Hartleigh heiraten."

„Ja, natürlich", bestätigte Jack trocken. „Und genau deshalb werde ich mich nicht zu diesem Thema äußern, es sei denn, er schneidet es mir gegenüber an. Sollte er mich um meine Meinung zu dieser möglichen Verbindung bitten, dann werde ich ihm sagen, was ich davon halte."

„Ich vermute, er kokettiert nur mit Lady Hartleigh, um uns zu ärgern", sagte Diana seufzend. „Weißt du zufällig, wie weit er bei ihr gehen will?"

Jack zog es vor, nicht auf die Frage einzugehen.

„Der Titel darf keinesfalls an Aubrey fallen. Aubrey ist nett, aber nicht imstande, die Verantwortung zu tragen. Außerdem legt er keinen Wert auf den Titel. Nein, mein Bruder muss endlich heiraten!"

„Das ist ihm klar", erwiderte Jack. „Er will jedoch nur eine Vernunftehe schließen, um einen Stammhalter zu bekommen. Ich nehme an, dass er gehofft hat, Aubrey werde sich als würdiger Erbe erweisen. Gewiss, euer Vetter ist honett, interessiert sich jedoch leider nur für seine Studien und seine Bücher. Ehrlich gesagt, Diana, an deiner Stelle würde ich Marcus selbst entscheiden lassen. Ich habe nur deshalb einigen Einfluss auf ihn, weil ich ihn nicht bevormunde. Also misch dich nicht ein. Er weiß, dass er heiraten muss, und das war ihm schon bewusst, ehe du und eure Tante so aufdringlich von ihm verlangt habt, er müsse die Erbfolge sichern."

„Tante Regina hat darauf beharrt, ihm das so drastisch vorzuhalten. Sie äußert sich stets sehr freimütig und ohne Umschweife."

„Nun, manchmal kann man damit übers Ziel hinausschießen", meinte Jack trocken.

„Du machst aus deinem Herzen keine Mördergrube", stellte Diana verdrossen fest und schaute ihn ungehalten an.

„Das dürfte der Grund dafür sein, dass ich noch ledig bin", meinte er schmunzelnd und schaute auf, als jemand sich hinzugesellte. „Nanu, was machst du hier, Toby?", fragte er dann verblüfft. „Du bist doch wahrlich kein leidenschaftlicher Tänzer."

„Mir graust allein bei dem Gedanken!", erwiderte Sir Toby Carlton, Dianas Gatte, und schüttelte sich übertrieben. „Ich finde es bereits anstrengend genug, Jack mit Lady Hartleigh tanzen zu sehen." Er warf einen Blick zu seinem Schwager hinüber und fuhr fort: „Ich hätte nicht erwartet, dass er mehr Interesse an ihr zeigt als an anderen Frauen, mit denen er in den letzten Jahren verkehrt hat. Im Gegenteil!"

„Gewiss", sagte Jack. „Wenn ich mich jedoch nicht täusche, dann liegt genau darin die Gefahr. Er will sich innerlich nicht binden."

Er schaute zum Freund hinüber, der die meisten anderen Männer um einen halben Kopf überragte, und furchte leicht die Stirn. Die Musik war soeben verklungen, und Marcus geleitete die hübsche Lady Hartleigh zu dem Salon, in dem die Getränke serviert wurden. Ebenso wenig wie Diana wollte er miterleben, dass sein Freund sich ausgerechnet mit Lady Hartleigh vermählte, die bereits seine Mätresse war.

Wenn beide sich von Herzen lieben würden, hätte er einen anderen Standpunkt vertreten, und er war überzeugt, dass auch Diana dann nicht mehr gegen diese Verbindung gewesen wäre. Ihm lag daran, dass Marcus eine Frau fand, der er wirklich zugetan war und die es vermochte, ihm die Unnahbarkeit zu nehmen, mit der er die meisten Menschen auf Distanz hielt. Das würde jedoch nicht der Fall sein, wenn der Freund eine Frau heiratete, die ihn bei der ersten Gelegenheit betrog. Ganz im Gegenteil.

„Auch das noch!", äußerte Diana verstimmt. „Lady Jersey kommt zu uns. Bestimmt will sie mit uns über Marcus reden."

Die Countess of Jersey blieb vor der kleinen Gruppe stehen und sagte lächelnd: „Guten Abend, Lady Diana, Sir Toby, Mr. Hamilton. Was verschafft uns die Ehre?“, wandte sie sich dann an Mr. Hamilton. „Sind auch Sie wie Ihr Freund auf der Suche nach einer geeigneten Ehefrau? Das wäre zu schön, um wahr zu sein!“

Nachdenklich schaute Jack Ihre Ladyschaft an und äußerte kühl: „Auf diese Frage erübrigt sich jede Antwort, Madam!“

Er konnte sich diese Zurechtweisung erlauben, weil er das Oberhaupt einer alten und ungemein reichen Familie war.

Lady Jersey zuckte mit den Schultern. „Oh, wie Sie meinen! Ich glaube, es steht niemandem zu, Rutherford etwas vorzuschreiben. Das würde ihn zweifellos nur in seinen Absichten bestätigen. Ich wünsche allerseits einen angenehmen Abend“, fügte sie hinzu und schlenderte weiter.

Sir Toby seufzte erleichtert. „Gott sei Dank, dass sie gegangen ist! Sie zu ertragen ist anstrengender, als einen Walzer zu tanzen!“

„Du bist unmöglich, Toby!“, sagte Diana kichernd. „Hoffentlich hat sie dich nicht gehört!“

„Und wenn schon!“, erwiderte er gleichmütig. „Falls Sie mich darauf ansprechen sollte, sage ich ihr einfach, ich würde mir lediglich meine Kräfte für später aufsparen.“

Lord Rutherford hatte Lady Hartleigh ein Glas Champagner geholt, betrachtete angelegentlich die versammelte Menschenmenge und überlegte, wann er gehen könne, ohne unhöflich zu wirken. Nachdem er das getan hatte, weswegen er gekommen war – die Klatschmäuler aufzuscheuchen und seiner Schwester einen boshaften Blick zuzuwerfen –, sah er keinen Grund mehr zum Bleiben.

Er bedachte Lady Hartleigh, die gemächlich ihr Glas leerte, mit einem abwägenden Blick und sagte sich, er könne sie kaum nach Haus begleiten. Selbst er würde zu weit gehen, wenn er das täte.

„Sehen wir uns in der nächsten Woche, Marcus?“, fragte sie betont gleichmütig, doch ihr Blick war sehr bedeutungsvoll.

Marcus wusste genau, was sie hören wollte. Sie wollte wissen, wann er wieder mit ihr zusammen sein würde. Er dachte einen Augenblick lang über die Antwort nach und sagte dann achselzuckend: „Ich muss morgen geschäftlich nach Yorkshire, Althea, und nehme an, dass ich in den nächsten drei Wochen dort sein werde. Es tut mir leid.“

„Drei Wochen?“, wiederholte sie enttäuscht. „Das ist eine Ewigkeit. Kann dein Verwalter nicht die Sache regeln?“ Es war offenkundig, dass Marcus’ Standpunkt, sich persönlich um die seine verschiedenen Güter betreffenden Probleme kümmern zu müssen, sie sehr verärgerte.

„Vermutlich nicht“, erwiderte Marcus kühl. In

seinen Augen war es nicht nacheifernswert, wie sein Vater die Besitzungen geleitet hatte. „Und in diesem Fall muss ich mir das Gut ansehen, weil ich es soeben erst geerbt und gehört habe, es sei in schlechtem Zustand.“

„Warum befasst du dich dann damit?“ Irritiert furchte Lady Hartleigh die Stirn. „Du könntest es doch gewinnbringend verkaufen.“

„Nein, das kann ich nicht.“

Marcus presste die Lippen zusammen, und Lady Hartleigh begriff sofort, dass sein Entschluss unumstößlich war. Nichts würde ihn dazu bringen, anderen Sinns zu werden. Also musste sie sich mit dem Unausweichlichen abfinden. Und wenn er drei Wochen lang enthaltsam gewesen war, würde er nach der Rückkehr bestimmt großes Verlangen nach ihr haben.

Sie redete sich nicht ein, dass ihm so viel an ihr gelegen war, um kein Interesse an anderen Frauen zu haben. Sie war jedoch davon überzeugt, dass er, wenn er geschäftlich zu tun hatte, wenig Zeit für Amouren haben würde. Falls es überhaupt in Yorkshire Frauen gab, die ihn in Versuchung führen konnten. Sie konnte sich nicht vorstellen, dass er sich für eine Frau vom Lande interessieren würde.

„Und wenn ich wieder hier bin, meine Liebe, werden wir uns über die Zukunft unterhalten müssen“, fuhr er fort und schaute leicht lächelnd

Althea an.

„Über die Zukunft?“ Sie hatte sich bemüht, nicht zu hoffnungsvoll zu klingen. Bislang war sie der Meinung gewesen, er zöge nicht in Betracht, sie zu heiraten. Aber vielleicht hatte er doch vor, sich mit ihr zu vermählen. Falls er sie wirklich zu seiner Gattin machte, war das ein Triumph für sie. Zufrieden schlug sie die Augen nieder.

„Ja, die Zukunft“, sagte er ruhig. „Ich rate dir also, meine Liebe, sehr vorsichtig zu sein!“

Sie richtete den Blick auf ihn und sah, dass in seinen Augen ein harter Ausdruck stand. Es war ihm nicht entgangen, dass er nicht der einzige Mann in ihrem Leben war. Sie würde Blaise entmutigen müssen, denn es war sinnlos, dass er sich noch weiter um sie bemühte, wenn Marcus tatsächlich vorhatte, sie zu heiraten. Sie war nicht so unbesonnen, sich auf ein gefährliches Doppelspiel einzulassen.

Sie hätte sich denken können, dass Marcus auf Blaise aufmerksam werden würde, denn schließlich hieß es von diesem, er habe die Angewohnheit, mit allen Mätressen des Earls zu schlafen. Blaise konnte warten. Althea war nicht willens, das Risiko einzugehen, Marcus zu verlieren, nur weil sie sich auf ein Abenteuer mit Blaise eingelassen hatte. Blaise würde sicher ebenso gern mit ihr ins Bett gehen, wenn sie die Countess of Rutherford war.

Um neun Uhr morgens verließ Lord Rutherford sein Haus. Er war sehr elegant gekleidet und trug als Schmuck nur einen Siegelring sowie eine Krawattennadel mit einer großen Perle. Derweil er zur Brook Street schlenderte, wo sein Freund wohnte, dachte er über seine Situation nach. Es gab keinen Zweifel daran, dass seine Absichten bekannt geworden waren. Am vergangenen Abend war er sehr von Frauen umschwärmt worden. Ältere Damen, die ihm bislang nur flüchtig Aufmerksamkeit geschenkt hatten, waren sehr bemüht gewesen, ihm ihre Töchter anzudienen.

Er lächelte zynisch. Im Allgemeinen warnten Mütter ihre jungen, unerfahrenen Töchter vor ihm. Er hatte ganz bewusst den Ruf genährt, ein Frauenheld zu sein, um sich davor zu schützen, von zimperlichen, einfältigen Debütantinnen belagert zu werden, die keine Ahnung davon hatten, wie man einem Mann Vergnügen bereitete.

In dieser Hinsicht wäre Althea die richtige Frau für ihn. Er schwelgte noch in Erinnerungen an ihr leidenschaftliches Verhalten, als der betagte Kammerdiener des Freundes ihn in den gemütlichen, wenngleich äußerst unordentlichen Raum bat, den Jack als Esszimmer benutzte.

„Lord Rutherford, Sir“, verkündete Fincham, ließ Seine Lordschaft eintreten und schloss dann hinter ihm die Tür.

„Guten Morgen, Marcus“, begrüßte Jack ihn

und lud ihn ein, sich zu setzen. „Was hat dich so zeitig zu mir geführt? Ist dein zahlreiches Personal nicht in der Lage, dir ein anständiges Frühstück vorzusetzen?“

Marcus schenkte sich Tee ein, streckte die Beine aus und schaute den frühstückenden Freund an. „Schieß los, Jack“, antwortete er schmunzelnd. „Was reden die Leute? Ich bin bereit, das Schlimmste zu hören.“

Jack versuchte, Zeit zu gewinnen. Verständnislosigkeit heuchelnd, sah er Marcus an und fragte erstaunt: „Über was sollen die Leute reden?“

Amüsiert zog Marcus eine Augenbraue hoch.

„Ach, du meinst deine Ehepläne. Nun, man ist allgemein der Ansicht, es sei höchste Zeit für dich zu begreifen, dass dein ständig die Nase in Bücher steckender Vetter sich nicht als dein Erbe eignet und auch nicht dein Nachfolger sein will.“

„Und Lady Hartleigh?“, erkundigte Marcus sich neugierig. „Was hatte meine liebe Schwester über sie zu sagen?“

„Sie ist nicht sehr von dem Gedanken angetan, du könntest Lady Hartleigh heiraten.“

Marcus schnaubte verächtlich. „Vielleicht ist ihr das eine Lehre, sich in Zukunft nicht mehr in die Angelegenheiten anderer Leute zu mischen. Von Tante Regina einmal ganz abgesehen!“

„Hm, das wäre durchaus denkbar“, meinte Jack ausdruckslos.

Marcus merkte, dass sein Freund dachte, in diesem Punkt sei er wohl zu optimistisch. „Also dann, heraus mit der Sprache“, erwiderte er seufzend. „Erspar mir nichts.“

„Willst du wirklich wissen, was ich denke?“, fragte Jack ernst. „Ich befürchte, du wirst mich für verrückt halten.“

„Das wäre dann nicht zum ersten Mal“, sagte Marcus trocken.

„Also gut.“ Jack atmete tief durch. „Ich denke, eine schlechtere Wahl als Lady Hartleigh könntest du nicht treffen. Das hätte ich natürlich nicht gesagt, wäre ich nicht von dir um meine Meinung gebeten worden. Willst du wirklich eine Frau heiraten, bei der man sicher sein kann, dass sie sich, wenn sie die Möglichkeit dazu hat, mit der Hälfte der in der Stadt lebenden Männer amüsiert?“

Marcus zuckte mit den Schultern. „Warum sollte ausgerechnet ich Anstoß daran nehmen?“, fragte er ironisch. „Schließlich amüsiere ich mich seit Jahren mit Frauen. Ich sehe keinen Grund, weshalb ich befremdet sein sollte, vorausgesetzt, sie schenkt mir einen Stammhalter oder mehr Söhne oder wird zumindest schwanger, ehe sie ein Verhältnis mit einem anderen Mann beginnt. Schließlich führen die meisten Frauen meines Bekanntenkreises sich so auf, und für mich war das immer sehr bequem. Im Übrigen habe ich nicht vor, wie ein Mönch zu leben, nur weil ich mich verheiratet habe. Ich fände es etwas kleinlich, meiner Frau nicht die gleichen Freiheiten zu gestatten."

„Um Himmels willen, Marcus!", äußerte Jack erschüttert. „Denk an deine Zukunft! Willst du wirklich bis ans Ende deiner Tage an Lady Hartleigh gebunden sein? Glaubst du nicht, dass du, wenn du dich nur richtig umschauen würdest, eine Frau fändest, an der dir wirklich etwas liegt?" Angesichts des erstaunten Ausdrucks in den Augen des Freundes schmunzelte Jack flüchtig. „Ich wusste, du würdest mich für überspannt halten."

„Du kannst wirklich nicht mehr ganz bei Trost sein", meinte Marcus. „Weshalb sollte ich mir eine Frau suchen, die ich mag, wenn sie es nur auf meinen Titel und mein Vermögen abgesehen hat?"

So schlimm stand es also um den Freund. „Ich glaube, Marcus, dass du dich unterschätzt", entgegnete Jack ruhig. „Warum sollte eine Frau dich nicht um deiner selbst willen lieben? So wie deine Mutter deinen Vater geliebt hat?"

„Ich bezweifele stark, dass es eine Frau gibt, die sich derart von ihren Geschlechtsgenossinnen unterscheidet", antwortete Marcus und verzog verbittert den Mund. „Jede Frau, mit der ich es bisher zu tun hatte, war in allererster Linie nur an meinem Geld interessiert."

Das traf leider zu, aber hauptsächlich deswegen, weil der Freund nicht zugelassen hatte, dass eine Frau sein wahres Wesen kennenlernte. Frauen sahen in ihm stets nur den Earl of Rutherford, den berüchtigten Weiberhelden. Die wenigsten Menschen kannten seinen wahren Charakter, und das traf erst recht auf seine Mätressen zu.

„Ich gebe zu, dass du recht hast", erwiderte Jack achselzuckend, „möchte dir jedoch, selbst wenn du der Ansicht bist, eine Liebesheirat oder zumindest eine Verbindung auf der Grundlage gegenseitiger Zuneigung sei nicht möglich, zu bedenken geben, dass eine Ehe, die mehr auf füreinander empfundenem Respekt und nicht nur auf körperlichem Verlangen beruht, eher erträglich ist."

Im Stillen stimmte Marcus dem Freund zu. Natürlich war es Dummheit, Althea zu heiraten, nur um Diana zu ärgern. Unvermittelt fiel ihm ein, dass Althea mit ihrem Mann sechs Jahre lang verheiratet gewesen war, ohne Kinder zu bekommen. Folglich wäre es im Hinblick auf die Möglichkeit, dass sie unfruchtbar war, absoluter Unsinn, sie in der Erwartung, sie werde ihm einen Erben schenken, zur Gattin zu nehmen.

„An sich bin ich nur hergekommen, um dir mitzuteilen, dass ich verreisen werde", sagte Marcus. „Meine Schwester ist informiert. Unser Großonkel Samuel, der Onkel unseres Vaters, ist kinderlos gestorben, und da er zu geizig war, um einen Anwalt für das Aufsetzen eines Testaments zu honorieren, ist sein Besitz in Yorkshire an mich gefallen. Soweit ich gehört habe, soll das Anwesen in beklagenswertem Zustand sein. Folglich werde ich wohl etliche Wochen fort sein. Von der Anwaltskanzlei habe ich erfahren, dass er eine entfernte Verwandte als Wirtschafterin beschäftigt und keine Vorsorge für sie getroffen hat. Ich begreife nicht, warum er das unterlassen hat, denn schließlich war er reich genug. Folglich werde ich ihr eine Abfindung zahlen müssen. Ich habe vor, noch heute Vormittag nach Yorkshire zu fahren", fügte Marcus hinzu und stand auf.

„Ich fühle mich geschmeichelt, mein Bester, dass du dich herabgelassen hast, mein bescheidenes Heim zu beehren", erwiderte Jack schmunzelnd.

„Ach, scher dich zum Teufel", sagte Marcus belustigt. „Ich werde über das, was du über die Ehe im Allgemeinen gesagt hast, nachdenken", setzte er ernst hinzu. „Aber nicht darüber, dass man nur aus Liebe heiraten sollte. Selbst wenn ich die Möglichkeit dazu hätte, wäre es nicht das, was mir vorschwebt. Im Übrigen wäre ich dir dankbar, wenn du meiner Schwester nichts von diesem Gespräch erzählst."

„Natürlich gebe ich alles, was meine engsten Freunde mir im Vertrauen berichtet haben, sofort an deren Schwestern weiter!“, entgegnete Jack süffisant.

„Entschuldige“, sagte Marcus. „Ich wollte dich nicht kränken.“ Er verabschiedete sich und ging.

Jack war gleichermaßen erleichtert und beunruhigt. Wenigstens wollte Marcus noch einmal über die Ehe mit Lady Hartleigh nachdenken. Andererseits bedeuteten dessen Zynismus und die Verachtung für das andere Geschlecht nichts Gutes für die Ehe mit irgendeiner Frau. Falls je eine Frau seinem Charme erlag, würde er bestimmt einen Weg finden, wie er ihr wehtun und sie dazu bringen konnte, von Herzen zu bereuen, dass sie ihm je erlegen war.

Betreten überlegte Jack, ob Lady Hartleigh nicht vielleicht doch für den Freund die beste Wahl sei. Bei ihr wusste Marcus zumindest, was ihn erwartete, und es bestand nicht die geringste Möglichkeit, dass sie sich durch sein Verhalten und seine Seitensprünge verletzt fühlen würde.

Hinter Marcus' Einstellung stand mehr als nur der Abscheu vor den Beweggründen der meisten Frauen. Nach fast zwanzig Jahren war er immer noch nicht imstande, über seine geliebte Mutter zu reden.

Zweifellos würde er seinen eigenen Weg ins Verderben gehen, und wenn er dabei das Gefühl hatte, glücklich zu sein, konnte niemand mehr etwas für ihn tun. Es sei denn, Winterbourne verführte

Lady Hartleigh, ehe sie die Countess of Rutherford wurde.

Nur sehr wenige Menschen wussten, wie sehr Marcus ihn verabscheute. Und nur Jack waren der Grund für diese Abneigung und für das Vergnügen bekannt, das Winterbourne daran fand, sich mit den Mätressen des Freundes einzulassen.

2. KAPITEL

Drei Tage nach der Abreise aus London fragte Marcus sich in der Bibliothek von Fenby Hall, ob in diesem Haus alles so schäbig sein mochte wie dieser Raum. Er setzte sich an den großen Mahagonischreibtisch und begann, das erste Abrechnungsbuch einzusehen. Offenbar hatte der Großonkel seit Jahren kein Interesse mehr an seinem Besitz gehabt. Nirgendwo waren Eintragungen zu finden, die auf Reparaturen oder Neuerungen schließen ließen. Auch die Löhne der Angestellten waren seit zwanzig Jahren gleich geblieben. Offenbar hatte der Großonkel nie Geld in sein Anwesen investiert und sich damit begnügt, von den Erträgen seiner beträchtlichen Investitionen zu leben.

Noch hatte Marcus das Gelände von Fenby Hall nicht inspizieren können, weil er tags zuvor sehr spät eingetroffen war. Er war jedoch überzeugt, dass die Cottages der Pächter und das Land in keinem besseren Zustand waren als das Herrenhaus. Verärgert fragte er sich, warum Miss Fellowes es zugelassen hatte, dass alles so vernachlässigt worden war.

Bis jetzt hatte er sie nicht kennengelernt. Als er sie abends zu sich gebeten hatte, war ihm von Mr. Barlow gesagt worden, sie habe sich beim Begräbnis stark erkältet und läge zu Bett. Sie ließe ausrichten, sie werde das Haus so schnell wie möglich verlassen und bei Mrs. Garsby in Burvale House eine neue Stelle als Kindermädchen antreten. Der betagte Butler hatte hinzugefügt, da sie noch nicht vollends genesen sei, habe seine Frau, auf das Verständnis Seiner Lordschaft bauend, ihr geraten, einstweilen nicht zu Mrs. Garsby zu wechseln.

Marcus fand, dass Miss Fellowes im Hinblick auf den schlechten Zustand des Hauses in den vergangenen fünf Jahren an Grippe gelitten haben musste. Er hoffte, der Großonkel möge ihr keinen allzu hohen Lohn gezahlt haben, da das, was sie geleistet hatte, das Geld nicht wert war.

Er hatte erwidert, es stehe ihr frei, so lange zu bleiben, bis sie gesund sei. Dann hatte er die Haushaltsbücher haben wollen, die ihm von einer älteren, kräftigen Frau gebracht worden waren.

„Ich bin Mrs. Barlow, die Köchin, Mylord“, hatte sie sich ihm vorgestellt und ihm die Haushaltsbücher übergeben.

Auf die Frage, warum kein Dienstmädchen sie ihm überbracht habe, hatte sie geantwortet, es gäbe kein Hausmädchen, und die Arbeit würde so gut wie möglich von Miss Fellowes erledigt, die ihr allerdings auch in der Küche helfe, da der verstorbene Hausherr kein weiteres Personal habe einstellen wollen.

Marcus hatte die Köchin fortgeschickt und in Gedanken der von ihm geschmähten Miss Fellowes Abbitte geleistet. Offensichtlich war der Großonkel ein größerer Geizhals gewesen, als er gedacht hatte.

Ein Blick in das erste Haushaltsbuch hatte die Äußerungen der Köchin bestätigt. Das Personal bestand nur aus den Barlows, Miss Fellowes und einem Stallknecht, der sich um die beiden Pferde und die Kutschen kümmerte.

Unwillkürlich fragte sich Marcus, warum Miss Fellowes nicht schon vor Jahren den Dienst quittiert hatte. Den Eintragungen im Haushaltsbuch zufolge war Miss Fellowes' Vorgängerin vier Jahre zuvor entlassen und dadurch die jährliche Einsparung von zwanzig Pfund erreicht worden.

Marcus konnte sich des Verdachts nicht erwehren, dass sein knauseriger Großonkel Miss Fellowes überhaupt keinen Lohn gezahlt hatte. Zumindest waren diesbezügliche Ausgaben nicht in den Haushaltsbüchern verzeichnet. Daraus ließ sich schließen, dass Miss Fellowes keine Angestellte, sondern eine vom Großonkel abhängige arme Verwandte war, die er schamlos ausgenutzt und nicht einmal testamentarisch bedacht hatte. Marcus nahm sich vor, der Person, die er sich klein und zierlich vorstellte, weißhaarig und mindestens sechzig Jahre alt, auf möglichst taktvolle Weise Geld anzubieten, um die Hartherzigkeit des Großonkels auszugleichen.

Er verdrängte das für ihn nicht vorrangige Problem und wandte die Aufmerksamkeit wieder dem Rechnungsbuch zu.

Marcus fand seine schlimmsten Befürchtungen bestätigt, nachdem er mit Mr. Padbury, dem Verwalter, das Gut inspiziert hatte. Je mehr er den überall herrschenden Verfall und die Vernachlässigung gesehen hatte, desto missgelaunter war er geworden. Mr. Padbury, der nicht wissen konnte, was die finstere Miene bedeutete, und voll und ganz die Vorstellungen des verstorbenen Großonkels teilte, versicherte ihm immer wieder, es gäbe noch weitere Möglichkeiten zu Einsparungen.

Einige Minuten später musste Mr. Padbury jedoch kreidebleichen Gesichts zur Kenntnis nehmen, dass seine Vorschläge Seine Lordschaft in höchstem Maße verärgert hatten und die Dinge in Fenby Hall sich von nun an sehr schnell verändern würden. Der Earl hatte ihm mitgeteilt, dass er, wenn er seine Posten behalten wolle, unverzüglich für bessere Lebensverhältnisse der Pächter sorgen und die Abzüge für die Nutzung der Cottages auf einen akzeptableren Betrag reduzieren müsse.

Die Instandsetzung des Besitzes würde ein Vermögen kosten. Marcus wünschte sich, sein geiziger Großonkel möge sich in Anbetracht der Ausgaben im Grabe umdrehen.

Der Butler betrat die Bibliothek, hüstelte verlegen und sagte stockend: „Verzeihung, Mylord. Ich bin Miss Fellowes' wegen hier. Ich habe ihr soeben das Abendessen gebracht und festgestellt, dass es ihr sehr schlecht geht. Meine Frau meint, der Arzt müsse unbedingt gerufen werden."

„Und warum ist das noch nicht geschehen?"

„Dazu brauchen wir Ihre Erlaubnis, Sir, und Sie waren den ganzen Tag außer Haus."

Sprachlos starrte Marcus den Butler einen Moment lang an und fragte dann ungehalten: „Was habe ich damit zu tun? Wenn Miss Fellowes einen Arzt benötigt, steht es ihr selbstverständlich zu, ihn rufen zu lassen."

Mr. Barlow sah eingeschüchtert aus. „Wir haben ihr schon vor Tagen gesagt, sie müssen unbedingt vom Arzt untersucht werden", erwiderte er. „Das will sie jedoch nicht, weil sie ihn nicht bezahlen kann. Ihr Großonkel, Sir, hat ihr nie erlaubt, den Arzt kommen zu lassen, nicht einmal dann, als sie sich den Arm gebrochen hatte. Aber Dr. Ellerbeck kam ins Haus, weil meine Frau ihn benachrichtigt hatte. Ihr Großonkel hat sich dann geweigert, für die Kosten aufzukommen. Und das ist der Grund, weshalb Miss Fellowes den Arzt nicht kommen lassen will."

„Das reicht!", sagte Marcus erschüttert und sah Mr. Barlow zusammenzucken. Der Großonkel konnte nicht mehr bei Sinnen gewesen sein. „Schicken Sie sofort den Stallknecht zum Doktor. Er soll ihm ausrichten, er möge unverzüglich herkommen. Die Rechnungen, die für die Behandlung von Miss Fellowes' Armbruch eingeschlossen, werde ich begleichen. Ich werde zu Miss Fellowes gehen und ihr versichern, dass sie sich in Zukunft keine Sorgen mehr machen muss."

Das war das Mindeste, was er für sie tun konnte. Es wäre nicht anständig gewesen, die arme alte Frau nicht abzusichern. Er hatte sich entschlossen, ihr so viel Geld zu geben, dass sie sich ein Quartier mieten und angemessen leben konnte. Ihm war die Vorstellung zuwider, sie müsse sich, nachdem sein Großonkel sie so schäbig behandelt hatte, weiterhin ihren Lebensunterhalt an anderer Stelle verdienen. Sein Großonkel hatte eindeutig keine Ahnung davon gehabt, welche Verpflichtungen ihm oblagen.

„Ich weiß nicht, Sir, ob Miss Fellowes Sie verstehen wird. Sie hat hohes Fieber. Ich glaube, sie hat nicht einmal gemerkt, dass ich bei ihr war."

„Wie krank ist sie wirklich?", erkundigte Marcus sich betroffen.

„Sie ist sterbenselend, Sir. Ich war nicht früher bei ihr, weil es auch meiner Frau schlecht geht und ich ihr helfen musste. Sie hat sich jetzt ins Bett gelegt." Mr. Barlow missverstand Lord Rutherfords konsternierte Miene und fuhr hastig fort: „Das Abendessen ist jedoch fertig, Sir. Und Mr. Bates' jüngere Tochter kommt uns tagsüber helfen, da Sie heute Vormittag gesagt haben, wir könnten Aushilfen einstellen."

„Zum Teufel mit dem Dinner!", platzte Marcus heraus. „Bringen Sie mich unverzüglich zu Miss Fellowes!"

Einige Augenblicke später starrte er die in einem großen, altertümlichen Himmelbett liegende Fieberkranke an. Ihr Gesicht war grau und schweißüberströmt. Ihre schmalen Hände zuckten; ihr Atem klang rasselnd, und sie hustete ständig.

„Zum Teufel!", murmelte Marcus entsetzt. „Gehen Sie sofort zum Stall, Mr. Barlow, und richten Sie Mr. Burnet aus, er solle umgehend meine Karriole fahrbereit machen. Sie fahren mit ihm zum Doktor und sorgen dafür, dass er unterwegs nicht irgendwo einkehrt. Wo finde ich Feuerholz?"

Der Raum war feucht und kalt. Kein Wunder,

dass Miss Fellowes krank geworden war. Sie hätte schon vor Tagen vom Arzt untersucht werden müssen. Wahrscheinlich hatte sie zunächst nur eine Erkältung gehabt, aus der dann eine böse Grippe mit Lungenentzündung geworden war.

„Ich werde den jungen Mr. Judd mit Holz heraufschicken", antwortete Mr. Barlow, verbeugte sich und verließ den Raum.

Marcus starrte Miss Fellowes an und haderte mit sich, weil er nicht schon vor zwei Tagen nach ihr gesehen hatte. Sie war eindeutig schwer krank, und er fühlte sich für sie verantwortlich.

Im Übrigen war sie alles andere als betagt, höchstens zwanzig Jahre alt. Und Marcus befürchtete, es ergehe ihr so schlecht, dass sie den Sommer nicht mehr erleben würde.

Bis der Arzt eintraf, hatte Marcus Feuer gemacht, und die ausstrahlende Wärme vertrieb rasch die im Raum herrschende Kälte. Außerdem hatte er wiederholt Miss Fellowes mit einem angefeuchteten Tuch Stirn und Handgelenke gekühlt und sie, als sie nach etwas zu trinken verlangte, angehoben und ihr den Becher mit Wasser an die Lippen gehalten.

Sie hatte die Augen aufgeschlagen, ihn verwirrt angesehen und sich leise bei ihm bedankt, ehe ihr die Lider wieder zugefallen waren.

Endlich traf der Arzt ein, warf einen Blick auf sie und fragte vorwurfsvoll: „Warum hat man mich nicht früher geholt?"

Marcus erklärte ihm den Grund und fühlte sich dabei eigenartigerweise schuldbewusst. Dr. Ellerbeck schüttelte den Kopf und begann dann mit der Untersuchung der Kranken.

Marcus überlegte, ob er den Raum verlassen solle, wie es sich gehört hätte. Er entschied sich jedoch dagegen, drehte dem Bett nur den Rücken zu und wartete auf das Ende der Untersuchung.

Schließlich fragte Dr. Ellerbeck: „Wo ist Mrs. Barlow?"

Marcus erklärte ihm, auch ihr gehe es nicht gut.

„Miss Fellowes braucht jemanden, der ständig bei ihr ist", erwiderte der Arzt. „Vielleicht finde ich morgen jemanden, der diese Aufgabe übernehmen kann. Aber wer bleibt heute Nacht bei der Kranken?"

„Ich", antwortete Marcus spontan und dachte sogleich daran, dass sein Leben etwas außer Kontrolle zu geraten schien.

„Das wird anstrengend", meinte Dr. Ellerbeck stirnrunzelnd. „Sie braucht Medizin und Salzlösung. Wahrscheinlich steigt das Fieber gegen Morgen an, sodass sie sehr unruhig sein wird."

Marcus zuckte mit den Schultern. „Es gibt niemanden außer mir, der bei ihr bleiben könnte", erwiderte er resigniert. „Und zum Teil bin ich an ihrem Zustand schuld. Ich hätte schon vor zwei Tagen nach ihr sehen sollen. Dem Wirtschafterehepaar kann man nichts anlasten. Die Leute konnten nicht ahnen, dass ich mich nicht wie mein Großonkel verhalten würde." Marcus war elend bei dem Gedanken, dass die junge Frau hier gelegen hatte und zu stolz gewesen war, den Arzt holen zu lassen, weil sie ihn nicht honorieren konnte, und zu verängstigt, jemandem zu sagen, wie krank sie wirklich war. Die Ärmste hatte offenbar niemanden, der sich um sie kümmerte. Marcus betrachtete ihr aschfahles Gesicht. Zumindest in den nächsten Tagen würde er sich um sie kümmern.

Dr. Ellerbeck schaute ihn prüfend an und äußerte dann bedächtig: „Ich möchte Sie nicht kränken, Mylord, aber wenn Sie bei Miss Fellowes bleiben, dann wird das zu Gerede führen."

„Ich habe ohnehin nicht den besten Ruf", erwiderte Marcus. „Sie werden sich auf mein Wort verlassen müssen, Sir, dass ich, wenn ich wirklich Vergnügen daran fände, unschuldige Frauen zu verführen, nie auf den Einfall käme, eine Kranke zu belästigen."

„Ich habe mir keine Sorgen darum gemacht, Sir, ob Miss Fellowes bei Ihnen sicher ist", sagte Dr. Ellerbeck ehrlich. „Viel mehr beunruhigt mich, wie die Einheimischen reagieren werden."

„Glauben Sie wirklich, ich gäbe etwas auf deren Meinung, wenn ich der Ansicht bin, dass Miss Fellowes nicht unbeaufsichtigt bleiben kann?", fragte Marcus ruhig. „Wie gesagt, außer mir gibt es niemanden, der diese Aufgabe wahrnehmen kann. Im Übrigen ist Mrs. Barlow im Haus, auch wenn sie unpässlich ist. Das müsste genügen, um den Klatschmäulern den Wind aus den Segeln zu nehmen."

„Wie Sie meinen, Sir", erwiderte Dr. Ellerbeck achselzuckend und informierte Seine Lordschaft, wie er sich bei der Pflege der Kranken zu verhalten habe. Marcus nahm die Anweisungen zur Kenntnis und stellte nur hin und wieder eine Zwischenfrage.

Schließlich sagte Dr. Ellerbeck: „Ich werde jemanden mit der Medizin und der Salzlösung zu Ihnen schicken. Miss Fellowes muss sehr viel trinken, damit sie nicht austrocknet und das Fieber gesenkt wird. Oh, und achten Sie darauf, dass sie etwas erhöht im Bett liegt, damit sie leichter atmen kann. Und von Zeit zu Zeit sollten sie ihr Stirn und Handgelenke kühlen."

Marcus warf einen Blick auf die im Fieberwahn murmelnde, sich rastlos im Bett wälzende Kranke.

Dr. Ellerbeck furchte leicht die Stirn. „Ich komme morgen früh wieder her. Sie können mich natürlich früher rufen lassen, falls Sie meinen, das sei unbedingt erforderlich. Meine Bediensteten werden wissen, wo ich mich dann aufhalte." Nachdenklich schaute er Seine Lordschaft an und äußerte bedächtig: „Ich finde, Miss Fellowes sollte noch nicht erfahren, wer Sie sind, Sir. Das würde sie vermutlich nur aufregen."

Marcus nickte verständnisvoll.

„Wie soll ich Sie ihr vorstellen?"

„Sagen Sie ihr, dass ich Marcus Langley heiße", antwortete er.

Dr. Ellerbeck setzte sich auf das Bett, ergriff die Hand der Kranken und fuhr in leisem, aber befehlendem Ton fort: „Miss Fellowes! Machen Sie die Augen auf!"

Zu Marcus' größter Überraschung schlug sie die Lider auf. Sie hatte blaugraue Augen und schaute verwirrt den Arzt an.

„So ist es brav, Miss Fellowes", sagte Dr. Ellerbeck. „Sie sind sehr krank, aber machen Sie sich keine Sorgen. Der Herr hier ist Marcus Langley. Er wird bei Ihnen bleiben und Sie pflegen. Ich muss noch zu einer anderen Patientin und dann zu Mrs. Watkins, die wahrscheinlich heute niederkommen wird. Ich habe ihm erklärt, was er zu tun hat. Er wird Ihnen die Medizin geben und bei Ihnen wachen. Sie können volles Vertrauen zu ihm haben." Beruhigend tätschelte Dr. Ellerbeck Miss Fellowes die Hand.

Langsam schwand der verwirrte Ausdruck aus ihren Augen. Marcus sah sie den Blick auf ihn richten und schwach lächeln.

„Sie waren … schon … hier und haben … mir …

etwas zu trinken … gegeben", äußerte sie matt.

Es überraschte ihn, dass sie sich daran erinnerte. Lächelnd nickte er.

Sie erwiderte sein Lächeln und schloss müde die Augen.

Ihr Lächeln war süß gewesen, obwohl sie sich in so schlechter Verfassung befand.

Dr. Ellerbeck stand auf und äußerte leise: „Machen Sie sich nicht zu viele Gedanken, Sir. Ich bin sicher, sie wird gesund. Glauben Sie mir, sie hat eine gute Konstitution und wird meiner Ansicht nach schon in einigen Tagen wieder auf den Beinen sein."

Dr. Ellerbeck nahm seine Arzttasche an sich, verabschiedete sich von Seiner Lordschaft und verließ den Raum.

Marcus überlegte, was er jetzt tun sollte. Da er beschlossen hatte, Miss Fellowes zu pflegen, sah er keinen Sinn darin, auf gesellschaftliche Spielregeln Rücksicht zu nehmen. Er hatte ohnehin bereits gegen diese verstoßen und würde das auch weiterhin tun müssen.

Miss Fellowes schlief einigermaßen ruhig. In der Annahme, sie werde das auch weiterhin tun, zog er einen Sessel zum Bett und setzte sich hinein.

Gleich darauf klopfte jemand an die Tür. „Herein", rief Marcus gedämpft und sah den Butler mit einem Tablett den Raum betreten.

„Ich habe das Abendessen für Sie und Fleischbrühe für Miss Fellowes gebracht, Mylord", sagte Mr. Barlow. „Ich bin sicher, das Essen ist nicht so, wie Sie es gewohnt sind, aber besser als gar nichts. Haben Sie sonst noch einen Wunsch, Sir?"

„Nein", antwortete Marcus und schüttelte den Kopf. „Wie ergeht es Ihrer Frau?"

„Dr. Ellerbeck meint, ihr Zustand sei nicht besorgniserregend. Jedenfalls ist sie nicht so krank wie Miss Fellowes. Aber sie soll einige Tage im Bett bleiben."

„Gut. Dann gehen Sie zu ihr und kümmern Sie sich um Sie. Ich komme allein zurecht."

Nachdem der Butler das Zimmer verlassen hatte, betrachtete Marcus das Essen. Im Krieg hatte es Zeiten gegeben, in denen er in Spanien oder in Portugal ein solches Essen als üppiges Festmahl betrachtet hätte.

Die für Miss Fellowes bestimmte Brühe stand auf einer Warmhalteplatte, und unwillkürlich überlegte Marcus, ob er zuerst essen oder die Kranke wecken und dazu bringen sollte, sich zu stärken. Er entschied sich, zunächst selbst zu speisen, und da er nach dem langen Ritt sehr hungrig war, widmete er sich eifrig dem Essen.

Dann setzte er sich auf die Bettkante, ergriff die Hand der Kranken und rieb sie sacht. „Miss Fellowes", sagte er eindringlich. „Wachen Sie auf."

Es dauerte eine Weile, bis sie schwach seufzte und die Lider aufschlug. Ihr Blick war verschwommen und schweifte durch den Raum, bis er schließlich auf Marcus verweilte.

Verwirrt furchte sie die Stirn. Doch dann erkannte sie ihn und äußerte lächelnd: „Mr. Langley."

„Ganz recht. Sie erinnern sich also", erwiderte er und war erstaunlicherweise erfreut darüber, dass sie seinen Namen nicht vergessen hatte. Aus irgendeinem ihm unerklärlichen Grund empfand er ihr Lächeln und den Gedanken als wohltuend, Dr. Ellerbeck könne recht mit der Vermutung haben, sie sei nicht so krank, wie er zunächst befürchtet hatte.

„Oh, ja! Ich kenne niemanden, der so gut aussieht und so nett ist." Sie schloss die Augen.

Sie war sich offenbar nicht bewusst, dass sie etwas Unpassendes geäußert hatte. Etwas irritiert erwiderte Marcus: „Es ist Zeit, etwas zu essen, Miss Fellowes."

Erneut schlug sie die Lider auf.

„So ist es gut", fuhr er aufmunternd fort, stand auf und holte die Schale mit der Brühe. Er stellte sie auf den Nachttisch, setzte sich wieder zu Miss Fellowes aufs Bett und half ihr, sich aufzusetzen. Dann hielt er sie ihr hin und forderte sie auf: „Bitte essen Sie."

Zu seiner Überraschung gehorchte sie widerspruchslos und begann langsam, die Brühe auszulöffeln. „So ist es gut“, wiederholte er zufrieden.

Nachdem sie die Hälfte der Brühe zu sich genommen hatte, schüttelte sie abweisend den Kopf.

Marcus bestand nicht darauf, dass sie weiteraß. Den Rest konnte sie später essen. Er stand auf, stellte die Schüssel auf die Wärmeplatte und fragte, während er sich zu Miss Fellowes umdrehte: „Möchten Sie etwas trinken?“

Sie nickte.

Er schenkte Wasser in ein Glas, brachte es ihr und setzte sich wieder zu ihr. Dann hielt er es ihr an die Lippen und ließ sie daran nippen. Nachdem sie einige Schlucke getrunken hatte, stellte er es auf den Nachttisch und schüttelte ihr dann das Kopfkissen auf. Sacht legte er ihr den Arm um die Schultern und achtete darauf, dass sie sich langsam zurücksinken ließ. Danach zog er die Bettdecke höher und strich sie glatt.

Miss Fellowes hatte wieder die Augen geschlossen. Er war jedoch nicht sicher, ob sie bereits schlief. Einige Augenblicke später schlug sie die Lider auf und schaute ihn neugierig an.

„Wer sind Sie?“, wollte sie wissen.

Ihre Stimme hatte spröde und rau geklungen.

„Ein Freund.“

Die Antwort verwirrte sie. „Oh, das wusste ich nicht. Sie sind sehr nett. Es tut mir leid, dass ich unhöflich war." Erneut schloss sie die Augen.

Im Verlauf der Nacht wurde sie unruhiger und schlief rastloser. Marcus bemühte sich nach Kräften, sie zu beruhigen. Im Begriff, Scheite nachzulegen, hörte er plötzlich ein seltsames Geräusch, drehte sich um und sah erschrocken, dass sie Anstalten machte, das Bett zu verlassen. Bestürzt eilte er zu ihr, drückte sie sacht zurück, obwohl sie sich sträubte, und deckte sie wieder zu.

„Sie müssen im Bett bleiben, Miss Fellowes", sagte er eindringlich. „Bitte, beruhigen Sie sich, meine Liebe."

„Bin ich krank?" Sie klammerte sich an ihn. „Oh ja! Dr. Ellerbeck war hier! Ich kann ihn nicht bezahlen", fügte sie entsetzt hinzu. „Für mich sei kein Geld da, hat Samuel gesagt."

Es ging Marcus nahe, die Angst in ihrer Stimme zu hören, und unwillkürlich fragte er sich, wie es sein musste, in einer finanziell so ausweglosen Lage zu sein wie Miss Fellowes, in dem Bewusstsein zu leben, dass es nirgendwo jemanden gab, den es interessierte, wie es einem erging, und gezwungen zu sein, sich den Lebensunterhalt verdienen zu müssen. Schon unter normalen Umständen musste das für jemanden ein Albtraum sein, doch noch mehr für Miss Fellowes, da solche Gedanken sie im Fieberwahn beschäftigten.

Marcus ergriff ihre Hand, drückte sie beruhigend und erwiderte beschwichtigend: „Es ist viel

Geld da, Miss Fellowes. Alle Rechnungen sind bezahlt. Sie müssen sich keine Sorgen machen. Schlafen Sie jetzt." Sacht strich er ihr übers Haar, das sich stumpf und feucht anfühlte.

Sehr zu seiner Überraschung ließ sie ihn gewähren und schien sich zu entspannen. Als er jedoch aufstand und sich wieder in den Sessel setzen wollte, wurde sie erneut unruhig und wälzte sich hin und her. Es war eine Ironie des Schicksals, dass er in vielen Nächten eine Frau im Arm gehalten hatte, sich in diesem Zusammenhang jedoch ausgerechnet an Miss Fellowes erinnern würde, weil sie für ihn eine Erfahrung darstellte, die er bisher noch nicht gemacht hatte. Resignierend kehrte er zum Bett zurück, ließ sich wieder darauf nieder und ergriff ein weiteres Mal ihre Hand.

Zufrieden seufzend drehte sie den Kopf zur Seite und war einige Augenblicke später eingeschlafen.

Eigenartigerweise fand Marcus es nicht unbequem, so an ihrer Seite ausharren zu müssen. Wenn sie unruhig wurde, redete er leise und besänftigend auf sie ein. Sie schien zu wissen, wer er war, da sie nicht in Panik geriet, wenn sie seine Stimme hörte. Hin und wieder murmelte sie im Schlaf seinen Namen.

„Marcus ist da", äußerte sie einmal leise. „Er ist ein Freund."

Es berührte ihn zutiefst, dass ihr Verstand sich im Fieberwahn mit ihm beschäftigte, und betroffen überlegte er, was ihr im Leben widerfahren sein mochte, weil sie jetzt einen ihr unbekannten Menschen als Freund empfand. Er hätte gern gewusst, ob sie nicht doch jemanden hatte, an den sie sich wenden konnte. Sie musste sich doch bestimmt nicht als Kindermädchen verdingen. Schließlich kam sie aus einer guten Familie, und der Großonkel hatte sehr unrecht an ihr gehandelt, als er sie zu seiner Wirtschafterin machte. Gewiss hatte sie andere Verwandte, die er, Marcus, aufspüren und davon überzeugen musste, sie bei sich aufzunehmen.

Marcus harrte zwei Nächte und einen Tag lang bei Miss Fellowes aus und musste ihr in dieser Zeit in jeder Hinsicht behilflich sein. Meistens war sie nur halb bei Bewusstsein und kam selten zu sich. Dann gab er ihr zu essen und zu trinken. Er musste ihr sogar bei ihren persönlichsten Bedürfnissen zur Seite stehen. Falls sie sich, wenn das Fieber abgeklungen war, an diese peinlichen Situationen erinnern sollte, würde sie gewiss sehr unangenehm berührt sein. Die wenigsten Ehemänner würden das für ihre Gattin tun, was Marcus für die hilflose Miss Fellowes tat, mit der ihn nichts Persönliches verband.

Manchmal kam sie ihm noch sehr jung vor,

beinahe wie ein Kind, wenngleich er vom Butler erfahren hatte, dass sie fast zwanzig Jahre alt war. Sie war sehr mager, überhaupt nicht so voll entwickelt wie die anderen Frauen, mit denen er bisher verkehrt hatte. Außerdem war sie ziemlich groß, doch das störte ihn weniger, weil er hochgewachsene Frauen bevorzugte. Zu groß durften sie nicht sein, aber eine gewisse Körpergröße mussten sie haben, damit er keinen Knick im Hals bekam, wenn er sich zu ihnen neigte, um sie zu küssen. Er nahm an, dass er sich für Miss Fellowes interessieren würde, wäre sie nicht so krank und schmal. Sie hatte hübsche blaugraue Augen, lange, gebogene, dunkle Wimpern, schmale, gewölbte Augenbrauen und eine reine Haut.

Tagsüber ließ das Fieber nach, stieg jedoch gegen Abend wieder an. Marcus meinte jedoch, dass ihr Zustand sich langsam besserte. Mehrmals schlug sie die Augen auf und schaute ihn dann verwundert an. Sie wollte wissen, wie spät es sei und welchen Tag man habe, stellte ansonsten jedoch keine Fragen. Marcus vermutete, sie sei zu müde und zu schwach, um sich unterhalten zu können.

Am Abend machte Dr. Ellerbeck wieder Visite und verkündete, Miss Fellowes' Zustand habe sich sehr gebessert. „Und Mrs. Barlow wird morgen auch aufstehen können. Eigentlich sollte sie noch länger im Bett bleiben, aber sie regt sich Miss Fellowes' wegen auf und besteht darauf, aufzustehen. Sie werden also Entlastung bekommen, Mylord."

„Gut", erwiderte Marcus nickend. „Ich kann mir nicht vorstellen, dass Miss Fellowes sich in meiner Gegenwart sehr wohlfühlen wird, sobald sie weiß, wer ich bin. Das kann vermieden werden, wenn Mrs. Barlow sie ab morgen pflegt."

„Ja, das wird das Beste sein", stimmte der Arzt zu. „Ich sage Ihnen unumwunden, dass es Miss Fellowes sehr viel besser ergeht und sie Ihnen das zu verdanken hat. Ich vermute, es war keine leichte Zeit für Sie. Falls Sie je ein Empfehlungsschreiben als Krankenpfleger benötigen sollten, so lassen Sie es mich wissen."

Marcus zuckte mit den Schultern, um seine Freude zu verbergen, und äußerte leichthin: „Die Arbeit musste gemacht werden, Dr. Ellerbeck. Niemand hätte Miss Fellowes sich selbst überlassen."

Dr. Ellerbeck schnaubte verächtlich. „Ihr Großonkel wäre anderer Ansicht gewesen", entgegnete er. „Und auch die sogenannten Damen des Distrikts hätten einen anderen Standpunkt vertreten. Ich habe Ihnen erzählt, dass ich versucht habe, eine Pflegerin zu bekommen, nicht wahr? Nun, ich habe es versucht, doch keine dieser Damen war willens herzukommen oder eine Frau herzuschicken, die Miss Fellowes beistand."

„Wie bitte?", fragte Marcus erschüttert. „Warum nicht?"

Dr. Ellerbeck wirkte verlegen. „Nun, man war wohl der Meinung, Ihr Ruf ..."

Marcus wurde wütend. Wenn die Dinge so lagen, dann waren seine Miss Fellowes betreffenden Pläne gefährdet. Falls er ihr Geld gab, würde man vermuten, sie sei seine Mätresse gewesen. Dann würde sie eine Ausgestoßene sein. Seiner Ansicht nach hatte sie jedoch genug unter seinem Großonkel gelitten, sodass nicht auch er noch zu ihrem Elend beitragen musste. Er würde sich etwas anderes für sie einfallen lassen müssen.

„Wie reizend, eine Kranke meiner Pflege zu überlassen", erwiderte er ironisch.

Nicht zum ersten Mal erlebte er, wie scheinheilig die gute Gesellschaft im Allgemeinen und Frauen im Besonderen waren. Er zweifelte nicht daran, dass man ihn, wenn er in Gesellschaft verkehrte, umwerben und umschmeicheln würde. Niemand würde sich einen Deut um seinen angegriffenen Ruf scheren, sondern nur daran denken, seine Tochter mit ihm zu verheiraten, damit sie in den Genuss seines Titels und Vermögens kam.

Jedermann wäre es gleich, ob er tatsächlich mit Miss Fellowes geschlafen oder ihren guten Ruf nur dem Anschein nach ruiniert hatte. Er würde immer noch eine exzellente Partie sein, wohingegen Miss Fellowes' guter Ruf zerstört war.

Marcus war noch immer wütend und überlegte, wie er sich verhalten sollte, als Mrs. Barlow ihn vormittags bei der Krankenpflege ablöste. Wenngleich sie nicht sehr gut aussah, bestand sie darauf, seinen Platz einzunehmen, und sagte, es sei weit gekommen, wenn eine junge Dame darauf angewiesen sei, von einem Mann gepflegt zu werden.

„Nicht dass Dr. Ellerbeck gesagt hätte, Sie seien nicht sehr gut zu Miss Fellowes gewesen und sie müsse Ihnen dafür dankbar sein", fügte sie hinzu. „Aber je weniger sie darüber weiß, desto besser. So, und nun gehen Sie frühstücken, mein Junge … äh … Mylord. Bauer Bates' Nellie ist keine große Hilfe, kann aber wenigstens Setzeier machen und Schinken braten."

Diesen Äußerungen entnahm Marcus, dass Mrs. Barlow trotz der Umstände, die ihn genötigt hatten, Miss Fellowes zu pflegen, nichts gegen ihn persönlich hatte. Er hoffte stark, die Barlows würden bei ihm bleiben. Natürlich würde er sie gehen lassen und ihnen eine Pension zahlen, wenn sie das wünschten, aber er fand, es sei vorzuziehen, zwei so loyale und kluge Dienstboten im Haus zu haben.

3. KAPITEL

Miss Marguerite Fellowes war, nachdem sie die Augen aufgeschlagen hatte, sehr verwirrt. Nicht nur, dass es warm im Raum war. Sie fühlte sich auch sehr viel besser. Sie fühlte sich so viel besser, dass sie neugierig auf den hochgewachsenen und gut aussehenden Fremden war, der sie gepflegt hatte. Außerdem war er ein sehr elegant gekleideter Fremder, der noch dazu sehr freundlich gewesen war.

Abgesehen von den Barlows und natürlich dem Vikar und Dr. Ellerbeck fiel ihr niemand ein, der freundlich zu ihr war. Und das erinnerte sie an etwas. Hatte jemand Dr. Ellerbeck geholt? Sie hoffte, es sei nur ein Traum gewesen, ihn gesehen zu haben, weil sie sich nicht vorstellen konnte, wie sie ihn honorieren sollte. Stirnrunzelnd versuchte sie, sich genau zu erinnern. Sie war sicher, dass er bei ihr gewesen war und … ja, sie erinnerte sich, dass er ihr den Fremden als Marcus

Langley vorgestellt und gesagt hatte, dieser sei ein Freund.

Erwartungsvoll schaute sie sich nach Mr. Langley um. Sie sah Mrs. Barlow im Ohrensessel sitzen und eine Socke stopfen. Enttäuscht sagte sie sich, Mr. Langley müsse ihr im Traum erschienen sein, im Fieberwahn, der von ihren romantischsten Sehnsüchten ausgelöst worden war. Und sie hatte, als sie krank gewesen war, ganz gewiss einige sehr seltsame Träume gehabt. Wie hatte sie nur auf den Einfall kommen können, ein Mann habe sie gepflegt? Sie hätte sich denken können, dass das ein Traum gewesen war. Als ob irgendein Mann, ganz zu schweigen von einem so gut aussehenden, je freundlich zu ihr sein würde. Nein, nur ein Mann, den es allein in ihrer Einbildung gab, konnte sie so zärtlich an sich gedrückt und so einfühlsam getröstet haben.

Plötzlich erinnerte sie sich auch, dass er sie gefüttert hatte. Und hatte er ihr nicht sogar in intimsten Situationen geholfen? Bestimmt hatte sie sich das nicht eingebildet. Im Vergleich dazu würde es sie weitaus weniger verlegen machen, Dr. Ellerbecks Rechnung nicht begleichen zu können.

„Guten Morgen, Mrs. Barlow“, sagte sie und lächelte, als diese aufschaute. „Sind Sie schon lange hier?“

„Ungefähr eine Stunde, Schätzchen. Wie fühlen Sie sich? Der Doktor hat gesagt, Sie würden schnell genesen, wenn Sie über den Berg wären."

Marguerite fühlte sich immer noch reichlich schwach und erschöpft. Aber wenigstens konnte sie wieder klar denken. Und sie hatte auch nicht mehr das Gefühl, ein Schmied habe seine Werkstatt in ihrem Kopf eingerichtet. Auch der Hals tat ihr nicht mehr weh. Das war schon etwas. Zweifellos würde sie später aufstehen und ihr Gepäck packen. Es ging nicht an, Mrs. Garsby zu lange auf ihr Kindermädchen warten zu lassen, denn sonst käme sie vielleicht auf den Gedanken, jemand anderem den Posten anzubieten.

„Wer hat sich um mich gekümmert, als ich krank war?", fragte sie nervös. „Waren Sie das?"

Widerstrebend schüttelte Agnes Barlow den Kopf und hieb die Nadel fester in die Socke als nötig.

Ihr Verhalten ließ Marguerite vermuten, dass etwas nicht in Ordnung war. Vor Verlegenheit wurde sie rot.

„Wer war das, Mrs. Barlow?", fragte sie ängstlich.

„Seine Lordschaft", antwortete Agnes. „Es tut mir leid, Miss Marguerite, aber auch ich war krank. Nicht so krank wie Sie, doch ich hätte Ihnen nicht viel helfen können. Mein Mann hat sich um mich gekümmert, und ich werde Ihnen etwas sagen. Sie mögen die Situation nicht schicklich finden, aber mein Mann hat mir erzählt, dass Seine Lordschaft sehr fürsorglich zu Ihnen war. Und Seine Lordschaft hat darauf bestanden, den Doktor zu holen und ihn zu honorieren. Er war schrecklich wütend, dass wir Dr. Ellerbeck nicht schon früher geholt hatten.“

„Seine Lordschaft?“, wiederholte Marguerite erstaunt. „Ich kennen keine Lords.“ Ganz zu schweigen von einem Mann, den sie Mr. Langley genannt hatte und der behauptete, ein Freund zu sein.

„Lord Rutherford, Schätzchen“, erklärte Agnes. „Er ist vor Kurzem hier eingetroffen. Er war sehr verärgert, als mein Mann ihm von Ihnen erzählte.“

Entsetzt starrte sie Mrs. Barlow an. Sie hatte die Absicht gehabt, aus dem Haus zu sein, ehe Samuels schrecklicher Erbe ankam. Und sie wäre fort gewesen, hätten die Barlows sie nicht förmlich gezwungen, sich ins Bett zu legen, und ihr gesagt, sie solle bleiben. Sie hatte alles über den Earl of Rutherford gehört und den Eindruck gewonnen, er sei keineswegs ein Mensch, den sie kennenlernen wollte, oder, was das betraf, die Art Mann, der eine Fremde während eines Grippeanfalls pflegte. Insbesondere jemanden mit ihrer Vergangenheit.

„Wurde jemand zu Mrs. Garsby geschickt?“, brachte sie heraus. „Sie … hat mit mir gerechnet.“

Sichtlich missbilligend verzog Agnes den Mund. Sie hatte sich oft dazu geäußert, was sie davon hielt, dass Miss Marguerite Fellowes in Burvale House eine Stelle antreten wollte. Ungeachtet des ganzen Klatsches und der Boshaftigkeit mancher sogenannter Damen war Miss Marguerite, wie sie sie liebevoll nannte, eine junge Dame und sollte nicht wie eine unerwünschte Katze aus dem Haus gejagt werden, und so weiter, und so weiter.

Mrs. Barlow machte den Mund auf, wohl eindeutig in der Absicht, das alles nochmals zu äußern. „Oh bitte, nicht schon wieder!", sagte Marguerite. „Ich muss schließlich leben. Was könnte ich sonst tun? Ich kann hier nicht länger bleiben. Wurde Mrs. Garsby benachrichtigt?", fragte sie voller Angst.

Sichtlich missbilligend nickte Agnes. „Ja. Mein Mann hat ihr die Nachricht geschickt, Sie seien zu krank, um zu ihr zu kommen."

Marguerite war erleichtert. Es ging nicht an, den Posten zu verlieren, noch ehe sie die Stelle angetreten hatte. Sie war entschlossen, nie mehr im Leben um Unterstützung und Hilfe zu bitten. Sie dachte daran, dass sie nach Samuels drastischen Predigten über Sparsamkeit imstande sein würde, von den zwanzig Pfund, die ihr Mrs. Garsby angeboten hatte, eine Menge für ihr Alter zu sparen.

Da sie nie Geld gehabt hatte, kam der Betrag

ihr wie ein Vermögen vor. Sie war jedoch klug genug zu begreifen, dass sie einen Teil ihres Lohns für Zeiten aufheben musste, wenn sie arbeitslos war, und besonders für die Zeit, wenn sie zu alt zum Arbeiten sein würde.

Jemand klopfte an die Tür, und gleich darauf kam Nellie Bates mit einem Tablett ins Zimmer.

„Was machen Sie hier, Nellie?“

„Ich arbeite als Aushilfe, Miss Fellowes“, antwortete Nellie stolz. „Ich helfe Mrs. Barlow. Nur einige Tage lang. Meine Mutter will nicht, dass ich über Nacht hierbleibe. Aufgrund des schlechten Rufs Seiner Lordschaft. Man sagt, er sei wirklich sehr verkommen.“

Als Nellie den Raum verließ, war für Marguerite Mrs. Barlows verächtliches Schnauben das Zeichen dafür, dass die Hilfe des jungen Mädchens nicht gänzlich geschätzt wurde. „Nellie meint es gut“, sagte Agnes, um den entstandenen abfälligen Eindruck etwas zu mindern. „Das muss ich ihr lassen.“

Marguerite fand, dass die Dinge sich eindeutig zum Besseren entwickelten. Wenn Mr. Langley, nein, Lord Rutherford, Hilfskräfte einstellte, dann war er vielleicht kein so grässlicher Geizkragen wie Samuel. Das würde bedeuten, dass für alle auf dem Besitz Lebenden bessere Zeiten anbrachen.

Agnes stellte Miss Fellowes das Tablett auf den

Schoß. Argwöhnisch hob Marguerite den Deckel von der Schüssel. Brrr! Noch mehr Brühe! Sie erinnerte sich gut daran, dass Mr. Langley, nein, Seine Lordschaft, ihr den Löffel in die Hand gedrückt hatte. Hoffentlich hatte sie sich ihm nicht widersetzt. Ihr war klar, dass sie ihn wiedersehen musste, um ihm für die Pflege zu danken und sich bei ihm dafür zu entschuldigen, dass sie seine Gastfreundschaft ausgenutzt hatte. Sie hoffte, er möge nicht denken, sie lege es auf ein Almosen an.

Wie es sich ergab, sah Marguerite Seine Lordschaft mehrere Tage lang nicht. Er hatte auf ihre Absicht, ihre Sachen packen und nach Burvale House übersiedeln zu wollen, um dort ihre Stellung anzutreten, in autoritärer, um nicht zu sagen, schroffer Weise reagiert. Nachdem er von Mrs. Barlow über diesen Plan der Patientin in Kenntnis gesetzt worden war, hatte er sie beauftragt, ihr mitzuteilen, er würde sie, wenn sie so töricht sei, persönlich ausziehen, sie wieder ins Bett befördern und notfalls darauf festbinden, bis der Doktor ihr die Erlaubnis zum Aufstehen gab.

Mrs. Barlow war zwar entsetzt über Lord Rutherfords drastische Drohung, richtete sie jedoch gehorsam aus und musste zugeben, dass sie die gewünschte Wirkung erzielte. Fünf Tage lang äußerte Miss Fellowes nichts mehr darüber, dass sie aufstehen wolle, und dann war der Doktor sehr mit den Fortschritten zufrieden, die ihre Genesung machte.

Im Stillen vor Wut über die arrogante Art Seiner Lordschaft tobend, musste Marguerite zugeben, dass sie in Wirklichkeit gar nicht den dringenden Wunsch zum Aufstehen hatte. Ganz gewiss war er nicht so stark, als dass sie das Risiko hätte eingehen wollen, Seine Lordschaft zu zwingen, Farbe zu bekennen. Falls er wirklich bluffte, was sie äußerst zweifelhaft fand. Daher blieb sie glücklich lesend fünf Tage lang im Bett.

Nachdem Dr. Ellerbeck Marcus davon informiert hatte, die Patientin sei seiner Ansicht nach so weit genesen, dass sie das Bett verlassen konnte, saß er in der Bibliothek am Schreibtisch und wartete darauf, mit ihr über ihre Zukunft zu reden. Er hatte alles geplant. Sie würde die Stelle in Burvale House ganz gewiss nicht antreten. Das war für eine junge Dame, die sie zweifellos war, ganz und gar unpassend.

Zunächst konnte sie bei Diana bleiben. Er würde sie nach London schicken. Dadurch würde sie nicht in der Nachbarschaft sein, wo man über ihren Aufenthalt unter seinem Dach vielleicht bösartig tuschelte. Nach einer angemessenen Zeit würde er einen Teil des Geldes seines Großonkels auf sie übertragen. Das hätte der schäbige alte Geizkragen von sich aus tun müssen. Marcus würde ihr sagen, sein Großonkel habe gewünscht, dass er das tat, sobald das Ausmaß seiner finanziellen Verpflichtungen und Schulden bekannt wäre. Es bestand also kein Grund für sie zu denken, sie bekäme ein Almosen. Er würde noch am selben Abend an Diana schreiben und morgen oder übermorgen Mrs. Garsby die Nachricht schicken, sie müsse sich ein anderes Kindermädchen suchen.

Marcus lächelte erwartungsvoll. Er konnte es einfach nicht erwarten, Miss Fellowes' Gesicht zu sehen. Zunächst würde sie ungläubig sein und sich wahrscheinlich zieren. Dann würde sie aufgeregt und glücklich sein. Ihr Gesicht würde vor Freude gerötet sein.

Ein Klopfen an der Tür kündigte ihm an, dass sie eingetroffen war, um über die Wende ihres Geschicks informiert zu werden.

„Herein!“

Sie hatte eine tiefe Stimme gehört und zitterte leicht. Sie war so, wie sie sich an sie erinnerte, dunkel und weich. Es war die Art Stimme, die man am liebsten gestreichelt hätte wie eine große Katze. Nervös machte Marguerite die Tür auf, betrat den Raum und fragte sich dabei, ob sie Lord Rutherfords Aussehen ebenso gut im Gedächtnis behalten hatte wie seine Stimme.

Doch die Erinnerung hatte sie getrogen. Durch die Grippe musste sie wirklich nicht mehr bei Verstand gewesen sein. Lord Rutherford saß da an Vetter Samuels altem Schreibtisch und sah noch umwerfender aus, als sie ihn in Erinnerung hatte. Er war groß und kräftig und bot eine imposante Erscheinung. Sein Haar war so, wie Marguerite es erinnerte – goldbraun. Die Augen irritierten sie. Sie meinte, einen freundlichen, warmen Augenausdruck wahrgenommen zu haben. Jetzt war er kalt und verschlossen und verriet nicht, was in Lord Rutherford vorging.

Vielleicht war sie, wenn sie sich auf diesen kalten Blick konzentrierte, imstande, sich zu erinnern, dass sie Lord Rutherford vor sich hatte und Marcus Langley ein Traum war.

Er war erfreut zu sehen, dass sie viel besser aussah. Sie war immer noch zu blass, und ihre fahle Haut stand in starkem Kontrast zu den dunklen Schatten unter ihren Augen. Sie schien jedoch in den letzten Tagen etwas mehr Gewicht bekommen zu haben. Ihre Lippen, die, wie er feststellte, voll und hübsch geschnitten waren und weich aussahen, hatten mehr Farbe. Sie hatte genau den Mund, den er küssenswert fand. Stirnrunzelnd hielt er sich vor, dass Küssen nicht auf der Liste der Dinge stand, die er für Marguerite … Marguerite … nein, verdammt!, für Miss Fellowes vorgesehen hatte.

Angesichts seines Stirnrunzelns zuckte sie innerlich zusammen und errötete. Zweifellos fand er ihr Kleid schäbig, überhaupt nicht für eine Unterredung mit einem Earl geeignet. Nun, es war das Beste, das sie hatte, und wenn es ihm nicht gefiel, war das nicht zu ändern. Sie mochte es auch nicht, weil sie einigermaßen sicher war, dass sie in Schwarz nicht sehr vorteilhaft aussah. Und in den Augen von jemandem, der gewohnt war, sehr modisch gekleidete Frauen zu sehen, musste es langweilig sein. Sie hielt den Kopf hoch und war entschlossen, sich nicht zu ärgern. Mrs. Barlows Worten hatte sie entnommen, dass Seine Lordschaft nicht die mindeste Ahnung hatte, wer sie war. Schließlich war Fellowes ein weitverbreiteter Familienname.

„Guten Morgen, Miss Fellowes“, sagte Marcus höflich. „Ich hoffe, Sie sind genesen.“ Er bemerkte die leichte Röte ihrer Wangen. Es war besser, nicht zu sagen, dass sie viel besser aussah. Es war nicht notwendig, ihr unter die Nase zu halten, dass er sie gepflegt hatte.

Sie war jedoch aus härterem Holz geschnitzt. „Ich fühle mich sehr viel besser, Mylord“, erwiderte sie. „Und dafür muss ich, wie ich gehört habe, Ihnen danken.“ Um keinen Preis der Welt hätte sie zugegeben, dass sie sich detailliert an das erinnern konnte, was er für sie getan hatte, die Tatsache eingeschlossen, dass er wiederholt den Arm um sie gelegt hatte.

Äußerst verlegen tat er ihren Dank ab. „Nicht der Rede wert, Miss Fellowes. Das war eine Kleinigkeit. Ich wünsche mir nur, Mr. Barlow hätte mich früher darüber informiert, wie ernst es um Sie stand. Dann wäre Ihnen die Hilfe eines so unerfahrenen Menschen wie mir erspart geblieben." Er fand, er habe wie ein aufgeblasener Esel geklungen, kalt und gefühllos, was bisher nie der Fall gewesen war.

Marguerite fand, er habe gelangweilt geklungen, als sei sie für ihn eine Plage gewesen. Was sie wahrscheinlich auch gewesen war. Dennoch ... Vielleicht sollte sie sich an ihre Erinnerungen an Mr. Langley klammern, der so nett und freundlich gewesen war. Ja, in den ihr bevorstehenden Jahren der Einsamkeit würde das eine viel bessere Erinnerung sein. Das war besser als die kalte Realität, selbst wann alles nur ein Traum gewesen sein sollte.

Marcus räusperte sich. Was in aller Welt war der Grund für Miss Fellowes' seltsames Lächeln? Es war möglicherweise das netteste Lächeln, das er je zu Gesicht bekommen hatte, schüchtern und verhalten, ganz so als lächele sie über etwas, das ihr unaussprechlich lieb und sehr persönlich war.

Im Stillen schnaubte er verächtlich über diese wunderliche gedankliche Abschweifung und erwiderte: „Man hat mich darüber informiert, dass

Sie die Absicht hatten, in der Nachbarschaft die Stelle eines Kindermädchens anzutreten."

Scharfsinnig wurde Marguerite gewahr, dass er in der Vergangenheit geredet hatte. „Ja, Mylord", bestätigte sie fest. „Der Vikar hat mir diese Stelle vermittelt. Ich habe die Absicht."

Nicht minder scharfsinnig registrierte Marcus die Betonung auf dem Wort „habe". „Das geht nicht", sagte er kategorisch. „Für eine solche Stellung sind Sie ungeeignet. Das dulde ich nicht." Kaum hatte er den letzten Satz ausgesprochen, fragte er sich, ob er nicht einen taktischen Fehler begangen habe.

Marguerite riss die Augen auf und wurde wütend. Nachdem sie soeben erst einen verabscheuten Aufpasser begraben hatte, war sie nicht willens, sich einem anderen unterzuordnen. Erst recht nicht jemandem, der nicht das mindeste Recht hatte, Autorität über sie auszuüben. Sie machte den Mund auf, um Lord Rutherford eine schneidende Antwort zu geben, überlegte es sich jedoch anders. Hatte er schließlich doch herausgefunden, wer sie war? War das der Grund, weshalb er sie für ungeeignet hielt, Kinder zu beaufsichtigen? Es war besser, herauszufinden, was er meinte, ohne die Beherrschung zu verlieren. Wenn sie ihn gegen sich aufbrachte, konnte er es ihr unmöglich machen, eine Anstellung zu finden.

„Was raten Sie mir dann, Mylord?" Ihre Stimme hatte sanft und sachlich geklungen. Die Augen hatte sie züchtig niedergeschlagen. Sie hatte schon vor langer Zeit gelernt, dass es im Allgemeinen besser war, die Lage der Dinge herauszufinden, ohne im Mindesten zu erkennen zu geben, was sie dachte, geschweige denn, was sie fühlte.

Marcus war vollkommen überrascht. Puh! Er hatte angenommen, sie werde ihm etwas unter die Nase reiben. Erleichtert erläuterte er ihr die für sie gemachten Pläne und unterstrich das Vergnügen, das es seiner Schwester machen würde, sie auf unbegrenzte Zeit bei sich zu haben. Er wies auch darauf hin, dass sie, mit einer ihr übertragenen beträchtlichen Summe Geldes, eine passable Partie machen könne.

Unerträglich in Versuchung geführt, hörte sie zu. Nach London fahren, imstande sein, sich ein hübsches Kleid zu kaufen, vielleicht heiraten und eigene Kinder haben, statt die Sehnsucht nach Kindern durch die Beaufsichtigung der einer anderen Frau zu stillen! Aber das war ausgeschlossen. Ungeachtet der freundlichen Art Seiner Lordschaft – ja, trotz seines eisigen Gehabes war er freundlich, denn als er ihr mitgeteilt hatte, Vetter Samuel habe ihn gebeten, ihr Geld zu geben, hatte er versucht, sie nicht in ihrem Stolz zu verletzen – war ihr klar, dass er nicht die Wahrheit sagte.

Und sie bezweifelte ernsthaft, dass seine Schwester den Wunsch hatte, man möge ihr eine

Fremde aufdrängen. Ganz gewiss keine Person, die keine modischen Ambitionen hatte, nicht reich und auch nicht schön war. Ganz gewiss nicht, sobald sie wusste, wer Miss Marguerite Fellowes war. Offenbar hatte Seine Lordschaft keine Ahnung, denn sonst hätte er so etwas nicht vorgeschlagen. Und sobald er Bescheid wüsste, würde sie auf der Straße sitzen. Selbst ihre Familie hatte sie vor die Tür gesetzt. Nein, sie zog es vor, freiwillig zu gehen.

Einen Moment lang kam ihr der Gedanke, sie könne das Geld annehmen und verschwinden, ehe Seine Lordschaft die Wahrheit herausfand. Sie tat diesen Einfall jedoch sogleich als unehrenhaft ab. Sie konnte Lord Rutherfords Freundlichkeit nicht so schändlich ausnutzen.

Entschlossen unterdrückte sie ihre Sehnsüchte und äußerte sehr ruhig: „Nein.“ Dann fügte sie hinzu: „Nein, danke.“

Hätte sie verärgert Einwände gemacht, wäre Marcus der Meinung gewesen, sie sträube sich nur zum Schein und versuche, ihn glauben zu machen, sie könne seine Großzügigkeit unmöglich annehmen, obwohl sie die ganze Zeit hindurch die Absicht hatte, im richtigen Moment nachzugeben. Der ruhige, ausdruckslose Ton, in dem sie ihre höfliche Weigerung geäußert hatte, war für ihn sofort ein Zeichen, dass es ihr todernst war.

Er unterdrückte den Wunsch, eine Reihe selbstherrlicher Anordnungen zu erteilen und Miss Fellowes' Widerstand im Sturm zu nehmen, und fragte nur gleichermaßen ruhig: „Würden Sie mir sagen, warum Sie nicht wollen?"

Leicht die Stirn runzelnd, dachte Marguerite über die Frage nach. Schließlich ging es ihn nichts an, was sie mit ihrem Leben anfangen wollte, und außerdem hatte sie die Angewohnheit, ihre Absichten für sich zu behalten. Aber vielleicht hatte er, nachdem er ihr ein so freundliches Angebot gemacht hatte, etwas Besseres verdient, als ihn ohne nähere Erklärung vor den Kopf zu stoßen. Sie war ihm einen Teil der Wahrheit schuldig.

Sie holte tief Luft und sagte: „Erstens kann ich unmöglich Geld von Ihnen annehmen. Die Leute würden denken ..."

„Unsinn!", unterbrach er. „Ich habe Ihnen gesagt ..."

„Mylord", unterbrach sie ihn ihrerseits. „Samuel hat sich keinen Pfifferling um mich geschert. Er hat nicht einmal den Anschein erweckt, weder vor mir noch vor sonst jemandem. Er ist gestorben, ohne ein Testament gemacht zu haben, weil er zu knauserig war, einen Anwalt dafür zu bezahlen, ihm ein solches aufzusetzen. Der einzige Grund, weshalb er Cousine Euphemia gestattet hat, mich aufzunehmen, war, dass er in mir eine Wirtschafterin gesehen hat, die er nicht entlohnen musste." Das hatte Marguerite nicht sagen wollen, aber kaum hatte sie zu reden begonnen, hatte sich die seit Jahren von ihr unterdrückte Verärgerung Bahn gebrochen. Zähneknirschend zwang sie sich, tief durchzuatmen, und bemühte sich um Beherrschung. Seine Lordschaft durfte die Wahrheit nicht erfahren. Mr. Langley hätte sie sie vielleicht erzählt, aber nicht diesem kalten, herrischen Earl.

Als sie merkte, dass sie ihn mit seinen gut gemeinten Lügen zum Schweigen gebracht hatte, fuhr sie in gemäßigterem Ton fort: „Sie begreifen also, dass ich Ihr Geld nicht annehmen kann. Und ich werde ganz bestimmt Ihrer Schwester nicht zur Last fallen. Ich stehe in keiner Verbindung zu ihr. Ehrlich gesagt möchte ich nicht weiterhin die arme Verwandte sein, die von anderer Leute Wohlwollen abhängig ist. Ich danke Ihnen für Ihr Entgegenkommen, werde jedoch das tun, was ich vorhabe."

Einen Moment lang herrschte Stille. Marcus konnte Miss Fellowes' Standpunkt gut verstehen. Offenbar hatte ihre Stellung sie zermürbt. Er konnte sich jedoch nicht vorstellen, dass sie als Kindermädchen besser situiert sein würde. Ihre Lage konnte, je nach Arbeitgeber, sogar noch schlechter sein. Er kannte viele vornehme Damen, die die Kindermädchen ihrer Kinder unverhohlen verächtlich behandelten, sie als unterbezahlte Packesel benutzten, ihnen an jedem Fehlverhalten ihrer Kinder die Schuld gaben und jeden Versuch, die ungebärdigen Lieblinge zu bändigen, im Keim erstickten.

Das konnte er nicht zulassen. Das war undenkbar. Bei dem Gedanken, dass Miss Fellowes der Gnade einer dieser Damen ausgeliefert sein würde, krampfte sich ihm das Herz zusammen. Er äußerte jedoch nicht, was ihm durch den Kopf gegangen war. Seine Gefühle waren viel zu sehr in Aufruhr. Allein das war höchst verwirrend, denn er hatte es stets verstanden, seine Emotionen zu beherrschen.

Daher griff er wieder auf eine Angriffstaktik zurück und begann, Befehle zu erteilen: „Also gut. Sie haben Ihren Standpunkt klargemacht. Nachdem das geschehen ist, werde ich Mrs. Garsby morgen eine Nachricht zukommen lassen und sie über meine Entscheidung informieren. Wir bleiben noch eine Woche hier, damit Sie ganz gesund werden, und danach bringe ich Sie zu meiner Schwester. Das ist alles. Mehr gibt es zu diesem Thema nicht zu sagen." Er presste die Lippen zusammen und schaute Miss Fellowes so kalt an, wie seine Stimme geklungen hatte.

„Oh! Also gut." Wieder senkte sie die Lider.

Er betrachtete sie aus halb zusammengekniffenen Augen. Plötzlich machte ihr gefügiges Verhalten ihn misstrauisch. Ihre Nachgiebigkeit kam ihm auf einmal wesensfremd vor. Und er hätte nicht sagen können, warum.

„Mehr haben Sie nicht zu sagen, Marguerite … äh … Miss Fellowes?“

Ihr Vorname war ihm unbedacht über die Lippen gekommen. Leicht ballte er die Hände. Der Name rief ihm ins Gedächtnis zurück, wie intim die Situation während ihrer Krankheit gewesen war. Bei der Erinnerung, wie Miss Fellowes sich manchmal so vertrauensvoll an ihn geschmiegt hatte, fühlte er Verlangen nach ihr erwachen. Vorher hatte er kein körperliches Interesse an ihr gehabt. Nun jedoch war er sich dessen stark bewusst. Die Vermutung, sie würde sehr attraktiv sein, wenn sie gesund war, hatte sich nicht als falsch herausgestellt. Selbst jetzt konnte das armselige Kleid ihren schlanken, wohlgeformten Körper nicht verunstalten, obwohl sie noch nicht ganz auf der Höhe war.

„Nein, Mylord. Auf Wiedersehen.“ Rasch verließ sie den Raum.

Hoch erhobenen Kopfes kehrte sie in ihr Zimmer zurück. Seine Lordschaft glaubte also, sie würde nach seiner Pfeife tanzen? Nun, falls er wirklich glaubte, ein weiterer Langley könne sie malträtieren, dann würde er eine Überraschung erleben. In dieser Sache gab es vielleicht nichts mehr zu sagen, aber ganz bestimmt etwas zu tun!

4. KAPITEL

Dunkle Wolken zogen unheilvoll von Westen her über den Himmel, als Marguerite um halb fünf vor Burvale House aus dem Gig sprang und dem jungen Tom Judd, der sie hergefahren hatte, die Hand hinhielt.

„Vielen Dank, Tom. Auf Wiedersehen. Und bitten Sie Mr. Barlow, das hier Seiner Lordschaft zu geben." Mit leicht zitternden Fingern drückte sie Mr. Judd einen versiegelten Brief in die Hand. Seine Lordschaft würde wütend sein, aber daran konnte sie nichts ändern. Sie konnte sein Angebot nicht annehmen, und er musste den Grund dafür kennen. Sie hätte es jedoch nicht ertragen, ihn sich abwenden zu sehen und zu hören, dass er sein Angebot zurückzog, oder, was noch viel schlimmer gewesen wäre, ihn seine Verachtung herunterschlucken zu sehen und ihn sein Angebot erneuern zu hören.

Tom berührte die Krempe seiner Kappe und erwiderte fröhlich: „Ja, Miss Fellowes. Viel Glück." Er wendete die Kutsche und schüttelte die Zügel. „Marsch, voran!"

Marguerite schaute dem die Auffahrt hinunterrumpelnden Gig hinterher. Es schien sehr schnell zu verschwinden. Sie war von der Vergangenheit abgeschnitten und musste sich allein der Zukunft stellen. Tapfer reckte sie das Kinn und zog den roten Wollmantel fester um sich. Es hatte sich wirklich nichts verändert. Sie war immer allein gewesen. Es war nur so, dass diese Tatsache jetzt schwerer zu akzeptieren war, zweifellos deswegen, weil sie einen Augenblick lang gedacht hatte, es könnte anders sein.

Sie zwinkerte, um einen klaren Blick zu bekommen, und hielt sich verärgert vor, das Beste sei jetzt, alle Gedanken an das, was nie sein konnte, zu verdrängen, und sich auf das zu konzentrieren, was sein musste. Insbesondere musste sie alle Gedanken an Mr. Langley, ihren Freund, verbannen. Er war ein Geschöpf ihrer Fieberfantasien. Lord Rutherford stellte die Wirklichkeit dar. Er war freundlich genug, um sich Sorgen um das Schicksal einer Waise zu machen, aber stolz und überheblich. Er wäre nicht so besorgt gewesen, hätte er gewusst, wer sie war und warum keine der Damen in der Nachbarschaft es für notwendig gehalten hatte, ihr beizustehen.

Tapfer hob sie den schäbigen Portemanteau

auf, in dem sie ihre Habseligkeiten hatte, und trottete die Freitreppe hinauf. Sie sagte sich, dass sie zumindest mit Kindern zusammen sein und wirklich etwas eigenes Geld haben würde. Es konnte sich sogar herausstellen, dass Mrs. Garsbys enervierende Ähnlichkeit mit einem Basilisk nur auf ihren geschwächten Zustand während des Vorstellungsgesprächs zurückzuführen war. Vielleicht war Mrs. Garsby freundlich und rücksichtsvoll und würde ihren Lohn bald erhöhen, sobald sie erkannt hatte, wie hingebungsvoll sie sich mit ihren Kindern befasste.

Marguerite klammerte sich an diese unwahrscheinliche Möglichkeit, raffte allen Mut zusammen und betätigte in dem Augenblick, als die ersten Regentropfen fielen, den Klingelzug.

Mehrere Minuten lang öffnete niemand das Portal, und bis dann ein hochnäsiger Diener erschien, war sie bis auf die Haut durchnässt.

Der Diener wirkte nicht willens, sie ins Haus zu lassen. Sie bestand jedoch darauf, stellte den Fuß in den Türspalt und sagte, Mrs. Garsby erwarte sie. Endlich ließ der Diener sie mit leicht verächtlichem Schnauben ein. „Gehen Sie in die Halle. Ich werde sehen, ob die Herrin zu Haus ist."

„Es spielt keine Rolle, ob Sie zu Haus ist oder nicht", erwiderte Marguerite müde. „Ich sage Ihnen doch dauernd, dass ich das neue Kindermädchen bin."

Sie überlegte, ob sie es wagen könne, sich hinzusetzen, derweil der Diener sich entfernte, um Mrs. Garsby zu finden. Alles in allem fand sie es falsch. Wie die Dinge lagen, rann das Wasser aus ihren Sachen auf den Marmorfußboden, und ihr Mantel hing ihr wie ein triefendes Gewicht von den schmalen Schultern. Wenn sie sich auf einen der schön gepolsterten Stühle setzte, die in der Halle standen, würde sie ihn bald durchnässt haben. Um sich davon abzulenken, wie müde sie war, fing sie an, sich auszumalen, was Vetter Samuel zu all dem Luxus sagen würde, der, um Besucher zu beeindrucken, in der Eingangshalle entfaltet worden war. Sie war einigermaßen sicher, dass dieser Luxus sich nicht auf den Raum erstreckte, der für das Kindermädchen vorgesehen war.

„Darf ich wissen, warum Sie in mein Haus eingedrungen sind und was Sie hier wollen?“, unterbrach eine Frau mit kalt klingender Stimme Marguerite in ihren Gedanken.

Plötzlich klopfte ihr vor Angst das Herz schneller, während sie die steinerne Miene ihrer zukünftigen Arbeitgeberin betrachtete. Mit eisigem, hochmütigem Blick starrte Mrs. Garsby sie an, während sie die Treppe hinuntersegelte.

„Ich … ich bin hier, um meinen Posten anzutreten, Madam“, antwortete sie. „Sie … Sie hatten mich gebeten, so schnell wie möglich zu kommen.

Ich wollte gleich nach dem Begräbnis zu Ihnen kommen, habe mir jedoch die … die Grippe zugezogen. Ich dachte, Sie würden nicht wollen, dass ich die Kinder anstecke, und dann war ich zu krank … Falls es irgendwelche Unannehmlichkeiten gegeben hat, entschuldige ich mich dafür …“

Angesichts des eisigen Blicks hielt Marguerite inne. Als sie den erstaunten Ausdruck auf Mrs. Garsbys vertrocknetem Gesicht bemerkte, spürte sie vor Angst einen heftigen Druck auf der Brust.

Als Mrs. Garsby schließlich redete, schlug sie einen überheblichen, moralisierenden Ton an: „Hinaus! Ich war bereit, auf Bitten des Vikars Ihren familiären Hintergrund zu übersehen. Aber jetzt herzukommen und eine Anstellung in einem anständigen Haushalt zu erwarten! Grippe! Wirklich! Konnte Seine Lordschaft Ihnen keine bessere Geschichte zur Verheimlichung Ihrer Liaison erzählen?“

Marguerite blieb der Mund offen stehen. Dieser Aspekt ihrer Situation war ihr bisher noch nicht bewusst geworden.

„Aber ich war krank!“, wandte sie ein. „Sie können Dr. Ellerbeck fragen!“

Mrs. Garsby schnaubte ungläubig. „Selbst wenn! In dem Haus zu bleiben, nachdem Seine Lordschaft eingetroffen war! Zweifellos haben Sie geglaubt, Sie dreiste kleine Schlampe, Sie könnten ihn umgarnen! Verschwinden Sie auf der Stelle! Zweifellos kann Seine Lordschaft für Sie eine geeignetere Stelle finden. Eine, die zur Farbe Ihres Mantels passt. Ich würde in meinen mütterlichen Pflichten versagen, erlaubte ich, dass Sie mit Ihrem schlechten Einfluss auch nur in die Nähe meiner Familie kommen!"

Zehn Jahre zuvor hatte Marguerite eine ähnliche Äußerung gehört. Damals hatte sie nicht gewusst, was das bedeutete. Der Ton allein hatte jedoch das Herz eines verwirrten, trauernden kleinen Mädchens zutiefst getroffen. Dann hatte sie sich verletzt und beschämt abgewandt. Jetzt begriff sie jedoch, was zu ihr gesagt worden war, und die Ungerechtigkeit machte sie wütend. Trotz jahrelanger Übung darin, die Gefühle hinter einer Fassade des Gleichmuts zu verbergen, geriet sie in Wut.

„Meine Schwester hat gesagt, ich würde meine Großzügigkeit bereuen, auf den Vorschlag des Vikars eingegangen zu sein. Was einem angeboren ist, bricht sich immer Bahn!"

Diese Äußerung von Mrs. Garsby brachte das Fass zum Überlaufen. „Tut es das, Mrs. Garsby? Tut es das wirklich?" Marguerites Stimme hat leise und verbittert geklungen. „Dann danke ich Gott dafür, dass ich nicht die Aufsicht über Ihre Kinder bekomme! Denn ich habe nicht den mindesten Zweifel daran", fügte sie in vor Erregung wütender werdendem Ton hinzu, „dass sie genau so unchristlich und gemein sind wie ihre Mutter! Ich hoffe, Sie sind stolz darauf, den ersten Stein geworfen zu haben. Leben Sie wohl, Mrs. Garsby!“

Nach wenigen Minuten hatte Marguerite ihren ersten Eindruck von Mrs. Garsby zum größten Teil bestätigt gesehen. Sie hob den Portemanteau auf und ging stolz zur Haustür. Sie machte sie auf, trat in den prasselnden Regen und knallte sie so fest wie möglich zu. Hinter sich konnte sie das Echo durch die Halle dröhnen hören. Dem Knall folgte prompt ein anderer – ein Donnerschlag. Marguerite reckte das regennasse Gesicht zum Himmel und merkte, dass nicht die geringste Aussicht bestand, der Regen könnte aufhören.

Getrieben von ihrer Wut und der Zufriedenheit, einer der ortsansässigen Matronen endlich einmal deutlich gesagt zu haben, was sie von ihr hielt, begriff sie zunächst nicht, was vor ihr lag. Als sie dann die Auffahrt hinuntergegangen war und die Straße erreicht hatte, stürmte die Wirklichkeit mit größerer Gewalt auf sie ein als der Donner und der rauschende Regen. Grimmig stellte sie sich ihrer Situation. Sie würde zum Vikar gehen müssen. Vielleicht konnte er ihr helfen. Selbst wenn er ihr nur zur Aufnahme im nächsten Heim für gefallene Mädchen verhalf. Kläglich dachte sie daran, dass das vielleicht für sie die beste Lösung wäre. Zumindest würde man ihr eine Ausbildung geben, und sie wäre mit mildtätigen Menschen zusammen, die ihr ihre Vergangenheit nicht dauernd unter die Nase rieben.

Sie würde gleich zum Vikariat gehen. Nein, das lag fünfzehn Meilen entfernt. Nach Fenby Hall waren es nur zehn. Selbst wenn jemand sie unterwegs mitnahm, konnte sie sich an diesem Abend unmöglich zum Vikariat begeben. Sie würde nach Haus gehen und sich hineinstehlen, um die Nacht dort zu verbringen. Niemand musste erfahren, dass sie dort war. Am nächsten Morgen konnte sie sich dann zum Vikariat begeben.

Sie trottete die zunehmend morastiger werdende Straße hinunter und merkte plötzlich, dass sie weinte. Ihre Tränen mischten sich mit den Regentropfen auf ihren Wangen. Nie in ihrem einsamen Leben hatte sie sich so verlassen gefühlt. An diesem Vormittag hatte sie zumindest noch die Aussicht gehabt, in einem anständigen Haushalt arbeiten zu können. Jetzt war sie buchstäblich auf sich angewiesen.

Flüchtig zog sie in Betracht, zu Lord Rutherford zu gehen, ließ den Gedanken jedoch fallen. Nein, sie hatte sein Hilfsangebot zurückgewiesen. Sie konnte jetzt nicht zurückgehen und betteln. Außerdem hatte sie sich in den vergangenen zehn Jahren niemandem anvertraut. Sie würde gar nicht wissen, wo sie anfangen sollte. Eine innere Stimme sagte ihr, sie sei ziemlich albern. Schließlich mochte sie Mr. Langley. Er war nett und freundlich und würde sich um sie kümmern. Vielleicht waren ihre Vergangenheit … ihre Eltern … ihm gleich …

Sie verdrängte den Gedanken. Wie konnte es sein, dass ihm das gleich sein würde? Außerdem war er Lord Rutherford. Außerhalb ihres Fieberwahns existierte Mr. Langley nicht.

Sie trottete weiter, als ein Ruf hinter ihr sie in den düsteren Gedanken störte. Hoffnungsvoll drehte sie sich um und sah einen Bauernkarren, der von einem ihr bekannten Feldarbeiter gelenkt wurde. Zumindest musste sie den ganzen Weg nach Haus nicht zu Fuß zurücklegen.

Marcus kehrte von den Geschäften des Tages spät zurück. Der Regen tropfte von seinem dicken Friesmantel, und Marcus war sehr durchgefroren. Er ging in den Salon und läutete dem Butler. Er dachte daran, ein Bad zu nehmen und dann mit Miss Fellowes zu reden, um zu versuchen, ihr Vernunft zu predigen. Er war zu brüsk zu ihr gewesen, zu bestimmend.

Im Kamin brannte ein loderndes Feuer. Er stellte sich davor und wärmte sich die Hände. Miss Fellowes' Entschlossenheit, ihren eigenen Weg gehen zu wollen, beeindruckte ihn ebenso, wie sie ihn überraschte. Er fand, dass viele junge Damen in ihrer Lage das abgelehnt hätten, was er ihr angeboten hatte.

Der Butler erschien und sagte sofort: „Gott sei Dank, dass Sie zurück sind, Mylord! Es geht um Miss Fellowes."

Eine kalte Hand schien nach Marcus' Herz zu greifen. Zum Teufel, was stimmte nicht mit Miss Fellowes? War sie wieder krank?

„Sie ist verschwunden."

„Verschwunden!", entfuhr es Marcus. „Zum Teufel, was meinen Sie damit? Wohin ist sie?" Dann begriff er. Sie war ihm am Morgen ein bisschen zu gefügig vorgekommen. Offensichtlich hatte sie sich entschlossen zu handeln, ehe er ihre zukünftige Arbeitgeberin davon in Kenntnis setzen konnte, dass ihre Pläne sich geändert hatten. Sie hatte geglaubt, ihm dadurch zuvorzukommen, außerhalb seiner Reichweite zu sein. Nun, sie würde merken, dass das ein Fehler gewesen war. Und dann empfand Marcus trotz seiner Verärgerung Bewunderung für ihr Verhalten. Mit dem Einverständnis, in Bezug auf ihre Zukunft gäbe es nichts mehr zu sagen, hatte sie ihn vollkommen eingewickelt. Die kleine Teufelin!

Etwas beunruhigt beobachtete Mr. Barlow ihn. „Ja. Sie ist zu Mrs. Garsby gefahren. Meine Frau und ich wussten das nicht. Miss Fellowes hat sich davongestohlen und Tom Judd dazu gebracht, sie im Gig hinzufahren. Es tut mir leid, Mylord. Sie hat das hier für Sie mitgeschickt.“ Er hielt Seiner Lordschaft den Brief hin.

Marcus nahm den Brief an sich. „Vielen Dank, Barlow. Ist das Badewasser heiß?“

„Ja, Mylord. Soll ich das Bad richten?“

Marcus hatte bereits den Umschlag geöffnet und nickte nur. Während der Butler sich entfernte, begann er den Brief zu lesen:

Lieber Lord Rutherford,

ich hoffe, dass Sie, wenn Sie diesen Brief lesen, begreifen werden, warum ich mich heute Morgen nicht imstande fühlte, alles zu erklären und den Grund zu nennen, weshalb ich Ihr großzügiges Hilfsangebot ablehnen muss. Wenn ich Ihnen sage, dass ich die Tochter von Sir Robert Fellowes und Lady Caroline, seiner Frau, bin, dann, glaube ich, werden Sie den Grund begreifen. Sie sind alt genug, um sich an den Skandal zu erinnern, den es um den Tod meiner Eltern gab. Meine Mutter war eine Verwandte von Vetter Samuels Frau. Deshalb er mich danach bei sich aufgenommen. Im Hinblick auf das Benehmen meiner Mutter hat mein Vater mich zugunsten meines Vetters Delian enterbt. Mein Vetter Delian und seine Frau weigerten sich, mich bei sich aufzunehmen, aus Sorge, ich könnte ihre Kinder verderben. Das hätte ich Ihnen sagen müssen,

aber dafür war ich zu feige. Ich danke Ihnen noch einmal für die Pflege, die Sie mir während meiner Krankheit angedeihen ließen. Ich werde das nie vergessen.
Hochachtungsvoll,
Marguerite Fellowes.

Marcus starrte den Brief an. Seine Gefühle waren in Aufruhr. Die Tochter von Robert und Caroline Fellowes! Großer Gott! Kein Wunder, dass keine der anständigen Matronen etwas mit dem Mädchen zu tun haben wollte. Marcus erinnerte sich recht gut an den Skandal. Vor zehn Jahren war es monatelang Stadtgespräch gewesen, dass Sir Robert sich, nachdem er seine Gattin und ihren Liebhaber in flagranti erwischt hatte, umgebracht hatte. Marcus hatte jedoch nie gehört, dass Sir Robert ein Kind gehabt hätte. Ganz gewiss war es nie von Sir Delian und Lady Fellowes erwähnt worden. Und Miss Fellowes war die ganze Zeit hier bei Samuel gewesen!

Benommen schüttelte Marcus den Kopf. Was war jetzt zu tun? Er zog die Möglichkeiten in Erwägung. Natürlich würde er hinter Miss Fellowes herfahren müssen. Aber sollte er die Sache bis zum Morgen warten lassen oder sofort aufbrechen? Kleine Närrin! Warum zum Teufel hatte sie ihm nichts gesagt? Sie hatte doch gewiss nicht geglaubt, er werde ihr die kalte Schulter zeigen.

Er verzog das Gesicht. Wahrscheinlich hatte sie das gedacht. Er war absichtlich kalt zu ihr gewesen, so wie er sich gegenüber den meisten Menschen benahm. Zweifellos wurde sie von vielen Leuten gesellschaftlich geächtet. Sogar ihr Cousin hatte sich geweigert, dem elternlosen Kind beizustehen.

Zum Teufel mit dem alten Samuel! Hätte er sich dem Mädchen gegenüber richtig verhalten, wäre ihre Geschichte jetzt keine so große Belastung für ihn, Marcus. So jedoch hatte man zugelassen, dass sie sich in der Öffentlichkeit derart verbreitet hatte, bis sie schließlich lächerliche Ausmaße angenommen hatte.

Erneut las Marcus den Brief. Zu feige? Er schüttelte den Kopf. Das war das Letzte, das Marguerite, nein, Miss Fellowes sich vorwerfen musste. „Zu stolz" wäre die richtigere Formulierung gewesen. Zu stolz, das in Unkenntnis der Wahrheit gemachte Angebot anzunehmen, und zu stolz, ihm das zu sagen, um ihn sich dann vielleicht verachtungsvoll abwenden, oder, was noch schlimmer gewesen wäre, sie bemitleiden zu sehen. Und der Brief selbst? Marcus hatte nie eine gefühllosere, unbeteiligtere Erklärung einer so tragischen Situation gesehen. Der persönlichste Teil des Briefs war die kurze Anerkennung seiner Pflege!

Marcus verdrängte den Gedanken, dass es ebenfalls seine Art war, emotionslos mit der Welt umzugehen, und er in der Tat versucht hatte, auch Miss Fellowes so zu behandeln – mit katastrophalen Folgen.

Was war jetzt zu tun? Sollte er Miss Fellowes am nächsten Morgen hinterherfahren oder ein Bad nehmen und ihr noch an diesem Abend hinterherfahren? Er überlegte angestrengt. Er hasste den Gedanken, sie bis zum Morgen in ihrer misslichen Lage zu lassen, doch das Wetter würde einen sofortigen Aufbruch unmöglich machen. Außerdem war sie wahrscheinlich erschöpft, und nach einer durchschlafenen Nacht würde es ihr besser ergehen. Wenn er sie noch an diesem Abend holte, würde sie nicht vor Mitternacht ins Bett kommen. Nein, er würde am nächsten Morgen aufbrechen und sie zurückbringen.

Nachdem das jetzt geregelt war, konnte er in sein Zimmer gehen und ein entspannendes Bad nehmen. Nach dem Abendessen würde er an Diana schreiben und ihr mitteilen, sie habe mit einem Hausgast zu rechnen, dessen Aufenthalt unbegrenzt sein würde. Bestimmt konnte er Miss Fellowes mit Dianas Hilfe gut in der Gesellschaft etablieren. Was das Mädchen brauchte, war ein Ehemann. Jemand, der keinen Deut darauf gab, was die Leute dachten. Jemand, der Miss Fellowes gut behandeln und sicherstellen würde, dass auch alle anderen das taten. Jemand, dem sie vertrauen konnte.

Derweil Marcus die Treppe hinaufging, gelobte er sich, jeden, der Miss Fellowes heiraten wollte, einer genauen Prüfung zu unterziehen. Verdammt wollte er sein, wenn er zuließ, dass sie wieder als Packesel missbraucht wurde! In Gedanken ging er mögliche Partien durch und tat sie alle ab. Plötzlich wurde seine Aufmerksamkeit von einem Rascheln gefesselt.

Oben auf der Treppe blieb er stehen und schaute sich um, sah jedoch niemanden. Dennoch war er sicher, dass jemand da war. Alle seine Sinne waren geschärft, er hatte das Gefühl, beobachtet zu werden. Hatte jemand sich in einem Zimmer versteckt? Das glaubte Marcus nicht. Sein Blick fiel auf die Fenstervorhänge am anderen Ende des Korridors. Dahinter war eine Nische, in der sich jemand verbergen konnte.

Entschlossen ging er darauf zu.

Erschrocken stand Marguerite so still wie möglich da und beobachtete durch einen kleinen Spalt im Vorhang, wie die hoch gewachsene Gestalt sich ihrem Versteck näherte. Lord Rutherford durfte sie jetzt nicht finden! Er hatte ihren Brief gelesen! Er würde denken, das alles sei eine abgekartete Sache! Und dass sie versuche, sein Mitgefühl zu gewinnen! Schlimmer noch – er konnte denken, dass sie in Anbetracht ihrer Abstammung eine andere Art Angebot schätzen würde. Die Art Angebot, auf die Mrs. Garsby sich bezogen hatte.

Er kam näher. Marguerite konnte nicht mehr klar denken. Sie war so entsetzlich müde. Ihr war so schrecklich kalt und ihr nasser Mantel so furchtbar schwer. Sie konnte nur daran denken, dass Lord Rutherford sie vielleicht wieder an sich drücken, sie trösten und sie möglicherweise an seiner Schulter ausweinen lassen würde. So erschöpft, wie sie war, konnte sie sich nicht vorstellen, wozu breite Schultern sonst gut sein sollten. Aber nein, er war Lord Rutherford, nicht Marcus Langley. Er würde angewidert sein und sich kalt erkundigen, was sie in seinem Haus zu suchen habe.

Sie wollte nicht wie ein eingeschüchterter herrenloser Hund aufgefunden werden, der den Schwanz einzog. Nein, das wollte sie nicht! Hoch erhobenen Hauptes trat sie hinter dem Vorhang hervor, klammerte den durchnässten Portemanteau an sich und hielt Lord Rutherfords erstauntem Blick stand.

„Miss Fellowes? Was in aller Welt machen Sie hier?“ Er ging zu ihr und nahm sie in die Arme. „Mein Gott, Sie sind klatschnass! Sie dummes Kind! Man hat mir gesagt, Sie seien verschwunden, und mir Ihren Brief gegeben.“ Mit scharfem Blick nahm Marcus ihre Erschöpfung wahr, ihren verdreckten Mantel und den noch schmutzigeren, darunter sichtbaren Saum ihres Kleides.

„Sie waren fort! Was ist passiert, Miss Fellowes?"

Er war Marcus Langley! Er war nicht Lord Rutherford. Es war Mr. Langley, der sie gefunden hatte. Mr. Langley, aus dessen besorgtem Blick zärtliche Beunruhigung sprach. Mr. Langley konnte sie sagen, was passiert war. Zumindest ... nein, das konnte sie nicht! Nicht alles. Falls er herausfand, was geredet wurde, dann würde er sich genötigt fühlen, ihr einen Heiratsantrag zu machen. Zumindest Mr. Langley würde das tun ... In Bezug auf Lord Rutherford war sie nicht so sicher. Ihre Verwirrung hatte ihr Denken umnebelt.

„Sie hatte die Position ... bereits besetzt. Sie konnte nicht warten ..." Wahrscheinlich stimmte das. Marguerite tröstete sich mit dem Gedanken, dass das keine glatte Lüge war. Und Mr. Langley hielt sie wieder in den Armen, drückte sie an seinen kräftigen Körper, wärmte sie. Seine Arme beschützten sie vor der Welt und ihren bitteren Ängsten. Kaum noch bei Sinnen lehnte sie sich an ihn.

„Und Sie sind zu Fuß hergekommen? Zehn Meilen?" Der Gedanke erfüllte ihn mit Entsetzen. Zehn Meilen in strömendem Regen! Sie hatte das Krankenbett doch erst am Vormittag verlassen. Welche Art Frau würde ein Mädchen so vor die Tür setzen? Morgen würde Mrs. Garsby die Empfängerin eines sehr bösen Briefes sein. Und falls sie sich je in London sehen ließ, würde er sich ein großes Vergnügen daraus machen, sie genau wissen zu lassen, was der Earl of Rutherford jemandem antun konnte, der ihn verärgerte!

In der Zwischenzeit brüllte er laut nach Hilfe. Niemand kam. Die Barlows waren außer Hörweite. Zunehmend beunruhigt, betrachtete er Miss Fellowes. Sie klapperte mit den Zähnen, und ihre Lippen sahen bläulich aus. Ihre zierliche Gestalt war entkräftet gegen ihn gesunken, und durch die triefenden Sachen fühlte sie sich eiskalt an. Verdammt noch mal! Sie sollte im Bett sein! Sie war immer noch krank, und wenn er sie nicht rasch aufwärmte, würde sie einen Rückfall erleiden! Verhalten fluchend, hob er sie auf die Arme. Eine ernste Notlage verlangte nach ernsten Maßnahmen.

5. KAPITEL

Als Mr. Langley sie hochhob, begann ihr Verstand wieder zu arbeiten. Sie durchnässte ihn mit ihrer triefenden Kleidung. Sein Blick war wieder eisig geworden. Nun war er wieder Lord Rutherford.

„Bitte, Mylord! Ich muss mich umziehen." Sie würde sich wohler fühlen, wenn sie trocken war. „Warm" wäre auch schön, aber sie gab sich mit „trocken" zufrieden. Sie glaubte nicht, dass ihr je wieder warm sein würde. Es sei denn, natürlich, wenn Mr. Langley sie weiterhin so durch den Korridor trug. Das würde sie vielleicht aufwärmen … Sie trug? Was in aller Welt tat er? Sie näherten sich seiner Suite! Warum trug er sie in sein Zimmer?

Plötzlich erschrak sie und begann sich zu sträuben. Und stellte fest, dass Mr. Langleys starke Arme mehr als hinreichend waren, um alle ihre Fluchtversuche zu vereiteln. Sie waren wie Eisenbänder, die sie an seine Brust pressten. Sie hörte die Tür ins Schloss fallen und geriet in Panik. Der Mann, der sie in sein Zimmer trug, musste doch Lord Rutherford sein! Er hatte einen schrecklichen Ruf … Wo war Mr. Langley?

„Ziehen Sie Ihre Sachen aus.“ Sie stand wieder auf ihren Füßen.

„Ne…in.“

„Miss Fellowes …“ Nun klang Seine Lordschaft wieder wie Mr. Langley. Oder war er Mr. Langley, der wie Lord Rutherford klang? Er klang entnervt, ganz gleich, wer er war. „Ziehen Sie Ihre Sachen aus, Miss Fellowes, und steigen Sie sofort in die Badewanne, ehe Sie sich zu Tode erkälten!“

Stumm starrte sie ihn an. Sie konnte sich nicht vor ihm ausziehen! Zwar mochte ihr Ruf ruiniert sein, aber sie besaß ein ausgeprägtes Schamgefühl!

Mit einem halb unterdrückten Fluch zog Marcus sie an sich und fing an, sie auszuziehen. Schockiert versuchte sie, ihn von sich zu stoßen, fühlte sich jedoch zu schwach und war auch zu verwirrt. Mit der Linken umfasste er ihre Handgelenke und hielt sie hinter ihrem Rücken fest, während er mit der freien Hand die Knöpfe ihres hochgeschlossenen Spenzers aufmachte, und dann die Schleifen an ihrem Kleid.

Trotz seiner Bemühungen, sie nicht zu berühren, derweil er sie auszog, streiften seine Finger unweigerlich ihre weiche Haut und unterbanden ihr Gezappel weitaus effektiver als sein Griff um ihre Handgelenke. Verwirrt und hilflos stand sie da. Mehr noch, sie war sich nicht mehr sicher, ob sie vor Kälte oder vor Vergnügen über die aufreizenden Berührungen seiner warmen Finger zitterte.

Im Nu hatte er ihr das nasse Kleid ausgezogen, das mit einem hörbarem „Platsch“ auf dem Fußboden landete. Zitternd stand sie in Chemise und Unterrock da. Zu seinem Entsetzen stellte Marcus fest, dass er bei dieser Prozedur erregt wurde. Und durch Miss Fellowes' unverkennbare Reaktion auf seine unabsichtlichen Avancen. Vollkommen verwirrt starrte sie ihn an. Ihre zarten Lippen waren leicht geöffnet und für ihn eine erschreckende Versuchung. Zudem enthüllte die triefende Unterwäsche, was er vermutet und zwei lange Nächte standhaft zu ignorieren versucht hatte: Miss Marguerite Fellowes mannigfachen Reize.

Er unterdrückte ein Stöhnen und bändigte sein plötzlich erwachtes Verlangen. Großer Gott, das Mädchen war buchstäblich bis auf die Haut durchnässt. Ihre baumwollene Chemise und der Unterrock klebten an ihrer schlanken Gestalt. Jede Kurve, jede Einzelheit zeigte sich seinem hitzigen Blick. Marcus schluckte schwer. Gott, war Miss Fellowes schön! Wie würde es sein, mit ihr zu schlafen? Sie zu lieben? Er konnte sich das vorstellen … weich … nachgiebig … vollkommen bezaubernd.

Zum Teufel, woran dachte er? Er sollte ihr zu einem heißen Bad verhelfen, damit sie sich aufwärmte! Nicht daran denken, mit ihr ins Bett zu gehen! Allerdings würde sie, so wie er sich fühlte, bestimmt aufgewärmt werden … Nunmehr hörbar fluchend, hob er sie wieder auf die Arme und ging zur Badewanne.

„Was tun Sie, Mr. Langley?" Marguerite war entsetzt, nicht zuletzt angesichts der Tatsache, dass es ihr nicht gelang, sich weiterhin zu sträuben. Wenn Mr. Langley vorhatte, ihr Gewalt anzutun, dann … Ihre Befürchtungen schwanden abrupt, als er sie ziemlich unsanft in die Sitzbadewanne setzte.

„Oh! Oooooh!" Ihr schockierter Ausruf verwandelte sich in wohliges Seufzen, als die Wärme in ihren Körper zurückkehrte. Die Unschicklichkeit der Situation restlos missachtend, schloss sie vollkommen entzückt die Augen und lehnte sich zurück. Einen Moment später spürte sie, dass Wasser über sie geschüttet wurde, und machte die Augen auf. Mr. Langley hockte neben ihr, machte einen Schwamm nass und drückte ihn dann über ihren Schultern und Brüsten aus.

Das fühlte sich einfach wundervoll an. Ihr wurde nicht nur warm. Lord Rutherford schien vollkommen verschwunden zu sein, und nur Mr.

Langley war zurückgeblieben. Sie lächelte ihn an. Die nachmittäglichen Schrecken verschwanden im Dampf, der vom Wasser aufstieg. Später würde sie sich mit Lord Rutherford der grässlichen Wirklichkeit stellen müssen, doch im Moment hatte sie Mr. Langley, der sich um sie kümmerte. Also konnte sie sich ebenso gut zurücklehnen und alles genießen. Glücklich gestattete sie ihren Gedanken, sich mit den Dampfwolken zu verflüchtigen.

Er schloss die Augen, um dem Anblick dieses vertrauensvollen, lieben Lächelns zu entgehen. Ganz zu schweigen vom Anblick ihres Körpers, der nur mit dem durchnässten, durchsichtigen Baumwollunterhemd bekleidet war, das an allen ihren Rundungen klebte. Der Unterrock wallte um die Beine und enthüllte auf eine aufreizende Weise die langen schlanken Schenkel. Grimmig dachte Marcus daran, dass für Miss Fellows, sollte Mrs. Garsby je von dieser Episode hören, der einzige Aufenthaltsort das nächste Heim für gefallene Mädchen sein würde. Er hatte trotz ihrer höflichen Lüge absolut keinen Zweifel daran, warum sie vertrieben worden war.

Er räusperte sich. „Ist Ihnen jetzt wärmer, Miss Fellowes?"

„Oh ja!" Die Antwort war von einem Seufzer puren sinnlichen Entzückens begleitet worden. Marcus mochte nicht an die vernichtende Wirkung denken, die ein solcher Seufzer unter anderen Umständen auf seine ohnehin schon erregten Sinne haben würde. Um Gottes willen! Miss Fellowes war kaum mehr als ein Kind! Sie war immer noch krank und hatte schon genug Schwierigkeiten, als dass er ihr noch weitere hätten bereiten müssen.

Abrupt richtete er sich auf. Er traute sich nicht zu, sie abzutrocknen. Mit langen Schritten ging er zum Klingelzug. Er würde läuten und Mrs. Barlow kommen lassen. Das hätte er ohnehin schon vor zehn Minuten tun sollen. Er konnte sich nicht erklären, was über ihn gekommen war, dass er es nicht getan hatte. Er war sich nur eines überwältigenden Gefühls der Zärtlichkeit und des Wunsches bewusst gewesen, sich persönlich um Miss Fellowes zu kümmern. Ihm war nicht einmal der Gedanke gekommen, jemanden zu rufen. Das Ganze war ihm vollkommen natürlich und richtig erschienen.

Als er jetzt bebend mit dem Rücken zu Miss Fellowes stand, begriff er seinen Fehler. Gott! Und er hatte gedacht, dass Jugend und Unschuld keinen Reiz auf ihn ausüben würden! Er hätte sich nicht mehr irren können. Ein Klopfen an der Tür unterbrach ihn in den verstörten Überlegungen. Barlow. Marcus ging zur Tür und machte sie einen Spaltbreit auf.

„Sie haben geläutet, Mylord?“ Mr. Barlow sah

sehr verblüfft darüber aus, dass Seine Lordschaft noch nicht gebadet hatte. „Ist etwas nicht in Ordnung?“

„Ja“, antwortete Marcus knapp. Er zögerte einen Moment und fuhr dann fort: „Miss Fellowes ist zurückgekommen. Ich habe sie in die Badewanne gesetzt. Mrs. Garsby hat sich geweigert, sie bei sich aufzunehmen. Sie ist in dem Unwetter zu Fuß zurückgekehrt. Könnten Sie Ihre Frau bitten, heraufzukommen, sie abzutrocknen und ihr trockene Sachen zu geben?“

Mr. Barlow fiel der Unterkiefer herunter, und in seinem faltigen alten Gesicht zuckte es einen Moment lang. Alles, was er dann sagen konnte, war: „Dieses Miststück!“

„Genau!“, stimmte Marcus ihm nachdrücklich zu. „Diese …“ Er fügte eine Reihe drastischer, Mrs. Garsby beschreibender Ausdrücke hinzu, die bei Mr. Barlow keinen Zweifel daran ließen, dass Seine Lordschaft ebenso wütend war wie er.

„Ich werde meine Frau sofort holen, Mylord. Und Miss Fellowes ist zu Fuß hergekommen? In diesem Unwetter? Das arme Kindchen!“

Mr. Barlow verschwand, und Marcus drehte sich wieder um. Sein Blick fiel auf Miss Fellowes’ Portemanteau. Er machte das Gepäckstück auf. Und fluchte laut. Es war vollkommen durchnässt, wie alles, was sich darin befand. Miss Fellowes hatte es Mrs. Garsbys Gefühllosigkeit und Missachtung allen menschlichen Anstands zu verdanken, dass sie keinen eigenen trockenen Faden am Leibe haben würde.

Verhalten fluchend ging Marcus zu seiner Kommode und fand ein Nachthemd. Es würde für Miss Fellowes viel zu lang sein, sie aber wenigstens wärmen. Sein Morgenmantel aus schwerer roter Seide lag auf einem Sessel. Auch das würde hilfreich sein … und … Er ließ den Blick durch den Raum schweifen … Ach, ja! Seine Jacke … und einige Decken, dann konnte Miss Fellowes sich hinsetzen und einigermaßen sittsam gekleidet etwas essen. Je mehr Sachen sie anhatte, desto besser – von seinem Standpunkt aus betrachtet! Bewusst vermied er es, sie anzusehen, während er hin und her ging.

Agnes Barlow betrat den Raum, ohne sich die Mühe gemacht zu haben, an die Tür zu klopfen. „Mylord! Was …“ Angesichts der im Bad schlummernden Miss Fellowes hielt sie inne. Ihr sonst so sanfter Blick schien Feuer zu sprühen. Einen Moment lang glaubte Marcus, sie werde etwas äußern, doch sie ging nur weiter, hockte sich neben der Badewanne hin und schüttelte Miss Fellowes an der Schulter. „Kommen Sie, Schätzchen! Es ist Zeit, Sie trocken zu bekommen!“

Marcus drehte sich das Herz im Leibe um, als er den Ton rauer Zärtlichkeit in Mrs. Barlows Stimme hörte. War das die einzige Freundlichkeit, die

Miss Fellowes in den letzten zehn Jahren zuteilgeworden war? Dennoch konnte sie von Glück reden. Ihm grauste bei dem Gedanken, welches Los ihr in einem vornehmeren Haushalt beschieden gewesen wäre, wo die Dienstboten den Ton von ihrer Herrschaft übernahmen. Hier war sie zumindest in der Obhut der Barlows gewesen, unabhängigen Landleuten, die selbstständig dachten und sich eine Meinung nach dem bildeten, was sie vor Augen hatten.

Agnes drehte sich zu ihm um. „Ich hole sie jetzt heraus, Mylord. Wenn Sie sich bitte entfernen würden! Was Sie, wie ich mir zu sagen anmaße, von Anfang an hätten tun sollen! Ein Bad war sicher genau das, was Miss Fellowes brauchte, aber Sie hatten nicht das Recht, sie auszuziehen." In Anbetracht dieses Mangels an Schicklichkeit hatte ihre Stimme indigniert geklungen.

„Miss Fellowes' … Sachen … waren ganz nass", erwiderte Marcus verlegen. Es zeigte seine Verlegenheit, dass er keine Verärgerung darüber empfand, sein Verhalten von einem seiner Dienstboten kritisiert zu hören. „Sie können Miss Fellowes das hier anziehen." Er hielt Mrs. Barlow die seltsame Auswahl hin.

Bei der Tür blieb Marcus stehen. „Sagen Sie Miss Fellowes, dass ich morgen früh mit ihr über ihre Lage sprechen will. Ich werde Ihrem Mann sagen, dass er Essen heraufbringen soll."

„Ja. Tun Sie das, Mylord“, erwiderte Agnes geistesabwesend, derweil sie Miss Fellowes aus der Badewanne half und eine Decke um sie wickelte.

„Sie bleiben heute Nacht bei ihr?“, erkundigte Marcus sich zögernd. Der Schaden war bereits angerichtet, aber er wollte verdammt sein, wenn er die Situation für das Mädchen noch schlimmer machen würde. So wie die Dinge lagen, konnte er nur eine Lösung für Miss Fellowes’ Probleme sehen. Er wollte auf keinen Fall, dass sie während der Nacht aufwachte und allein war und sich fürchtete.

Der finstere Blick, den Agnes Barlow ihm zuwarf, ließ erkennen, dass sie, hätte er versucht, irgendeinen anderen Vorschlag zu machen, kurzen Prozess mit ihm gemacht hätte. Sie minderte den finsteren Ausdruck ab, indem sie sagte: „Miss Fellowes wird gut genug zurechtkommen. Und ich bitte um Verzeihung, wenn ich eine unpassende Bemerkung gemacht habe, aber ich bin so um das Kindchen besorgt … Was soll jetzt nur aus Miss Fellowes werden?“

Mrs. Barlow hatte die Frage sehr leise ausgesprochen, ganz so, als habe sie mit sich selbst geredet, aber Marcus merkte, dass dieselbe Frage auch ihm durch den Sinn ging. Ja, was? Darüber nachgrübelnd, in welcher Weise das Schicksal in seine Zukunft eingegriffen hatte, ging er ins Speisezimmer.

Sorgfältig zog er alle Möglichkeiten in Betracht. Er konnte, wie er das ursprünglich geplant hatte, Miss Fellowes Geld überschreiben und auf den Einfluss seiner Schwester bauen, das Mädchen anständig zu etablieren. Oder er konnte Diana bitten, ihr eine neue Stelle zu besorgen, falls sie sich weiterhin hartnäckig weigerte, Geld von ihm anzunehmen. Das einzige Problem war, dass, nachdem Mrs. Garsby Miss Fellowes abgewiesen hatte, das auch andere Leute tun konnten. Zweifellos war die Geschichte, dass er die Tochter von Robert und Caroline Fellowes zu verführen versucht hatte, inzwischen überall in Yorkshire bekannt. Und sie würde sich noch weiter verbreiten. Daran bestand kein Zweifel. Wäre Miss Fellowes jemand anderer gewesen, wäre man vielleicht imstande gewesen, die Sache durchzustehen. Leider machte ihr familiärer Hintergrund, ganz zu schweigen von seinem Ruf als Frauenheld, das unmöglich.

Blieb nur die Ehe. Mit ihm. Leidenschaftslos betrachtet, beunruhigte dieser Gedanke ihn nicht im Mindesten. Vom gesellschaftlichen Standpunkt aus gesehen hatte er keine Bedenken. Er war Lord Rutherford. Seine hervorragende Stellung in der feinen Welt würde genügen, um Miss Fellowes zu schützen. Und was ihre Herkunft betraf, so hätte sie ihm nicht gleichgültiger sein können. Er hatte schon schlimmere Skandale überstanden. Und es würde ihm ein ungeheures, wenngleich boshaftes Vergnügen machen, die vornehme Gesellschaft dazu zu zwingen, seine Wahl zu akzeptieren. Ganz besonders Sir Delian Fellowes und dessen hochnäsige Frau.

Was ihn selbst betraf, so würde er Miss Fellowes ebenso gern heiraten wie jede andere Frau. Eigentlich respektierte er sie. Mochte ihre Tapferkeit und Entschlossenheit, allein zurechtzukommen. Mochte die unerhörte Art und Weise, wie sie versucht hatte, seine herrische Verplanung ihrer Zukunft zu umgehen. Seine kleine Miss Fellowes, nein, Marguerite, hatte keine Zeit damit verschwendet, mit ihm zu streiten. Sie hatte einfach still und leise ihre Pläne ausgeführt, ganz so, als habe er nichts mit ihnen zu tun. In diesem Punkt war sie natürlich vollkommen und gänzlich im Irrtum, doch das entwertete nicht ihre Entschlossenheit und den Mut.

Und was die körperliche Seite der Dinge anging – kein Problem. Er würde es in höchstem Maße genießen, Miss Fellowes in ihren ehelichen Pflichten zu unterweisen. Ihre Schönheit war nicht augenfällig, sondern eher eine Mischung aus stiller Eleganz und gewinnender Unschuld. Ihr Gesicht mit den tief liegenden blaugrauen Augen und markanten Brauen hatte Charakter. Sie kleidete sich abscheulich, aber das war zweifellos auf ihre finanzielle Lage, nicht auf persönlichen Geschmack zurückzuführen und konnte leicht geändert werden. Marcus wusste genug über Frauen, um einigermaßen sicher zu sein, dass sie nur zu glücklich darüber sein würde, bei den eleganten Schneiderinnen und Putzmacherinnen Londons einzukaufen. Der Gedanke, Miss Fellowes in schimmernder, sie umschmeichelnder Seide zu sehen, hatte etwas ganz entschieden Reizvolles.

Marcus erübrigte einen Gedanken an Lady Hartleigh und zuckte mit den Achseln. Sie würde bestimmt ein bisschen enttäuscht sein, aber es war nicht so, dass sie heiraten musste oder sich in ihn verliebt wähnte. Ihrer beider Verbindung wäre eine Zweckehe gewesen.

So wie das natürlich auch die Ehe mit Miss Fellowes sein würde.

Die Tatsache, dass er sie nicht sehr gut kannte, beunruhigte ihn nicht. Außer seiner Mutter und seiner Schwester hatte er keine Frau sehr gut gekannt, und er hatte nicht die Absicht, bei seiner Frau anzufangen. Nein, eine Zweckehe, in der man ein angenehmes, getrenntes Leben führte, würde ihm vorzüglich passen.

Es hatte wenig Sinn vorzutäuschen, dass er verliebt sei. Miss Fellowes würde ihm das nie glauben, selbst wenn er wüsste, wie man ein Gefühl vortäuschte, von dem er nicht ganz sicher war, es je empfunden zu haben. Nein, sie war ein intelligentes Mädchen, der mannigfachen Lektüre nach zu urteilen, die er neben ihrem Bett gefunden hatte. Besser, ihr die Sache nur als geschäftliche Transaktion zu unterbreiten. Zum Ausgleich für einen Erben und ihre Diskretion würde er ihr den Schutz seines Namens geben und das ganze Entgegenkommen, das ihr bis jetzt in ihrer freudlosen Existenz versagt geblieben war. Logisch betrachtet schien der Handel ihm angemessen genug zu sein, ohne dass die Gefahr bestand, dass einer von ihnen beiden dadurch verletzt würde. Es hatte den Anschein, dass er zusätzlich zu Fenby Hall, das er nicht brauchte, auch eine Braut geerbt hatte, die er ganz sicher nicht brauchte.

Er ignorierte die beharrliche innere Stimme, die ihm zu verstehen gab, er nähme den Mund vielleicht voller, als er bequem kauen könne, und dass er besser auf sich achtgäbe.

Nachdem Marcus an die Tür geklopft hatte, stellte er überrascht fest, dass er keine Antwort bekam. Vielleicht schlief Miss Fellowes noch. Es war bereits nach zehn, und er hatte vor einer Stunde gefrühstückt. Zweifellos war das arme Mädchen sehr erschöpft gewesen. Zögernd machte er die Tür auf und lugte ins Zimmer.

Das Bett war leer, die Bettdecke zurückgeschlagen. Miss Fellowes war bereits nach unten gegangen, wahrscheinlich in seinem Nachthemd und

Morgenmantel. Also gut, dann würde er hinuntergehen und sie finden.

Auf dem Weg ins Erdgeschoss überlegte er gründlich, was der beste Weg sein würde, um mit Miss Fellowes' Stolz und Skrupeln umzugehen. Offensichtlich war sie eine Frau, die nicht zulassen würde, dass man sie so rücksichtslos behandelte, wie er das tags zuvor versucht hatte. Er vermutete, dass sie ihm, wäre er sanfter mit ihr umgegangen, ihre ganze Geschichte erzählt hätte. Sie schien schrecklich zwischen Vertrauen zu ihm und Reserviertheit zu schwanken. Manchmal nannte sie ihn Mr. Langley, manchmal Lord Rutherford. Also gut. Er würde versuchen müssen, sie zu ermutigen, Vertrauen zu ihm zu haben. Er würde sie sanft behandeln und ihr zuhören müssen.

Also, wo zum Teufel steckte sie wohl? Vermutlich im Speisezimmer. Sie musste hungrig sein.

Dort zog er eine Niete. Und in der Bibliothek, dem Salon und überall sonst, wo er in der nächsten halben Stunde nachsah. Sie war doch gewiss nicht schon wieder auf und davon! Nicht in Nachthemd und Morgenmantel. Sie musste irgendwo zusammengebrochen sein! Verzweifelt eilte er in die Bibliothek zurück und betätigte den Klingelzug.

Als Barlow erschien, machte Marcus keine Umschweife. „Wo zum Teufel ist sie?"

Angesichts der Panik, die aus der Miene Seiner Lordschaft und seiner Stimme sprachen, zwinkerte Mr. Barlow. „Miss Fellowes? Wieso? Sie ist bei meiner Frau in der Küche, Mylord. Sie frühstückt."

„In der Küche?", fragte Marcus. „Warum nicht hier? Bei mir! Wo sie hingehört!"

„Sie … sie hat noch immer das Nachthemd Eurer Lordschaft an", erklärte Mr. Barlow und bemühte sich, nicht zu lachen. „Aller Wahrscheinlichkeit nach hat sie es für besser gehalten, darauf zu warten, dass ihre Sachen trocken sind … Nein, Mylord! Meine Frau wollte nicht einmal mich hineinlassen!"

Konsterniert starrte er seinem Herrn hinterher, der mit dem Ausdruck eiserner Entschlossenheit in den Augen den Raum verließ. Seine Lordschaft würde doch gewiss nicht Agnes' Küche erstürmen? Selbst wenn er der Herr im Haus war. Dazu hätte Agnes einiges zu sagen! Sie war Miss Fellowes gegenüber sehr beschützend, besonders seit gestern. Wie eine Glucke mit einem Küken.

Seine Lordschaft erstürmte tatsächlich die Küche. Er betrat sie jedoch sehr leise, ohne sich die Mühe gemacht zu haben, vorher anzuklopfen, und fand eine Szene vor, die ihn bis ins Mark erschütterte.

Miss Fellowes saß am Tisch. Sie hatte die Arme daraufgelegt und das Gesicht dazwischen verborgen. Ihre Schultern bebten heftig von unterdrücktem Weinen. Agnes Barlow war über sie gebeugt, hielt sie und redete sanft murmelnd auf sie ein.

„Kommen Sie, Schätzchen, weinen Sie sich tüchtig aus. Der Vikar wird wissen, was Sie tun sollen. Haben Sie keine Angst! Am Ende wird sich alles aufklären."

Marcus stand wie angewurzelt da. Nie im Leben hatte er eine Frau auf diese Weise weinen sehen. Als ob Miss Fellowes verzweifelt versuchte, nicht zu weinen. Die meisten Frauen, die er kannte, unternahmen mit nassen Wimpern fröhlich den vergeblichen Versuch, sein Mitleid zu erregen. Er hatte so viele falsche Frauentränen gesehen, dass sie im Allgemeinen nicht den mindesten Eindruck auf ihn machten. Außer ihn zu langweilen.

Diesmal nicht. Beim Anblick der grenzenlosen Verzweiflung der kleinen Miss Fellowes fühlte er tief in sich etwas zerreißen. Er war überzeugt, sie hätte nicht zugelassen, dass er ihre Furcht und ihr Elend darüber, was ihr bevorstand, gesehen hätte. Nein, das hätte sie verheimlicht. So wie sie zweifellos alle Gründe für Mrs. Garsbys Benehmen beschönigt hatte. So wie sie am vergangenen Tag vor ihm selbst die ganze Tragödie verheimlicht hatte.

Agnes Barlow, die sich seiner Anwesenheit plötzlich bewusst geworden war, schaute auf und gab einen Laut des Erschreckens von sich. Marguerite hob den Kopf und starrte Lord Rutherford in wachsendem Entsetzen mit tränennassen Augen an. Sie unternahm den tapferen Versuch, sich zu beherrschen, und unterdrückte das Schluchzen.

„Miss Fellowes“, sagte Marcus sanft. „Wenn Sie mit dem Frühstück fertig sind, muss ich ungestört mit Ihnen reden.“

„Jetzt?“ Das Wort hatte wie ein hoffnungsloser, gedämpfter Aufschrei geklungen. Marcus fand, er habe nie jemanden gehört, der sein Schicksal verzweifelter hinnahm.

„Miss Fellowes’ Sachen …“, fing Agnes an und furchte Unheil verkündend die Stirn.

Die Miene Seiner Lordschaft brachte sie zum Schweigen. „Meinetwegen müssen Sie nicht die mindeste Angst um Miss Fellowes haben, Mrs. Barlow. In keinerlei Hinsicht.“ Sein Blick war weich, während er Miss Fellowes anschaute und zu ihr ging.

Widerstrebend trat Agnes beiseite. Mühelos hob er Miss Fellowes auf die Arme. Sie schnappte nach Luft und klammerte sich schockiert an ihn. Was hatte er vor? Er hatte ihre Sicherheit garantiert. Also konnte er doch nicht vorhaben … Doch die Art, wie er sie hielt, hatte etwas Zärtliches und Besitzergreifendes. Erschüttert entsann sie sich des Vergnügens, das sie in der vergangenen Nacht bei seinen Berührungen empfunden hatte. War ihm das aufgefallen? Glaubte er, dass er sie aufgrund ihres familiären Hintergrundes und dessen, was geschehen war, getrost besitzen könne?

Scham und bittere Enttäuschung erfüllten sie, und gleich darauf stieg heiße Wut in ihr auf.

„Ich kann gehen!" Atemlos und indigniert zappelte sie, während er hinter sich die Tür zutrat. Und spürte wieder die eisernen Armmuskeln sie umspannen.

„Ich wette, dass Sie das können", stimmte er gelassen zu. „Aber Sie werden nicht gehen."

6. KAPITEL

Nichts wurde mehr gesagt, während Marcus Marguerite in den Hauptteil des Hauses zurücktrug und in die Bibliothek brachte, wo er sie in einen vor dem Kaminfeuer stehenden Sessel setzte und eine Decke um sie feststopfte. Er fing den nervösen Blick auf, den sie ihm verstohlen zuwarf. Ihre ganze Haltung drückte Misstrauen aus. Sie hob die zitternde Hand und strich sich das Haar zurück.

Das täuschte ihn nicht im Mindesten. Er sah sofort, dass das nur ein verstohlener Versuch gewesen war, sich die Augen auszuwischen, und das Herz krampfte sich ihm zusammen. Stolz wie ein Pfau, dachte er bewundernd. Wortlos zog er ein Taschentuch hervor, trocknete ihr die Wangen und drückte es ihr dann in die Hand.

Er richtete sich auf und fragte ruhig: „Darf ich wissen, welche Pläne Sie jetzt haben, Miss Fellowes?“ Geh die Sache langsam an, riet er sich.

Bedränge sie nicht. Nicht mehr, als du das im Bett tun würdest! Und er wünschte sich, nicht an diesen Vergleich gedacht zu haben.

Beklommen holte sie Luft und antwortete: „Ich … ich werde ins Dorf zum Vikar gehen. Er ist vielleicht imstande, mir eine andere Stelle zu besorgen, da Mrs. Garsby … meiner nicht mehr bedarf …“ Marcus fragte sich, ob Miss Fellowes das oft tat – sich auf die praktischen Dinge zu konzentrieren und die sie lähmende Angst hinter einer Fassade der Höflichkeit zu verbergen.

Mühelos zerstörte er diese Fassade. „Da Mrs. Garsby Sie beschuldigt hat, meine Mätresse zu sein, und Sie auf die Straße gesetzt hat, sodass Sie zu Fuß heimkehren mussten? Meinten Sie das?“

Überrascht, die Wahrheit zu hören, schaute Marguerite auf. „Wer hat Ihnen … Woher wissen Sie überhaupt … Ich meine, nein!“

„Miss Fellowes!“ Trotz der ernsten Situation hatte ein belustigter Unterton sich in seine Stimme geschlichen. „Ich bin nicht dumm. Und ich kenne meinen angegriffenen Ruf und weiß, wie es in der Welt zugeht. Niemand musste mir etwas sagen. Das war offenkundig, Sie dummes Kind.“

„Oh!“ Marguerite hatte eindeutig nicht daran gedacht. „Nun, ich … ich wage zu sagen, dass es keine sehr große Rolle spielt“, log sie tapfer. „Ich bin sicher, jemand wird mich einstellen.“

„Nein, Miss Fellowes. Das wird man nicht. Verlassen Sie sich darauf. Für Sie ist die Möglichkeit, eine anständige Arbeit zu bekommen, so groß wie die, dass Sie fliegen können. Und ich werde Ihnen nicht einmal gestatten, den Versuch dazu zu unternehmen."

„Aber ... ich muss ..."

Rücksichtslos fuhr Marcus fort: „Sagen Sie, Miss Fellowes, warum wollten Sie Kindermädchen werden?"

Sie schwieg einen Moment, und Marcus fragte sich, ob sie nach einer weiteren höflichen Lüge suchte, um sich zu schützen.

Schließlich antwortete sie leise: „Ich dachte ... nun ... wenn ich keine eigenen Kinder haben kann ... dann könnte ich zumindest mit Kindern zusammen sein."

„Ich verstehe." Das war die Wahrheit. Daran zweifelte Marcus nicht. „Dann würden Sie es vorziehen, zu heiraten und Kinder zu bekommen?"

„Bitte, Mylord ..." Marguerites Stimme hatte gezittert. „Bitte, machen Sie sich nicht über mich lustig."

Schockiert starrte er sie an. Sich über sie lustig machen? Sie konnte denken, er machte sich über sie lustig? Hatte früher niemand ihre Wünsche zur Kenntnis genommen? Plötzlich jubelte er im Stillen, weil er sie glücklich machen und sie in die Lage versetzen würde, ihren Traum wahr zu machen. Aber er erwiderte in sehr beherrschtem Ton: „Dann glaube ich, dass meine Lösung für Ihr Problem Ihre Billigung finden wird." Er lächelte Miss Fellowes an, die ihn erstaunt anschaute.

„Sie … Sie haben eine Lösung?" Ihre Stimme hatte atemlos geklungen.

„Hm! Sie werden mich heiraten, Miss Fellowes."

Die Welt stand Kopf und geriet wunderbarerweise wieder ins Lot. Mr. Langley heiraten? Denn es war Mr. Langley, der ihr die Ehe angetragen hatte! Einen Augenblick lang empfand sie überschwängliche Freude und hätte der Versuchung beinahe nachgegeben. Mr. Langley würde freundlich zu ihr sein, sie vielleicht sogar ein bisschen mögen und ihr Kinder schenken … weil er sich dazu verpflichtet fühlte. Und in Anbetracht dieser unausweichlichen Tatsache verwandelte ihre Freude sich in dumpfe Leere.

Sie konnte das nicht tun. Für den Earl of Rutherford war sie nicht die geeignete Frau, selbst wenn er sie wirklich heiraten wollte, was offensichtlich jedoch nicht der Fall war. Und sie konnte sich keinen einzigen Grund dafür denken, warum er diesen Wunsch haben sollte. Es wäre nicht einmal passend. Im Gegenteil! Für jeden Herrn wäre das eine skandalöse Verbindung, und für den Earl of Rutherford war so etwas undenkbar.

Und für den netten Freund, der sie so sorgfältig gepflegt hatte, war das etwas doppelt Undenkbares. Sie würde nicht zulassen, dass Mr. Langley sich ihretwegen ruinierte.

„Nein." Das Wort war ruhig, aber in einem endgültig klingenden Ton geäußert worden.

„Werden Sie sich wenigstens meine Gründe dafür anhören, weshalb ich Ihnen den Schutz meines Namens geben will? Nach Ihrer gestrigen Weigerung, eine milde Gabe anzunehmen, habe ich nicht erwartet, dass Sie sich auf mein Angebot stürzen würden."

Der Unterschied in Lord Rutherfords Ton beruhigte Marguerite. Er würde nicht versuchen, wieder rücksichtslos zu ihr zu sein. Sie nickte. Schaden konnte es nichts. Ihre Entscheidung war gefallen. Seine Gründe waren ganz offenkundig. Sie ehrten ihn. Sie würde jedoch kein unter Zwang gemachtes Angebot annehmen. Eines, das aus Mitleid gemacht wurde.

Jedenfalls dachte sie das. Während sie Lord Rutherford zuhörte, bekam sie jedoch Zweifel.

„Ich muss heiraten, Miss Fellowes, um damit anzufangen", verkündete er. „Das ist meine Pflicht. Der Cousin, der mein Erbe ist, will den Titel nicht und ist auch nicht für die damit verbundenen Verpflichtungen geeignet. Wäre er das, hätte ich die Ehe wahrscheinlich nie in Betracht gezogen. Sie glauben, dass Ihr familiärer Hintergrund ein Problem ist. Vergessen Sie das. Verdammt, der Earl of Rutherford kann heiraten, wen er will!“ Ein bisschen drastisch ausgedrückt, aber sein Ansehen würde eine Verbindung mit Marguerite Fellowes ganz gewiss überdauern. „Meine einzigen Anforderungen an meine zukünftige Frau sind, dass sie von guter Herkunft und einigermaßen attraktiv ist und sich Kinder wünscht. Und dass ich sie respektieren kann. Sie entsprechen diesen vier Anforderungen.“

Seine Stimme hatte kalt und zynisch geklungen. Das war kaum ein ermutigender Heiratsantrag, aber Marguerite zwang sich, Seiner Lordschaft in die Augen zu sehen, und erwartete, sein Blick werde hart und kompromisslos sein.

Marguerite schluckte schwer. „Ne...in!“ Seine Stimme hatte zwar kalt geklungen, doch sein Blick war immer noch eigenartig sanft. Er hatte ihr aus Mitleid und einem Gefühl der Verpflichtung die Ehe angeboten, aber nicht, weil er sie aus den geäußerten logischen und praktischen Gründen heiraten wollte. Unter gar keinen Umständen würde sie dieses Opfer annehmen, und erst recht nicht, da sie Seiner Lordschaft zum Ausgleich nichts zu bieten hatte.

Er seufzte. „Lassen Sie den Gedanken fallen, Miss Fellowes, dass ich ein ungeheures Opfer bringe, wenn ich Sie heirate. Ich wette, das wirkt so auf Sie. Ich versichere Ihnen jedoch, das ist nicht der Fall." Er lächelte, als sie die Augen aufriss. „Oh ja! Ich weiß, was Sie denken. Und teilweise haben Sie recht. Die Ehe ist der einzige Weg, wie ich Sie adäquat vor den Folgen dieser Geschichte schützen kann. Ja, und technisch gesehen muss ich Sie heiraten. Aber glauben Sie mir, ich biete Ihnen einen anständigen Handel an. Zum Ausgleich für meinen Namen und meinen Schutz werden Sie mir Kinder schenken und mich Ihrer Diskretion versichern."

„Meiner Diskretion?" Marguerite war verwundert. Sie konnte sich nicht vorstellen, wovon Seine Lordschaft redete. Meinte er, sie dürfe sich nicht ständig in Schwierigkeiten bringen und müsse ein Muster an Sittsamkeit sein? Wenn es das war, was er meinte, dann würde sie nicht die mindeste Ahnung haben, wie sie weitermachen sollte. Und was Lord Rutherfords zweite Forderung anging ..."

„Mylord ..."

„Nennen Sie mich beim Vornamen", unterbrach er sie leise.

„Ich kann nicht zustimmen!" Marguerites Stimme hatte gebebt. „Sie ... Sie bieten mir Sicherheiten zum Ausgleich für etwas, von dem ich nicht weiß, ob ich ..." Sehr verlegen hielt sie inne. Marcus hatte jedoch begriffen.

„Sie wissen nicht, ob Sie Kinder bekommen können? Ist es das?" Er lächelte trocken. „Das wäre ein Problem, meine Liebe, ganz gleich, wen ich heirate. Ich kann Ihnen versichern, dass ich kein Stiefvater sein möchte, nur um sicherzustellen, dass meine Frau fruchtbar ist."

„Aber ..."

„Heiraten Sie mich, Miss Fellowes." Seine Stimme hatte leise und eindringlich geklungen.

Marguerite starrte ihn an. Er meinte es ernst. Er wollte wirklich, dass sie ihn heiratete. Es würde ein Abkommen zwischen ihnen sein. Plötzlich überlegte sie, was er mit „Diskretion" gemeint haben könnte. Das musste sie in Erfahrung bringen, ehe sie antwortete.

„Was meinten Sie mit ‚Diskretion'?"

Eine leichte Röte überzog seine Wangen, Zeichen für sein Erstaunen über die Frage. Was in aller Welt hatte sie gesagt, das ihn so bestürzt hatte? Hartnäckig schaute sie ihn mit weit geöffneten Augen und dem offenen Blick eines Kindes an.

Er holte tief Luft. „Ich biete Ihnen keine Liebe, Miss Fellowes. Das ist kein Teil unseres Handels. Ich biete sie nicht an und will sie auch nicht. Falls Sie jedoch, nachdem Sie mir einen Sohn geboren haben, beschließen sollten, die Liebe kennenlernen zu wollen, dann steht es Ihnen frei, sie zu suchen. Ich bitte nur um Diskretion." Ernst schaute er sie an. „Ich bin kein Heiliger, Miss Fellowes, und ebenso wenig ein Heuchler."

„Ich ... ich verstehe." Und sie verstand. Er ließ

ihr freie Hand, eine Affäre zu haben, sobald sie ihre Pflicht erfüllt hatte. Er sagte ihr, sie müsse nicht befürchten, das gleiche Schicksal wie ihre Mutter zu erleiden. Dass er sich die Freiheit nehmen würde, sich zu amüsieren, und bereit wäre, ihr dieselbe Freiheit zu gestatten. Er bot ihr tatsächlich einen gerechten Handel an. Verbittert dachte sie daran, dass sie vermutlich die einzige Frau auf Erden war, der er unumwunden einen solchen Vertrag anbieten konnte.

Dennoch war sein Blick noch immer sanft. Er hatte andeutet, dass er sie respektierte.

„Warum ... warum respektieren Sie mich?“, fragte sie und hätte fast ihre eigene Stimme nicht mehr erkannt.

Eine Pause trat ein, und Marguerite schaute auf. Sein Blick war abwägend. Dann hielt er ihren mit seinem fest und antwortete: „Ich mag Ihren Mut, Ihre Entschlossenheit ... Ich mag Ihren Stolz. Sie waren so entschlossen, allein zurechtzukommen und trotz Ihrer bitteren Not keine Mildtätigkeit anzunehmen. Das sind Eigenschaften, die ich bewundere und von denen ich wünsche, dass die Mutter meiner Kinder sie hat.“

Das war eine gute Antwort. Seine Lordschaft beurteilte sie nach ihrem Verhalten, so wie er es einschätzte. Natürlich irrte er sich. Es war nicht Stolz oder eins der anderen Dinge, die er erwähnt hatte, nur der Widerwillen davor, die verachtete arme Verwandte zu sein. Aber trotzdem gefiel Seiner Lordschaft die Art, wie sie sich benommen hatte. Die Tatsache, dass sie ihm nicht gehorcht hatte, störte ihn nicht. Er war gerecht. Und er hatte ihr einen Handel vorgeschlagen. Ein Handel wurde zwischen Gleichberechtigten geschlossen. Dieser Vertrag war, ganz gleich, was sie von ihm halten mochte, immer noch ein Vertrag, bei dem sie gleichberechtigt war. Und vor allem schien Seine Lordschaft nicht mit ihrer Dankbarkeit zu rechnen.

Schließlich hörte sie sich sagen: „Ich nehme Ihren Heiratsantrag an, Mylord."

Marguerite schloss die Augen und fühlte sich sehr benommen. Sie spürte, dass Lord Rutherfords Hände ihre ergriffen und sie hochzogen, sodass sie vor Seiner Lordschaft stand.

Zitternd zwang sie sich, ihn wieder anzusehen. Er stand sehr nah vor ihr und überragte sie. Sie war recht groß gewachsen, kam sich jedoch unglaublich klein und schwach vor. Er schaute sie mit eigenartig glitzernden Augen an.

„Sollen wir unseren Handel besiegeln, Marguerite?" Seine Stimme hatte sehr weich geklungen, wie eine sanfte Zärtlichkeit. Er senkte den Kopf und berührte ihre Lippen in einem federleichten Kuss. Sie wich nicht zurück, sondern stand widerstandslos da, während sein Mund zärtlich ihren berührte. Als er ihre Hände losließ, nur um sie sogleich in die Arme zu nehmen und fest an sich zu drücken, schien sie in Flammen zu stehen.

Endlich war da jemand, der sie tatsächlich aus welchem Grund auch immer haben wollte ... jemand, dem an ihr lag ... Sie hatte das Gefühl, bei dem Gedanken, dass da endlich jemand war, den sie mögen – lieben – konnte, platzte ihr vor Glück das Herz.

Sie erstarrte. Er bot ihr keine Liebe – wollte sie nicht einmal haben ... Liebe war kein Teil des Handels. Seine Lordschaft hatte ganz deutlich gesagt, dass sie, wenn sie Liebe haben wolle, die Freiheit hatte, sie zu suchen – an anderer Stelle. Ihr dröhnte die Frage im Kopf: Was wird aus mir, falls ich mich in Lord Rutherford verliebe?

In den letzten zehn Jahren hatte sie nicht zu lieben gewagt. Sie war nach Fenby House gekommen und darauf vorbereitet gewesen, Samuel und Euphemia Langley zu lieben. Beide hatten ihr jedoch klar gemacht, dass sie sie nur aus Pflichtgefühl zu sich genommen hatten und von ihr Dankbarkeit erwarteten. Sie hatten keine Verwendung für ihre kindliche Zuneigung gehabt und nie versucht, sie in ihrer Verwirrung und ihrem Kummer über den Verlust der Eltern zu trösten.

Jetzt drohte Lord Rutherford, der seinem Eingeständnis zufolge nicht die mindeste Verwendung für ihre Zuneigung haben würde, damit, sie zu zwingen, Kontakt mit der Welt und deren Kälte zu haben. Es war leicht genug gewesen, Samuel und Euphemia nicht zu lieben. Sie hatten ihr nie die mindeste Zuneigung oder Freundlichkeit entgegengebracht. Bei Lord Rutherford würde die Sache ganz anders aussehen. Bei dem Gedanken erschauerte Marguerite.

Sogleich ließ Marcus sie los, hob den Kopf und ließ die Hände über ihre Arme gleiten. Wieder ergriff er ihre Hände. Er schaute ihr tief in die Augen, und sofort senkte sie den Blick, um die plötzliche Angst zu verbergen. „Marguerite?“ Lord Rutherfords Stimme hatte etwas unsicher geklungen. „Mache ich dir Angst, Marguerite?“

Sie starrte ihn an. Er musste wissen, wovor sie Angst hatte! Aber sie durfte ihn nicht in dem Glauben lassen, dass seine Umarmung ihr Angst machte. Das war das Wundervollste, was ihr je widerfahren war. Und falls er dachte, sie habe Angst vor ihm, würde er sich ihr fernhalten. Dessen war sie sicher. Sie fand die Sprache wieder und sagte: „Du? Mir Angst machen? Oh nein!“

Sein besorgter Blick wurde prüfend auf ihre Augen gerichtet. „Bist du sicher, Marguerite? Ich mache dir nicht“, er zögerte kurz, „körperlich Angst?“

Sie schüttelte den Kopf. Seine Sorge, sein Entgegenkommen, seine Einfühlsamkeit erschütterten sie. Vor Angst machte ihr Herz einen Sprung. Wie würde sie, wenn sie seinem Liebesspiel nur schwer widerstehen konnte, seine Zärtlichkeit überleben?

Er zog sie wieder in die Arme, schmiegte die Wange an ihr Haar und murmelte: „Ich schwöre dir, Marguerite, dass du bei mir sicher sein wirst. Immer. Jetzt wird nichts und niemand dir mehr wehtun."

Von ihm abgesehen, dachte sie verzweifelt. Sie sah nicht, wie die Bastion ihres Herzens Marcus' unabsichtlichem Ansturm standhalten könne. Sie wollte niemanden lieben! Doch wie sollte sie, falls sie sich in Marcus verliebte, das Wissen ertragen, dass er sie nicht liebte, nicht wünschte, von ihr geliebt zu werden? Dass er von ihr erwartete, sie würde sich Liebe an anderer Stelle suchen … so wie er?

7. KAPITEL

Vier Wochen später stand Marcus St. John Langley, der achte Earl of Rutherford, vor dem Vikar der Kirchengemeinde, und hörte Reverend Andrew Parker zu, der ihn mit Miss Marguerite Fellowes vermählte. Die Braut hatte offensichtlich ihre Krankheit überwunden, nachdem sie sich vier Wochen lang unter dem Dach des Vikariats in Agnes Barlows Obhut erholt hatte. Sie hatte die dunklen Ringe unter den Augen verloren. Ihr braunes Haar glänzte wieder, und zarte Röte überzog ihre Wangen.

Nachdem Marcus sich ihrer Einwilligung, ihn zu heiraten, versichert hatte, war er ins Dorf zum Vikar geritten und hatte dafür gesorgt, dass das Aufgebot so schnell wie möglich ausgehängt wurde. Eine Zeit lang hatte er in Betracht gezogen, sich einer Sondererlaubnis wegen an den Bischof von York zu wenden, sich jedoch nach reiflicher Überlegung dafür entschieden, das

Aufgebot verlesen zu lassen, da Marguerite ohnehin Zeit gebraucht hatte, um sich von der Krankheit zu erholen und an den Gedanken zu gewöhnen, Countess zu werden. Außerdem hatte er sich keine bessere Möglichkeit vorstellen können, um Mrs. Garsby ihre Beleidigungen ins Gesicht zu schleudern. Das Aufgebot an drei aufeinanderfolgenden Sonntagen vorgelesen zu bekommen, würde ihr einen Dämpfer verpassen, den sie so schnell nicht vergaß. Und eine Sondererlaubnis hätte jedem Klatsch, eine überstürzte Eheschließung sei notwendig gewesen, weiter Vorschub geleistet.

Nachdem Marguerite sicher im Vikariat untergebracht gewesen war, hatte Marcus umsichtig zu handeln begonnen, um alles zu besorgen, von dem er dachte, dass seine Braut es haben müsse. Ein zwei Tage dauernder Besuch in York hatte ihn in die Lage versetzt, eine überraschend erfahrene Schneiderin zu finden, die für Marguerite eine vollkommen neue, elegante Garderobe anfertigte.

Diese vier Wochen hatten bei Marguerite eine wundersame Veränderung bewirkt. Zehn Jahre lang hatte sie nicht gewusst, wie es war, wenn man sie nach ihren Wünschen fragte, auf sie einging und sie in jeder nur möglichen Hinsicht berücksichtigte. Sie hatte nicht mehr den geringsten Zweifel daran gehabt, dass ihr Verlobter, selbst wenn er sie nicht liebte, wollte, dass sie glücklich wurde, und voll und ganz die Absicht hatte, sich um sie zu kümmern.

Er hatte sogar ziemlich viel Zeit mit ihr verbracht, während sie im Vikariat gewohnt hatte. Er hatte sie in seiner Karriole ausgefahren, war zum Abendessen dageblieben und hatte nie die kleinste Andeutung darüber gemacht, sie sei nicht genau das, was er sich unter seiner zukünftigen Frau vorgestellt habe. Das Einzige, was sie beunruhigte, war, dass er sie, nachdem sie seinen Heiratsantrag angenommen hatte, nicht mehr geküsst hatte. Die Erinnerung daran hatte sie nachts wach gehalten. Stundenlang hatte sie überlegt, ob sie etwas falsch gemacht hatte, ob es ihm nicht gefallen hatte, sie zu küssen. Dann hatte sie sich vorgehalten, dass er ihr seine Liebe nicht angeboten hatte und es vielleicht vorzog, sie nur dann zu küssen, wenn das absolut notwendig war. Sie tat besser daran, nicht in der Erinnerung an die bezaubernde Berührung seiner Lippen zu schwelgen …

Er hatte sie darüber informiert, er werde es als persönliche Kränkung empfinden, wenn sie sich nicht umgehend so viele Extravaganzen wie möglich angewöhnte. Dann hatte er ihren Wortschatz mit einer Reihe prägnanter und wenig schmeichelhafter Bemerkungen über ihre gemeinsamen Verwandten vergrößert, sodass sie hilflos hatte kichern müssen, und ihr gleich, als er sie das nächste Mal besuchte und zu einer Ausfahrt abholte, ein Geschenk mitgebracht.

Es war elegant eingewickelt gewesen. Er hatte es ihr in den Schoß gelegt, nachdem er sie für die Ausfahrt in seine Karriole gehoben hatte. Ungläubig hatte sie es angestarrt: ein Geschenk, ein richtiges Geschenk.

Mit bebenden Händen hatte sie das Päckchen aufgemacht, während er sich zu ihr gesetzt und die Pferde angetrieben hatte. Das Geschenk war eine mit duftendem Tee gefüllte Büchse gewesen. Ein zierlicher, wie ein Blatt geformter silberner Portionslöffel hatte auf dem Tee gelegen, und acht silberne Teelöffel waren zu sehen gewesen, als Marcus ihr die im unteren Teil geschickt verborgene Schublade gezeigt hatte. So gerührt war sie gewesen, dass sie keinen Laut hervorbringen konnte, während ihr die Tränen über die Wangen gerinnt waren.

Seit sie nach Fenby Hall gekommen war, hatte niemand ihr ein Geschenk gemacht, ganz zu schweigen von einem, das in allen Einzelheiten so gut abgestimmt gewesen war und in eigenartiger Weise alles, was ihr im Leben gefehlt hatte, auszugleichen schien. Gewiss, Marcus hatte ihr alle diese hübschen Kleider geschenkt, aber sie stellten zweifellos nur das dar, was sie seiner Meinung nach besitzen sollte. Dieses Präsent jedoch … das war irgendwie anders. Es war für Marguerite bestimmt, nicht für die zukünftige Countess.

Ihr Schweigen hatte ihn vollkommen enerviert. Nie im Leben hatte er für irgendeine Frau ein so unromantisches Geschenk erstanden. Es war ihm jedoch vollkommen richtig erschienen, nachdem es ihm eingefallen war.

Er hatte sich auf das Gespann konzentriert und nicht zu fragen gewagt, ob Marguerite das Geschenk gefiel, bis ein eigenartiges Geräusch seine Aufmerksamkeit gefesselt hatte, ein Schniefen, ein unverkennbares Schniefen. Er hatte die Pferde angehalten und Marguerite angeschaut … Sie hatte Tränen auf den Wangen gehabt und die Teebüchse an sich gepresst, als sei sie das kostbarste Ding auf Erden. Um Gottes willen, eine Teebüchse! Offenbar hatte er es richtig gemacht, absolut richtig. Erstaunt hatte er leicht den Kopf geschüttelt. Wie es schien, musste er noch einiges über Frauen lernen.

Und was Marguerite anging, so war sie hin und her gerissen zwischen dem unabsichtlichen Ansturm, den seine Freundlichkeit auf ihr Herz ausübte, und der Freude darüber, dass jemand sie so behandelt hatte, als sei sie für ihn von Bedeutung. Sie sagte sich, das sei nur Freundlichkeit, nichts sonst … Ihm lag nichts an ihr. Warum sollte ihm etwas an ihr liegen? Er kannte sie kaum. Aber allein die Tatsache, dass er, obwohl ihm nichts an ihr lag, trotz seiner kalten Ausstrahlung freundlich zu ihr war, rührte sie umso mehr.

Also war sie an Dr. Ellerbecks Arm das Kirchenschiff hinuntergegangen, um, eine seltsame Mischung aus Bangen und Freude empfindend, in die Obhut von Marcus St. John Langley gegeben zu werden.

Er hatte das Ergebnis der Schneiderin betrachtet und keine Beanstandungen gehabt. Marguerite sah hübsch und strahlend aus. Stolz hatte er sie beobachtet, während sie durch das Kirchenschiff auf ihn zugekommen war. Seine Braut. Im Stillen hatte er sich geschworen, ihr ein guter Gatte zu sein und Wiedergutmachung für die elenden Jahre zu leisten, die sie hatte durchleben müssen.

Bei Hochzeiten oft zynisch gestimmt, enthielt seine Stimme keine Spur von Zynismus, als er dem Vikar, der sie traute, antwortete. Marguerite war die Seine. Die heftige Anwandlung, sie beschützen zu wollen, verblüffte ihn. Er verdrängte das aufwallende Verlangen, wandte sich ihr zu und lächelte zärtlich, während er sich zu ihr neigte und ihr einen sanften Kuss auf die Lippen drückte. Einen prickelnden Augenblick lang spürte er ihre Lippen beben und sich halb unter seinen öffnen.

Wieder empfand er Verlangen, und sogleich

straffte er sich, reichte ihr den Arm und geleitete sie in die Sakristei, um dort seine Unterschrift im Heiratsregister zu leisten. Er war sich Marguerites brennend bewusst, aber hier war natürlich nicht der Ort, um sich seinen Neigungen hinzugeben. Ihn plagte noch immer der Verdacht, er habe Marguerite irgendwie verängstigt. Trotz ihrer gegenteiligen Behauptung war er sicher, sie verstört zu haben. Und er war nicht ganz sicher, ob er zu anderer Zeit seine Leidenschaft beherrschen könnte. Marguerite war so weich und süß, dass er sich tatsächlich auf die Hochzeitsnacht freute und nicht wollte, dass seine Frau vorher vor Nervosität starb, nur weil er sich nicht hatte beherrschen können.

Mit zitternder Hand leistete Marguerite ihre Unterschrift im dicken alten Kirchenbuch. Selbst der kurze Kuss vor der kleinen Schar der Hochzeitsgäste hatte ihren Vorsatz, die Distanz, die ihr Mann zu wünschen schien, aufrechtzuerhalten, restlos zunichtegemacht. Sie war unfähig gewesen, beim Kuss nur so zu tun als ob, und hatte sogar angefangen, ihn zu küssen … Er hingegen hatte sich sogleich zurückgezogen. Sie holte tief Luft, wandte sich ihrem Gatten zu und hielt ihm die Feder hin.

Leicht lächelnd nahm er sie und sagte, während er dabei sacht Marguerites Finger streifte: „Die Countess of Rutherford muss niemanden fürchten. Ganz besonders ihren Gatten nicht.“

Der tiefe Ton seiner Stimme war in höchstem Maße beruhigend gewesen, und sogleich richtete Marguerite konsterniert den Blick auf seine Augen. War es das? Dachte er noch immer, sie habe Angst vor ihm? Dass sie sich vor dem ängstigte, was er mit ihr im Ehebett tun würde? Am vergangenen Abend hatte Mrs. Barlow ihr in sehr barschem Ton erklärt, was Seine Lordschaft erwarten, was er tun würde. Das hatte äußerst unangenehm geklungen, doch Mrs. Barlow hatte vermutet, dass es ihn, derweil er *das* tat, nicht stören würde, Marguerite zu küssen. In diesem Fall, so nahm Marguerite an, werde sie fähig sein, den Akt zu überstehen ... und dass es vielleicht recht nett war, seinen Körper auf sich zu spüren ... Sie hoffte nur, er möge sich nicht langweilen und von ihrer vollkommen mangelhaften Erfahrung abgestoßen sein.

Sie gab ihm die Feder und erwiderte sehr schüchtern: „Der Earl of Rutherford ist sehr freundlich. Er ist der letzte Mensch, den die Countess of Rutherford fürchten würde.“ Sie schaute ihm in die Augen und bemerkte seinen plötzlich wachsamen Blick, der sie mit einer brennenden Frage zu durchbohren schien. Sie errötete, hielt seinem Blick jedoch stand. Er durfte nicht denken, dass sie Angst vor ihm hatte!

Er empfand ein seltsames Gefühl des Triumphes, in das sich Zärtlichkeit mischte, als ihr Blick seine unausgesprochene Frage beantwortete. Was immer es war, wovor sie Angst hatte – er war es jedenfalls nicht! Schwungvoll trug er seinen Namen ein und trat beiseite, damit die Barlows ihre Unterschriften leisten konnten.

Nachdem die beiden ihre Unterschriften als Trauzeugen geleistet hatten, geleitete er Marguerite langsam durch das Kirchenschiff und freute sich zu sehen, dass sich in dem kleinen Gotteshaus eine beträchtliche Anzahl von Menschen befand, die Zeugen seiner Hochzeit waren. Zahlreiche seiner Pächter waren in ihrem Sonntagsstaat erschienen. Einige von ihnen drückten Primel-, Anemonen- oder Veilchensträuße an sich. Diese wurden, als man die Kirche verließ, Marguerite überreicht, ihr lächelnd und Glück wünschend in die bebenden, behandschuhten Hände gedrückt.

Sie kam sich vollkommen benommen vor, während sie sich im Vikariat in ihrem Schlafzimmer umkleidete. Und nicht nur der unerwarteten Blumen wegen. Seine Lordschaft ... nein, sie musste versuchen, ihn in Gedanken und auch sonst Marcus zu nennen, so wie er das wollte ... also, Marcus verwirrte sie vollkommen, doch es gab keine Zeit zum Nachdenken. Sie musste sich umziehen, damit man sofort in die Stadt abreisen konnte. Sie hatte keine Ahnung, warum Marcus so entschlossen war, unverzüglich aufzubrechen, war jedoch überglücklich, den Staub von Fenby Hall von den Füßen schütteln zu können. In Fenby Hall hatte es nur Elend für sie gegeben. Daher wechselte sie so schnell wie möglich in ein dunkelblaues Reisekleid mit dazu passendem Hut.

Agnes Barlow war emsig um sie beschäftigt, zupfte ihr die Ärmel glatt, gab ihr die Handschuhe und schüttelte den weißen Spitzenkragen aus, den sie anlegen sollte.

„Jetzt passen Sie auf sich auf, Miss Marguerite … Mylady, oder besser, lassen Sie Seine Lordschaft auf Sie achtgeben!“ Die alten Augen standen voller Tränen. „Nanu! Jetzt weine ich! Und es gibt doch keinen Anlass zu weinen …“ Die Tränen kullerten umso schneller, als die junge Countess Agnes kräftig auf die faltige Wange küsste.

„Auf Wiedersehen, Mrs. Barlow.“ Auch Marguerite hatte Tränen in den Augen, und ihre Stimme hatte gebebt. „Ich werde … ich werde Ihnen schreiben, und mein Mann hat gesagt, er wird später im Jahr zurückkommen müssen. Dann kann ich vielleicht mit ihm herkommen und Sie wiedersehen …“

„Fort mit Ihnen!“, sagte Agnes barsch und bemühte sich dabei, nicht zu freudig zu klingen. „Mylady, die den ganzen Weg nach Yorkshire macht! Nur um eine alte Frau wie mich wiederzusehen!" Sie lächelte unter Tränen. „Nicht dass ich behaupte, Sie kämen mit, um Ihrem Gatten Gesellschaft zu leisten!"

Zehn Minuten später saß Marguerite allein in einer Berline und schaute durch das Fenster auf die an der Reisekutsche vorüberziehende Landschaft. Marcus lenkte seine Karriole. Marguerite tat es etwas leid, dass er nicht neben ihr hatte sitzen wollen, aber das konnte sie ihm nicht übel nehmen. Es war ein schöner Tag, zu schön, um ihn in einer Reisekutsche zu verbringen. Marguerite konnte die Lerchen hören, die trillernd über das Moor flogen, und den Vanillegeruch des Stechginsters wahrnehmen. Vielleicht konnte sie, wenn man anhielt … Vielleicht würde es Marcus nicht stören, wenn …

Als man die erste Rast einlegte, war sie fest entschlossen, ihn zu fragen. Schließlich konnte er nur Nein sagen.

Er kam zur Tür der Berline, während Stallknechte herbeieilten, um das schwitzende Gespann auszuschirren und frische Pferde anzuspannen, und erkundigte sich höflich, ob sie etwas benötigte.

Marguerite schluckte schwer. Die Stimme schien ihr den Dienst zu versagen, doch schließlich brachte sie heraus: „Ja, My… ich meine, Marcus." Sie zögerte unmerklich. Vielleicht wollte er ungestört sein.

Er legte den Kopf zur Seite. „Etwas Unerhörtes, meine Liebe?" Sein Blick war freundlich verschmitzt. „Frag ruhig!"

„Darf ich … darf ich eine Weile mit dir fahren?"

Seine Miene drückte Überraschung und Ungläubigkeit aus, und er zögerte kurz, ehe er steif, ganz so, als sei es das Letzte, was er sich wünsche, antwortete: „Falls du dich einsam fühlst, werde ich mit dir in der Berline fahren. Du wirst kaum bei diesem Wind längere Zeit in einer offenen Kutsche sitzen wollen …"

„Doch, das möchte ich!", unterbrach Marguerite ihn unüberlegt und errötete dann. „Ich … ich meine, es ist ein so schöner Tag … Warum ihn eingezwängt in einer Reisekutsche verschwenden? Wenigstens … wenn es dich nicht stört …"

Unsicher hielt sie inne. Marcus sah vollkommen verblüfft aus. Oje! Hatte sie eine unsichtbare Grenze überschritten, gegen eine obskure gesellschaftliche Spielregel verstoßen? Sie war ungeheuer enttäuscht darüber, dass er nicht einmal für die nächste Teilstrecke ihre Gesellschaft haben wollte. Sie nahm an, er habe die in den letzten Wochen gemeinsam unternommenen Ausfahrten ziemlich langweilig gefunden.

„Es spielt keine Rolle, Mylord … Ma…Marcus …"

Sie hielt inne. Er machte den Wagenschlag auf und streckte leicht lächelnd die Arme aus.

„Komm, Marguerite. Etwas Gesellschaft wird mir gefallen. Burnet kann deinen Platz in der Berline einnehmen, sodass wir ganz ungestört sind.“ Marguerite lächelte strahlend, während sie aufsprang und Anstalten machte, den Wagen zu verlassen. Marcus hinderte sie daran, indem er seine Hände um ihre schlanke Taille legte und sie mühelos aus der Kutsche hob.

Nicht zum ersten Mal erlebte sie, wie stark er war. Das war jedoch das erste Mal gewesen, seit Mrs. Barlow ihr erklärt hatte, was ihre ehelichen Pflichten beinhalten würden, und plötzlich war sie schüchtern, und der Druck seiner Hände raubte ihr den Atem. Mrs. Barlow hatte ihr versichert, er würde rücksichtsvoll und sanft sein und begreifen, dass sie es zum ersten Mal tat … Dass er versuchen würde, ihr nicht zu wehzutun. Aber dennoch … Sie hatte keine Angst vor ihm, aber seine Kraft beeindruckte sie, und er war so viel größer als sie. Verblüfft empfand sie bei der Vorstellung, dass ihr Mann sie entkleidete, sie wieder küsste und … wie hatte Mrs. Barlow das ausgedrückt? … oh, ja! … besaß, dieses eigenartige prickelnde Gefühl.

Marcus war sich der Verwirrung, die die Gedanken seiner unschuldigen Frau in Aufruhr brachten, nicht bewusst. Er ging mit ihr zur Karriole und hob sie hinein. Das wundervolle Gefühl ihres weichen Körpers regte seine Vorstellungskraft außerordentlich an. Erinnerungen an ihren sich während ihrer Krankheit an ihn schmiegenden Körper verwandelten sich in Visionen ihres sich in dieser Nacht an seinen schmiegenden Leibs. Ihr Körper würde nachgiebig sein und sich ihm als Reaktion auf sein Liebesspiel entgegenbäumen, und Marguerite würde reagieren … Dafür würde er sorgen.

Er schaute ihr ins Gesicht, während er sie auf den Sitz setzte, und verstärkte unbewusst den Griff um ihre Taille. Ihre blaugrauen Augen waren weit geöffnet, und ihr Blick spiegelte Überraschung wider. Marcus spürte, dass sie zitterte.

Wieder empfand sie dieses köstliche Prickeln. Dann schwang er sich neben sie, und Mr. Burnet sprang zu Boden und ging zur Reisekutsche. Marcus' kräftige Gestalt wirkte neben ihr noch imposanter, und in Gedanken rief sie sich zur Ordnung. Besser, nicht daran zu denken. Nur den Tag zu genießen und die Nacht der Zukunft zu überlassen. Einstweilen würde sie so tun, als wäre sie nur Marguerite Fellowes, die mit ihrem Freund Marcus eine Ausfahrt machte. Nicht die Countess of Rutherford, die von ihrem Gatten zur Posthalterei kutschiert wurde, wo man die Hochzeitsnacht verbringen würde.

„Was glaubst du, wie lange es dauern wird, bis wir in Grantham sind?", fragte Marguerite. Sie hoffte, das würde den ganzen Nachmittag in Anspruch nehmen. Es war ein so perfekter Tag. Die Sonne schien, und von den Straßenrändern stieg der Duft der Wildblumen in wohlriechenden Wolken auf. Vogelgezwitscher drang aus den Hecken, und Vögel flatterten durch die Lüfte.

Marcus schaute seine Gattin an und amüsierte sich darüber, dass sie ein solches Interesse an der Umgebung hatte. Die Landschaft erschien ihm zunächst ziemlich alltäglich, doch nach einem Moment kam es ihm vor, als sähe er sie zum ersten Mal. Plötzlich wurden ihm die Düfte und zarten Farben der Blumen bewusst. Der sich blau darüber wölbende Himmel und das blasse Licht der Frühlingssonne vermittelten ihm die Illusion der Jugend und ließen ihn sich fragen, wie es sein musste, zu allem einen neuen Zugang zu finden, wie zu dem schneeweißen Spitzenkragen, den Marguerite trug. Ihr schlanker Hals ragte verführerisch daraus hervor …

Verdammt noch mal! Was tat sie ihm an? Er war fünfunddreißig und ein zynischer, der Welt überdrüssiger Frauenheld! Kein Jüngling mit verträumten Augen, der Gedichte schrieb! Es gab nichts, das er nicht erlebt und das sich nach häufiger Wiederholung nicht als sterbenslangweilig erwiesen hatte. Wenn er von seiner Ehe mehr erwartete, würde er eine niederschmetternde Enttäuschung erleben. Marguerite war sehr süß, aber schließlich nur eine Frau, und da sie das war, tat er gut daran, auf Distanz zwischen ihnen zu achten. Er würde es genießen, mit ihr zu schlafen, und sicherstellen, dass sie glücklich und zufrieden war, aber damit waren die Grenzen der Intimität erreicht.

Der Gedanke hielt sich jedoch, dass er sehr viel mehr haben könnte. Und auch alles verlieren könnte. So wie sein Vater alles verloren hatte. Allein bei dem Gedanken, diese Qual erleiden zu können, erstarb jedes Gefühl.

Da alle diese Erwägungen ihm durch den Sinn gingen, beantwortete er die Frage in weitaus kühlerem Ton als beabsichtigt: „Ich denke, nach fünf." Er konzentrierte sich darauf, die Pferde, die durch ein direkt vor ihren aristokratischen Nasen über die Straße sausendes Kaninchen erschreckt worden waren, zu beruhigen. „Wir sind ziemlich spät aufgebrochen."

Marguerite war niedergeschlagen. Zweifellos hatte sie ihn warten lassen, als sie sich umkleidete! Dann wurde sie leicht gereizt. Er hatte gut reden. Er hatte die Kleidung nicht wechseln müssen. Und sie konnte sich nicht vorstellen, dass er von ihr erwartet hätte, in ihrem Hochzeitskleid zu reisen. Außerdem hatte sie sehr wenig Zeit gebraucht, um sich umzuziehen. Sie war willens, darauf zu wetten, dass er länger gebraucht hätte, um sein Krawattentuch zu binden! Und sie war nicht mehr die kleine Marguerite Fellowes, die arme Verwandte! Sie war jetzt Marguerite Langley, Countess of Rutherford, und würde nicht zulassen, dass sie wie ein … ein … ein … Käfer zertreten wurde. Erst recht nicht von ihrem Mann!

„Oh!“, erwiderte sie in süßem Ton. „Hättest du mir gesagt, dass du es so eilig hast, dann hätte ich mich in der Berline umgezogen.“ Sie starrte geradeaus, zwischen den Ohren des auf der Kutscherseite laufenden Leitpferdes hindurch, und wartete mit Unschuldsmiene auf die unausweichliche Retourkutsche.

Schließlich wagte sie, weil das Schweigen andauerte, ihrem Mann einen Blick zuzuwerfen. Er furchte leicht die Stirn, erwiderte ihren Blick jedoch und zog dabei leicht eine Augenbraue hoch. Dann wandte er die Aufmerksamkeit wieder den Pferden zu.

„Ich wollte dich nicht kritisieren, kleine Wespe.“ Wer hätte gedacht, dass die stille, mit den Füßen getretene Marguerite eine so spitze Zunge hatte? In ihr steckte offensichtlich mehr, als es zunächst den Anschein hatte. Zum ersten Mal überlegte Marcus, was sie wirklich über ihn und die arrangierte Ehe denken mochte. Und würde sie ihm das je verraten? Sie hatte gesagt, dass sie nie wieder zulassen würde, jemandes verachtete arme Verwandte zu sein. Statt sich in dieses Los zu schicken, hatte sie es vorgezogen, sich eine Stelle als Kindermädchen zu suchen.

Offensichtlich verbarg sich hinter dem ruhigen Äußeren eine unbekannte Marguerite, die er nur ein- oder zweimal erblickt hatte, als sie nicht auf der Hut gewesen war. Stolz – das wusste er. Mutig – ganz gewiss, wenngleich sie wahrscheinlich über diesen Einfall lachen würde. Aber was waren ihre Träume? Was hatte sie sich vom Leben gewünscht, ehe sie gelernt hatte, alles hinter einer Maske zu verbergen? Und wollte sie es noch haben, was immer das war? Unbehaglich erkannte Marcus, dass sie, selbst wenn er sie verstehen wollte, ihn nie nah genug an sich herankommen lassen würde, damit er das tun konnte. Sie war ebenso fähig wie er, eine Fassade der Unnahbarkeit zu wahren.

Zufrieden darüber, sich behauptet zu haben, lehnte sie sich zurück und stellte sich darauf ein, die Fahrt zu genießen. Immerhin war sie an der frischen Luft und auf dem Weg nach London. Erfreut dachte sie an den Schock, den ihr Cousin Delian und seine schreckliche Frau Henrietta erleben würden, wenn sie feststellten, dass ihre verachtete Cousine gesellschaftlich plötzlich so sehr viel höher stand. Sie wusste, Marcus hatte seiner Schwester geschrieben und sie beauftragt, die Eheschließung in den am nächsten Tag erscheinenden Zeitungen bekannt zu geben. Sie hoffte, Lady Diana möge nicht zu schockiert gewesen sein. Es war keine Antwort aus London eingetroffen. Er hatte gesagt, er habe Diana geschrieben, diese Mühe müsse sie sich nicht machen. Bis sie geantwortet hätte, wäre man längst unterwegs, und der Brief würde den Empfänger nicht erreichen.

8. KAPITEL

Sir Blaise Winterbourne starrte vollkommen ungläubig hinter Lord Rutherford her. Großer Gott! Wie schaffte der Bursche das? Er hatte sogar in der Wildnis von Yorkshire ein attraktives Füllen zum Reiten gefunden! Musste ein temperamentvolles kleines Ding sein, denn sonst hätte Rutherford sich nicht die Mühe gemacht, es so elegant einzukleiden und in die Stadt mitzunehmen. So, so, so! Schade, dass Lady Althea Hartleigh so tugendhaft gewesen war – nun, so vorsichtig – und die von ihm ausgelegten Köder nicht geschluckt hatte. Aber so wie es aussah, war dieses Hühnchen die Sache vielleicht noch mehr wert … Es sah ziemlich viel jünger aus als Rutherfords übliche Gespielinnen. Zweifellos würde es seine abgestumpfte Sinne nett auffrischen – besonders wenn er, Blaise, direkt vor Rutherfords Nase seinen Willen mit dem Püppchen haben konnte. Das würde der Sache eine gewisse Würze verleihen.

Vor sich hin summend, schlenderte Sir Blaise in die Herberge, nachdem er seine Anweisungen einem Stallknecht erteilt hatte, der sich um seine Pferde kümmerte. Es war ratsam, dass Rutherford nicht merkte, dass sein kleines Wild gesichtet worden war. Nicht nötig, den Burschen wachsam zu machen.

Nicht im Mindesten ahnend, wachsam sein zu müssen, dinierte Marcus mit seiner Frau in dem Separee, das er besorgt hatte, und dachte weiterhin über die Frage nach, wie er die Hochzeitsnacht verbringen solle. An seinen Absichten bestand kein Zweifel – er wollte mit Marguerite ins Bett gehen und sie lieben, – wahrscheinlich fast die ganze Nacht. Aber da saß sie vor ihm, täuschte höflich vor, sie sei nicht erschöpft, und versuchte, nicht allzu verängstigt auszusehen.

Nachdem man fertig war, stand er auf und ging um den Tisch zu ihr. Er hatte lediglich vor, ihr auf die Füße zu helfen. Sie lächelte ihn jedoch so umwerfend süß an, dass er nicht widerstehen konnte, sie in die Arme zu nehmen.

Einen Moment lang fühlte er sie sich versteifen, und dann schmiegte sie sich an ihn. Aufstöhnend neigte er sich zu ihr und gab ihr einen verzehrenden Kuss. Er war sanft zu ihr. Seine Leidenschaft war jedoch unverkennbar. Unter dem sanften Druck seiner Zunge hatte Marguerite die Lippen geöffnet, und das nutzte er sogleich aus. Sinnlich erkundete er ihren süßen Mund. Und sie ging mit einem unschuldigen Entzücken darauf ein, das sein Verlangen anfachte.

Und dann überkam ihn Verwirrung. Das war nicht das, was er sich in seiner Ehe vorgestellt hatte. Genießen, ja. Aber das war nicht nur Genießen. Das war purer Rausch. Es war nicht nur Marguerites Körper, den er besitzen wollte. Er wollte sie!

Zeit! Er brauchte Zeit, um sich unter Kontrolle zu bringen. Außerdem war es besser, beim ersten Mal nicht zu stürmisch zu sein und das Risiko einzugehen, die Gattin wirklich zu verletzen.

Abrupt ließ er sie los. „Ich denke, Marguerite, dass du sehr müde sein musst. Du solltest zu Bett gehen.“ Seine Stimme hatte distanziert und kalt geklungen. Das schockierte ihn, aber daran ließ sich jetzt auch nichts mehr ändern. Er musste nachdenken. „Ich will mir die Beine vertreten. Daher werde ich im Ort einen Spaziergang machen. Gute Nacht. Ich sehe dich morgen früh.“ Ohne auf eine Erwiderung zu warten, war er gegangen und hatte seine sehr verwirrte junge Frau zurückgelassen.

Sie zog sich in ihr Schlafzimmer zurück, richtete sich zur Nacht her und ging zu Bett. Sie blies die Kerze aus, kuschelte sich unter die Bettdecke und genoss den gemütlichen Widerschein des Kaminfeuers. Früher hatte sie im Schlafzimmer nie Feuer im Kamin gehabt – natürlich abgesehen von der Zeit, in der sie krank gewesen war und Marcus Langley sich um sie gekümmert hatte. Schläfrig dachte sie an ihn. Er war so freundlich zu ihr gewesen. Es war schade, dass er sich immer wieder in Lord Rutherford verwandelte. Natürlich hätte Marcus Langley nie im Traum daran gedacht, sich ihr aufzudrängen, wenn sie müde war … aber das wäre auch nicht nötig gewesen. Müde oder nicht, sie hätte sich ohne das mindeste Zögern seinem Liebesspiel hingegeben … so wie sie das zu tun geglaubt hatte, bis er sie derart abrupt von sich geschoben hatte. Immer noch darüber nachgrübelnd, schlief sie ein.

Einige Zeit später wurde sie durch Geräusche geweckt. Jemand bewegte sich in ihrem Zimmer. Zuerst war sie verwirrt. Das Feuer war beinahe erloschen und der Raum fast dunkel. Zunächst dachte sie, das müsse Agnes sein, doch dann wurde sie durch ein sehr maskulines Brummen, dem Geräusche von Schritten folgten, vollständig wach.

Sie erstarrte. Marcus musste den Sinn geändert haben und zu ihr gekommen sein, um sie … körperlich zu besitzen. Sie verspürte ein wohliges Prickeln, dieses außerordentliche Gefühl der Schwäche, das gleichzeitig erschreckend und aufregend war.

Einen Moment später merkte sie, dass Marcus

sich neben ihr ins Bett legte. Und dann erschrak sie zutiefst. Marguerite spürte eine Hand nach ihr tasten, wurde in einen groben Griff genommen, und Marcus' Mund war auf ihrem, brutal, gierig. Verzweifelt bemühte sie sich, an ihr Ehegelöbnis zu denken und still zu liegen. Entsetzt zwang sie sich, gefügig zu sein, selbst dann, als sie Marcus' Hände am Ausschnitt des Nachthemdes spürte, das er ihr bis zum Bauchnabel zerriss. Noch schlimmer als die körperliche Angst war das Gefühl, verraten worden zu sein, der Gedanke, sie habe diesem Mann vertraut und gedacht, ihm läge zumindest so viel an ihr, dass er mit ihrer Jungfräulichkeit behutsam umgehen würde.

Marguerite geriet vollkommen in Panik, als sie ihn auf sich fühlte. Sie konnte nicht! Sie konnte einfach nicht! Er konnte die Ehe annullieren lassen! Sie konnte sich einfach nicht seinem Verlangen hingeben! Verzweifelt versuchte sie, ihn von sich zu drücken, und hörte ein leises, spöttisches Lachen. Und dann war sein Mund wieder auf ihrem, und er ließ keinen Zweifel daran, dass er vorhatte, sie zu besitzen, selbst wenn er ihr Gewalt antun musste. Sie konnte nicht glauben, dass er sie absichtlich schändete, ihr Entsetzen genoss … das konnte nicht sein!

Aber es war so. Sie wollte schreien, doch eine Hand, die sich ihr plötzlich auf den Mund gelegt hatte, erstickte ihren Schrei, und sie hörte eine unbekannte Stimme: „Das wäre sehr unklug, meine Liebe. Ich versichere dir, er wird nicht glauben, dass du dich gewehrt hast. Lieg still, und ich bin weg, ehe er kommt."

Das war nicht Marcus! Das war ein Fremder! Sie sträubte sich heftig, aber es hatte keinen Sinn. Sie presste die Schenkel zusammen und hörte den Unbekannten murmeln: „Gott helfe mir! Man könnte denken, du müsstest deine Unschuld verteidigen!" Sie fühlte eine Hand um ihre Kehle, eine Hand, die gnadenlos zudrückte ... sie konnte nicht atmen ... oh, Gott! Verzweifelt spürte sie, dass der Fremde sich zwischen ihre Beine zwängte. Sie schrie wieder, als der Griff um ihre Kehle etwas nachließ.

Und dann gab es einen Knall, als die Tür aufflog, grelles Licht hereinfiel und ein lauter Schrei ertönte.

Im ersten Augenblick glaubte Marcus, den Augen nicht trauen zu können. Dann raste er wütend durch den Raum, um Blaise Winterbourne von Marguerite herunterzuzerren. Doch der war zu schnell für ihn.

Winterbourne rollte sich auf der der Tür gegenüberliegenden Seite des Betts vom Lager und sagte spöttisch: „Ich habe die Frau gewarnt, vor Aufregung nicht zu enthusiastisch zu sein! Gleichviel! Vielleicht ein andermal. Lassen Sie es mich wissen, mein lieber Rutherford, wenn Sie mit ihr fertig sind. Ein bisschen unerfahren, muss ich sagen, aber ich bin sicher, sie wird die Mühe wert sein."

Halb von Sinnen gelang es Marguerite, mit zitternden Händen die Bettdecke hochzuziehen. Sie war in Sicherheit. Aber ihr war schlecht, und sie kam sich, weil der Fremde sie berührt hatte, wie besudelt vor. Was musste Marcus denken? Würde er glauben, was passiert war? Oder würde er denken, sie sei wirklich die Tochter ihrer Mutter?

„Verschwinden Sie aus dem Zimmer meiner Gattin, Winterbourne!" Marcus kochte vor Wut, doch eine kalte innere Stimme riet ihm zur Diskretion. Das Letzte, was er wollte, war der herbeieilende Wirt. Wenn die Geschichte bekannt wurde, dann war die Hölle los! Sehr wenige Menschen würden glauben, dass Marguerite schuldlos war. Er musste sie beschützen. Sie hatte sich unter der Bettdecke zusammengekrümmt und zitterte sichtlich. Ihr Gesicht war weiß, und sie wirkte benommen. Ihre Lippe war aufgeplatzt, und auf der Wange hatte sie eine rote Stelle, die aussah, als würde sie sich später bläulich verfärben. Seine kleine Marguerite. Wenn der Bastard sie tatsächlich …

„Ihre Gattin!" Einen Moment lang war Winterbourne aus der Fassung. Im Nu hatte er jedoch die Gewandtheit zurückgewonnen. „Du meine Güte! Ich habe die Frau für eins von Ihren kleinen Liebchen gehalten, mein lieber Rutherford. Machen Sie sich nicht die Mühe, mich zur Tür zu begleiten. Ich kenne den Weg."

Ohne Rutherford aus den Augen zu lassen, zog Winterbourne Hemd und Hose an, nahm die Stiefel an sich und sagte, während er vorsichtig am Bett entlang zur Tür schlich: „Natürlich werde ich kein Wort verraten. Es sei denn, Sie möchten, Sir, dass ich meine Sekundanten benenne."

Einen verrückten Augenblick lang fühlte Marcus sich versucht, sich mit dem Schuft zu duellieren, doch Marguerites entsetztes Gemurmel brachte ihn zu Verstand, und die Vernunft überwog. Wenn er Winterbourne zum Duell forderte, musste die Geschichte herauskommen, und dann würde Marguerite darunter leiden, sogar noch mehr, als sie schon gelitten hatte.

„Ich möchte meine Reitpeitsche nicht dadurch besudeln, Winterbourne, dass ich ein Schwein wie Sie schlage! Hinaus! Aber seien Sie versichert, dass ich, wenn ich auch nur ein Sterbenswörtchen über diese Sache höre, meine Zurückhaltung aufgeben und Sie zu Tode prügeln werde!"

Kaum hatte die Tür sich hinter Winterbourne geschlossen, drehte Marcus sich zu Marguerite um. Das Herz krampfte sich ihm zusammen, als er in ihre weit geöffneten Augen blickte und ihr Entsetzen sah. Und dann bemerkte er, dass ihre

Schultern zuckten, begleitet von Schluchzen, das an Hysterie grenzte.

Zum Teufel, was sollte er tun? Er wollte sie halten, sie trösten, doch als er sich auf sie zubewegte, zuckte sie zusammen, schrie auf und wich vor ihm zurück. Das konnte er ihr nicht verargen. Nach dem, was geschehen war, wäre es ein Wunder, wenn sie je wieder Vertrauen zu einem Mann hatte. Marcus war sich nicht einmal sicher, ob er rechtzeitig gekommen war. Hatte Winterbourne sie tatsächlich geschändet? Der Gedanke, sie könne vergewaltigt worden sein, erzeugte ihm Übelkeit. Seine kleine Marguerite … so verloren und verletzbar hinter ihrer Maske der Höflichkeit. Er hatte geschworen, sie zu beschützen, und konnte sie nicht einmal trösten, nachdem er so furchtbar versagt hatte!

„Marcus … es tut mir leid … Ich wollte nicht … Ich habe ihn gelassen …"

Ungläubig erstarrte er, und sein Blick bohrte sich in ihren. Ein unglaublicher Schmerz durchzuckte ihn. Sie hatte Winterbourne gelassen!

„Ich dachte, du seiest es!" Sie konnte nicht weiter und verbarg bei dem Gedanken, dass sie Marcus, der sie jetzt so angewidert anschaute, versehentlich hintergangen hatte, bitterlich weinend das Gesicht im Kissen. Dann spürte sie eine sachte Berührung an der Schulter. Eine warme Hand tätschelte und tröstete sie.

„Es ist gut, Marguerite …“ Vor Gefühlsregung hatte die Stimme rau geklungen. „Du bist jetzt sicher. Komm, lass mich dich halten.“ Die sanften Hände drehten sie um, hoben sie an und drückten sie an die breite, schützende Brust. Marcus strich ihr über das Haar und raunte ihr tröstende, beruhigende Worte zu. Langsam begann sie sich zu entspannen, wenngleich ihre Tränen weiterhin ungehindert flossen.

Er hielt sie einfach. Seine Wange ruhte an ihrem zerzausten Haar. Seine Hände streichelten und beruhigten sie, während er leise etwas murmelte. Später konnte er sich nicht mehr erinnern, was er zu ihr gesagt hatte, aber schließlich hörte das schreckliche Weinen auf, und bis auf einen gelegentlichen Schluckauf lag sie still in seinen Armen. Eine Weile schwiegen beide, und dann äußerte Marguerite in einem Ton, der kläglich gebrochen klang: „Ich dachte, du seiest es … und dass du den Sinn geändert hättest … und mich doch noch haben wolltest …“

Sie hatte gedacht, er wolle sie nicht haben? Oh Gott, nein!

„Daher habe ich … habe ich … diesen Mann zu mir gelassen. Er hat nichts gesagt … mich einfach nur gepackt … und erschreckt … erschreckt …“ Sie hielt inne und schüttelte sich heftig. Marcus verstärkte den Griff um sie, und sie schien an Kraft zu gewinnen. „Der … der Mann … hat angefangen, mich zu küssen und … meine Brüste zu berühren. Ich dachte, das seiest du … Ich konnte es nicht glauben, aber … Ich dachte, ich müsse nachgeben. Und deshalb habe ich versucht dazuliegen … aber er war so grob, dass ich schließlich in Panik geriet. Ich habe versucht, mich gegen ihn zu wehren … und dann habe ich gemerkt … gemerkt, was ich getan habe … und dass gar nicht du da warst …"

Wieder weinte sie leise, und Marcus streichelte sie zärtlich. „Es ist vorbei, Marguerite. Er wird dich nie wieder anfassen. Ich schwöre dir, es ist vorbei."

Dann flüsterte sie zu seinem Erstaunen: „Es tut mir leid, Marcus. Ich habe dich verraten."

Er war verblüfft. Sie hatte ihn verraten? Ihn, der sie alleingelassen hatte? Der nicht einmal daran gedacht hatte, ihr zu sagen, sie solle die Tür abschließen!

„Das hast du nicht, Marguerite!" Seine Stimme hatte eindringlich geklungen, weil er verzweifelt versuchte, sie zu beruhigen. „Wie kann das Verrat gewesen sein, wenn du angegriffen wurdest?" Er war davor zurückgeschreckt, das Wort „vergewaltigt" zu verwenden. Doch dann sagte er sich, er müsse Bescheid wissen. Er konnte nichts für sie tun, wenn er nicht Bescheid wusste. Wie konnte er ihr helfen, die Sache zu verwinden, wenn er sich vor der Wahrheit fürchtete?

Zögernd erkundigte er sich: „Hat Winterbourne dich wirklich …“

Marguerite schüttelte den Kopf. „Ne…in. Jedenfalls denke ich das nicht. Du bist gerade hereingekommen, als …“ Bei der Erinnerung an den schrecklichen Augenblick der Hilflosigkeit, als sie gemerkt hatte, wie Winterbourne sich in wilder Lust auf sie zwängte, versagte ihr die Stimme.

Marcus gefror das Blut in den Adern, als er begriff, dass es nur einige Sekunden später zu spät gewesen wäre. Mit brechender Stimme flüsterte er: „Gott sei Dank! Oh, Gott sei Dank! Marguerite … es tut mir so leid … Ich hätte dich nicht alleinlassen dürfen. Das war selbstsüchtig. Nur weil ich dich so sehr begehrte … und ich habe mir nicht zugetraut, dass ich …“ Er hielt inne. Es würde sie kaum beruhigen zu wissen, dass er sich vor Lust nach ihr verzehrt und überlegt hatte, anderen Sinnes zu werden und in ihr Zimmer zu gehen.

Was sollte er jetzt tun? Sollte er bleiben und sich um sie kümmern, oder wäre es ihr lieber, wenn er sie allein ließ? Sie brauchte eine Frau, die ihr beistand, aber es gab niemanden, den er hätte rufen können.

„Hör zu, Schätzchen“, erwiderte er leise. „Ich werde in mein Zimmer gehen und mich für die Nacht herrichten. Dann komme ich zurück, und kümmere mich um dich, wenn es das ist, was du möchtest. Ich will nicht, dass du allein bist, aber …" Zögernd hielt er inne.

„Ja, bitte." Sie hatte sich bemüht, die Erleichterung nicht zu zeigen. Er würde bei ihr bleiben! Sie hatte nicht gewagt, ihn darum zu bitten. Sie hatte das Gefühl, dass sie alles, was sie berührte, besudeln würde.

Er ließ sie los, stand auf und schaute sie besorgt an. Sie hatte so … so grenzenlos leblos, so gebrochen geklungen. Das zerrissene Nachthemd enthüllte ihre weichen hellen Brüste. Dunkle Stellen zeigten sich bereits auf ihnen, und er fluchte leise, als er merkte, wie brutal Winterbourne mit ihr umgegangen war. Der Anblick verursachte ihm Übelkeit. Selbst er hatte nicht richtig erkannt, wie gemein Winterbourne sein konnte.

Verhalten fluchend ging er zum Kamin, schürte das Feuer und kramte dann in Marguerites Gepäck. Er fand ein weiteres Nachthemd, brachte es ihr und sagte: „Zieh dich um, während ich fort bin. Verriegele hinter mir die Tür. Ich klopfe, wenn ich zurück bin."

Marguerite nickte nur, weil sie keinen Laut herausbrachte. Vielleicht half es ihr, sich umzuziehen. Sie kletterte aus dem Bett und stand zitternd einen Moment lang da, ehe sie Marcus zur Tür folgte. Sacht berührte er ihre geschundene Wange und verließ dann den Raum.

Sie schob den Riegel vor und starrte verloren

und verwirrt darauf. Der Drang, die Tür zu öffnen und ihn zu bitten zurückzukommen, war beinahe überwältigend. Sie benahm sich albern. Marcus würde in einigen Minuten zurück sein. In der Zwischenzeit musste sie sich umziehen.

Das Nachthemd, das Marcus ihr herausgesucht hatte, lag auf dem Bett. Sie zog es an und sah voll Abscheu das zerrissene an. Es lag auf dem Fußboden, irgendwie anklagend, ein weißes Grab, faulig, voller Verderbtheit. Verbrennen! Marguerite knüllte es zusammen und warf es in das von Marcus geschürte Feuer. Die Flammen loderten in den Rauchfang, und einen Augenblick lang wünschte sie sich, sie selbst könnte in dieser reinigenden Lohe gesäubert und geläutert werden. Wie sollte sie sonst je wieder sauber sein?

Sie starrte noch immer ins Feuer, als Marcus zurück war. Sein Klopfen brachte sie zur Besinnung, und sie rannte fast zur Tür, um ihn hereinzulassen. Der Anblick seiner kraftvollen, mit dem vertrauten roten Seidenmorgenrock bekleideten Gestalt war ungeheuer tröstlich. Er hatte die Arme voller Decken, und verwirrt schaute sie sie an.

„Wozu sind die?“

„Für mich“, antwortete er ruhig. „Ich dachte, du würdest es vorziehen, wenn ich im Sessel schlafe … und dass du mich nicht im …“

„Nein!“ Ihre Stimme hatte verzweifelt geklungen. Sie merkte es und versuchte nun, sich zu beherrschen. Die nächsten Worte sprudelten jedoch nur so hervor: „Bitte … bitte … halt mich einfach … bitte, Marcus …“ Sie zwang sich, still zu sein. Unmöglich, ihm zu sagen, wie sie sich fühlte. Dass sie, wenn er sie nicht hielt, sich nie wieder sicher fühlen würde. Dann sah sie, als sie seine freudlose Miene bemerkte, dass er begriffen hatte.

„Wenn es das ist, was du möchtest, Marguerite.“ Seine Stimme hatte leise geklungen. Er war demütig und jubelte dennoch im Stillen darüber, dass sie ihm so vertraute. Sehr langsam ging er zu ihr und hob sie so mühelos wie ein Kind auf die Arme. Sein Verhalten hatte nichts Liebevolles, war nur ein zuverlässiger, tröstender Schutz. Er trug sie zum Bett und legte sie darauf, ehe er sich neben ihr ausstreckte.

„Möchtest du die Kerzen brennen lassen, Marguerite?“ Vielleicht fühlte sie sich dann sicherer. Wenn sie aufwachte, konnte sie ihn sehen.

Sie schüttelte den Kopf. „Ich glaube nicht, dass ich schlafen kann, aber …“

Marcus stand wieder auf und stellte den Leuchter auf den Nachttisch. Dann kehrte er ins Bett zurück. Die kleinen Flammen tanzten und leuchteten wie eine helle Insel in der sie umgebenden Dunkelheit.

Er legte sich hin, griff nach Marguerite und zog

sie in die Arme. Sicher barg er ihren Kopf an seiner Schulter und spürte sie sich zunächst versteifen, dann langsam entspannen, bis ihr Atem schließlich ruhig ging und sie einschlief.

Marcus und Marguerite brauchten noch drei weitere Tage, um London zu erreichen. Wäre er allein gewesen, hätte er die Strecke leicht in zwei Tagen zurückgelegt, doch die Reisekutsche war viel langsamer. Außerdem hatte Marguerite nach der Hochzeitsnacht, in der sie zärtlich von ihm geliebt worden war, lange geschlafen und sich nicht geregt, als er das Bett verlassen hatte, um zum Frühstück zu gehen. Sie hatte noch geschlafen, als er, nachdem er sich vom Wirt einen Korb mit Essen hatte geben lassen, zurückgekommen war.

Es war wieder ein herrlicher Tag, und Marcus fand, zum Mittagessen würde es angenehm sein, irgendwo ein Picknick zu machen. Er war einigermaßen sicher, dass sie sich glücklicher fühlen würde, wenn sie sich noch nicht gleich wieder in einem Gasthof der Öffentlichkeit ausgesetzt sah. Mit Erleichterung hatte er erfahren, dass Winterbourne sehr früh abgereist war. Er war nicht ganz sicher, ob er die Selbstbeherrschung gehabt hätte, den Widerling mit heiler Haut davonkommen zu lassen, und ganz gewiss hatte er nicht den Wunsch gehabt, ihn Marguerite begegnen zu lassen.

Man war kurz nach elf aufgebrochen. Marguerite saß neben ihm in der Karriole. Seit dem Aufstehen war sie sehr still gewesen und wirkte befangen. Kaum überraschend, wie er zärtlich belustigt fand. Sie war schon unter normalen Umständen keine Plaudertasche, und da Burnet hinten auf dem Dienertritt stand, gab es wenig Gelegenheit für ein privates Gespräch.

Da Marguerite spät gefrühstückt hatte, hielt man, nachdem man zwischen hohen Hecken einen Weg entlanggefahren war, erst lange nach zwei Uhr für das Picknick an und breitete unter einer Buche eine Decke aus.

Nach dem Mittagessen stellte Marguerite fest, dass sie sehr müde war, und es bedurfte keiner großen Überredungskunst, um sie davon zu überzeugen, in der Berline weiterzufahren. Mehr noch, Marcus bestand darauf.

„Du kannst dich auf dem Sitz zusammenrollen und ein Schläfchen machen. Es dauert noch drei Stunden, bis wir die Unterkunft für heute Nacht erreichen“, sagte er fest.

„Aber …“

Er bedachte sie mit einem vorgetäuscht strengen Blick und fuhr fort: „Ich erinnere mich gut daran, dass du mir gestern gelobt hast, mir zu gehorchen! Ich versuche, dich etwas zu verwöhnen!“ Dann, sehr zärtlich: „Komm, Marguerite. Du wirst dich sehr viel wohler fühlen, wenn du in der Berline schläfst.“

Seine Sorge um sie war beunruhigend, und scheu richtete Marguerite den Blick auf ihn. „Weißt du, ich bin wirklich kein so armes Wesen, wie du denkst, aber wenn es dir Freude macht …"

„Das wird es nicht", erwiderte er unumwunden. „Ich mag es, deine Gesellschaft zu haben, werde jedoch heute Nachmittag darauf verzichten, wenn das bedeutet, dass ich sie heute Nacht genießen kann."

Vielleicht war es ein guter Gedanke, in der Berline zu sitzen. Selbst wenn sie nicht schlief, konnte sie nachdenken, denn wenn sie in der Karriole neben Marcus saß, schien seine Nähe ihre Gedanken vollkommen durcheinanderzubringen.

Nachdem er erreicht hatte, was er wollte, begleitete er sie zur Reisekutsche und half ihr hinein. Marguerite drehte sich zu ihm um und lächelte ihr schüchternes, sanftes Lächeln, bei dessen Anblick in ihm der Wunsch wach wurde, sie wie verrückt zu küssen. Er streckte die Hände aus, schob die Finger in ihr weiches Nackenhaar und streichelte es sacht. Dann zog er ihren Kopf zu sich und gab ihr einen kurzen Kuss.

„Bis heute Nacht, Kleines", flüsterte er, einen verheißungsvollen Unterton in der Stimme.

Marguerite lehnte sich in der Berline zurück und versuchte, ihre verwirrten Gedanken und ihre noch chaotischeren Gefühle zu ordnen. Sie hatte von Anfang an die Gefahr einer Ehe mit

Marcus erkannt. Trotz seiner gelegentlichen Kälte besaß er Charme und eine freundliche Ausstrahlung, die es unmöglich machte, nicht auf ihn zu reagieren. Sie hatte jedoch nicht damit gerechnet, ihr so schnell, so gründlich zu erliegen.

Sie hatte die Gefahr erkannt und sich damit abgefunden. Allerdings hatte sie in ihrer Unerfahrenheit nicht damit gerechnet, wie weh das tun würde.

Und das durfte Marcus nie erfahren. Irgendwie musste sie ständig auf der Hut sein, um ihr Geheimnis zu wahren. Vielleicht war es möglich, wenn sie ein vornehmes Leben führte, ihre Liebe zu verbergen. Sie hatte viel darüber gehört, dass Ehepaare, die zur guten Gesellschaft gehörten, zum größten Teil ein getrenntes Leben führten, an verschiedenen gesellschaftlichen Anlässen teilnahmen, ihre eigenen Freunde hatten und sich einen Liebhaber oder eine Mätresse nahmen. Der letzte Gedanke machte sie schaudern. Nie würde sie sich dazu bringen können, einen anderen Mann zu akzeptieren. Und es würde unermesslich wehtun zu wissen, dass Marcus eine Geliebte hatte.

9. KAPITEL

Am der Ankunft folgenden Nachmittag bewahrte die Countess of Rutherford sich ein freundliches Lächeln, während ihr in der großen Halle von Rutherford House, einem imposanten Anwesen am Grosvenor Square, ein steifer, höflicher Dienstbote nach dem anderen vorgestellt wurde. Bis ihr schließlich die Hausmädchen als Gruppe präsentiert wurden, war sie in Gedanken förmlich unter den finsteren, unverhohlene Abneigung ausdrückenden Blicken des Personals zusammengeschrumpft.

Als sie sich an den lachend von ihrem Gatten vorgebrachten Vorschlag erinnerte, sie solle das Personal umformen, erschauerte sie innerlich. Es war hinreichend offenkundig, dass die Leute ihm ehrfürchtige Zuneigung entgegenbrachten, während sie im Stillen dachten, dass er, indem er einen provinziellen Niemand mit einem familiären Hintergrund wie dem ihren geheiratet hatte, wohl den Verstand verloren hatte. Sie warf ihm einen ängstlichen Blick zu. Er wirkte jedoch ganz ruhig. Sein aristokratisches Gesicht verriet nicht, ob er sich des unverkennbar bei seinem Personal vorhandenen Zorns bewusst war.

Nachdem die Tortur vorüber war, geleitete er Marguerite zu ihrem Schlafzimmer und sagte: „So, bitte. Das war das Schlafzimmer meiner Mutter. Warum ruhst du dich nicht aus, ehe du dich zum Dinner umziehst? Ich werde in die Mount Street fahren und meine Schwester wissen lassen, dass wir in der Stadt sind. Ich werde Diana bitten, dich morgen aufzusuchen, wenn du das möchtest."

„Du willst nicht, dass ich jetzt mitkomme?", fragte Marguerite zögernd.

Er schüttelte den Kopf. „Nein. Diana hat dich zu besuchen." Marguerite errötete leicht, und beruhigend fuhr er fort: „Ich schäme mich deiner nicht, Marguerite. Aber ich denke, dass es unter den gegebenen Umständen besser ist, wenn ich Diana zuerst sehe. Komm", er öffnete die Arme für sie, „gib mir einen Kuss, und dann bin ich weg."

Marguerite ging zu ihm und bemühte sich dabei, ihre Vorfreude nicht zu zeigen. Er gab ihr einen kurzen Kuss, und dann ließ er sie allein. Sie kam sich vollkommen verloren vor und fand es ziemlich unwahrscheinlich, dass sie würde schlafen können. Sie war so von der Eleganz ihrer Umgebung beeindruckt, dass ihre Müdigkeit restlos verflogen und durch den überwältigenden Drang ersetzt worden war, das Zimmer zu erkunden.

Mit großen Augen schaute sie sich um. Nie im Leben hatte sie ein so geräumiges und kostbar ausgestattetes Schlafzimmer gesehen. Respektvolles Klopfen lenkte sie ab. „Herein!“, rief sie.

Ein Hausmädchen kam ins Zimmer und sagte: „Ihr Gepäck wird heraufgebracht, Mylady. Ich bin hier, um es auszupacken.“

„Oh, wie nett von Ihnen. Herzlichen Dank“, erwiderte sie mit freundlichem Lächeln, auf das das Hausmädchen sichtlich überrascht reagierte. Oje! Hätte sie sich nicht bedanken sollen? Aber wie unhöflich, das nicht zu tun, selbst wenn das Mädchen eine Bedienstete war. Bei Mrs. Barlow hatte sie sich immer bedankt.

Nachdem die Sprache aufs Auspacken gebracht worden war, schaute sie sich um, wo sie die ausgepackten Kleider unterbringen könnte. Verwirrt furchte sie die Stirn, weil sie keine Kommoden oder Schränke sah.

„Aber wo ...?“, fragte sie, ehe sie sich daran hatte hindern können. Und dann wurde sie vor Verlegenheit rot, als das Hausmädchen schweigend auf eine andere Tür zeigte.

„Oh, da...danke“, sagte sie und kam sich mehr und mehr wie die dumme, hausbackene Marguerite Fellowes vor. Ein Ankleidezimmer! Wie viele Fauxpas würde sie noch begehen? Würde man im Dienstbotenquartier darüber reden und sich lustig machen?

Es war in diesem Augenblick, dass das vorher misstrauische Hausmädchen merkte, dass die neue Herrin überhaupt kein verschlagenes Flittchen war, sondern im Gegenteil eine junge Dame, die sich in einer ihr nicht vertrauten und herausfordernden Situation befand. Ohne sich mit Höherstehenden vergleichen zu wollen, wurde Lucy Brown zwangsläufig an ihr erstes Essen im Dienstbotenquartier erinnert, bei dem sie sich versehentlich auf den für das erste Hausmädchen reservierten Platz gesetzt hatte und als Folge dieses entsetzlichen Schnitzers während des ganzen Essens geächtet worden war.

„Keine Sorge, Mylady", sagte Lucy fröhlich. „Ich wette, in Yorkshire sind die Dinge etwas anders."

„Nur … nur ein bisschen", erwiderte Marguerite und war über diese plötzliche Veränderung erleichtert. „Stehen mir noch mehr Überraschungen bevor?"

„Das Badezimmer ist hinter dieser Tür da", erklärte Lucy. „Und dahinter liegt das Zimmer Seiner Lordschaft."

Marguerite starrte das Hausmädchen an. Sie teilte ein Badezimmer mit ihrem Mann? Ein Badezimmer? Allein der Gedanke war grenzenlos skandalös. Und schrecklich aufreizend. Hatte Marcus nicht gesagt, dieser Raum sei das Schlafzimmer seiner Mutter gewesen? Marguerite fing an, einige sehr interessante Einblicke in die Verhaltensweisen ihrer verstorbenen Schwiegermutter zu gewinnen.

Unfähig, dem Drang zu widerstehen, ging sie zu der bezeichneten Tür und machte sie auf.

Und konnte einen Schrei der Überraschung und des Erschreckens nicht unterdrücken.

Die Badewanne war riesig. Sie war so groß, dass Marguerite keinen Zweifel daran hatte, dass zwei Menschen leicht darin Platz fanden. In Abständen waren sechs bronzene Löwenhäupter mit weit aufgerissenen Rachen angebracht. Du meine Güte! Kam das Wasser aus den Mäulern? Wie ungeheuer einfallsreich! Ein Hebel an der Seite des Raums weckte ihre Aufmerksamkeit. Sie bückte sich und drückte ihn herunter. In der Tat, dass Wasser floss in Strömen. Sie holte tief Luft, während sie die mit dieser Badewanne verbundenen Möglichkeiten in Betracht zog.

Heftig errötend ließ sie den Blick über die sonstige Einrichtung schweifen und überlegte, ob Marcus von ihr erwartete, dass sie diesen Raum benutzen würde. Benutzte er ihn? Die Möglichkeiten verursachten ihr schwache Knie.

Ein diskretes Hüsteln hinter ihr brachte sie dazu, die abschweifenden Gedanken zu ordnen.

Sie drehte sich um und sah das Hausmädchen mit unnatürlich regloser Miene auf der Türschwelle stehen.

„Soll ich auspacken, Mylady? Ihr Gepäck wurde gebracht."

„Was? Oh! Oh ja! Vielen Dank ...", fügte Marguerite in fragendem Ton hinzu.

„Lucy", sagte sie.

„Lucy", wiederholte Marguerite, um sich den Namen einzuprägen. „Ja. Auspacken. Ein sehr guter Einfall." Sie marschierte durch die offene Ankleidezimmertür und ließ das skandalöse Badezimmer hinter sich. Unglücklicherweise weigerten sich die gleichermaßen davon verursachten skandalösen Bilder, zurückzubleiben, sondern folgten ihr ins Schlafzimmer, wo sie sich ihr eifrig in den Sinn drängten, derweil sie Lucy dabei half, ihre Sachen wegzuräumen. Ihre kostbare Teebüchse wurde aus einem Gepäckstück geholt, und stolz stellte sie sie auf das Teetablett, wo sie sie vom Bett her sehen konnte. Liebevoll streichelte sie sie. Ihr erstes Geschenk.

Es war nach fünf, als man mit allem fertig war. Das Dinner war, wie Lucy die Countess informierte, für halb acht angesetzt. Wenn Mylady noch ein Nickerchen machen wolle, dann täte sie das besser jetzt, da sie sie zum Abendessen umkleiden und genügend Zeit haben musste, um ihr das Haar aufzustecken.

Das alles hatte Lucy sehr taktvoll erklärt. „Ich komme Sie in einer Stunde wecken“, fügte sie beflissen hinzu, „und helfe Ihnen dann, Mylady. Mrs. Crouch, die Haushälterin, hat gesagt, ich solle Ihnen zur Verfügung stehen, bis Sie eine richtige Zofe haben, wie das bei allen vornehmen Damen der Fall ist.“

„Vielen Dank“, erwiderte Marguerite. Gähnend gestattete sie Lucy, ihr aus dem Reisekleid zu helfen, und dann kuschelte sie sich in der Chemise und im Unterrock in das fantastische Bett, das nicht nur wunderschön anzusehen, sondern auch noch äußerst bequem war. Seidene Bettwäsche! Du meine Güte! Voller Behagen rieb Marguerite sich am Laken, während Lucy die wundervoll drapierten elfenbeinfarbenen Bettvorhänge zuzog. Innerhalb weniger Minuten war Marguerite fest eingeschlafen und träumte.

In der Zwischenzeit hatte Marcus seine Schwester aufgesucht und hörte geduldig zu, wie sie seine Intelligenz, Moral und Manieren aufs Fürchterlichste verdammte.

Diana hatte ihn in ihrem Salon empfangen, ihn wütend angesehen und, sobald die Tür von ihrem nicht sehr überzeugend Desinteresse heuchelnden Butler geschlossen worden war, aufgebracht gefragt: „Zum Teufel, was hast du dir dabei gedacht, mir diesen Brief zu schicken und von mir zu verlangen, die Ankündigung deiner Ehe mit Miss Marguerite Fellowes gestern in den Zeitungen abdrucken zu lassen? Hast du irgendeine Ahnung davon, was für ein skandalöses Gerede du ausgelöst hast? Hast du irgendeine Ahnung davon, wie viele Leute sich einen Spaß daraus gemacht haben, mir mitfühlend zu der tragischen Mésalliance zu kondolieren, die mein einziger Bruder eingegangen ist? Du Idiot, Marcus! Ist dir nicht klar, was die Leute reden? Dass Robert und Caroline Fellowes' Tochter dich in eine Falle gelockt hat? Wie bist ausgerechnet du auf eine solche List hereingefallen? Tante Regina hat sich hysterisch nach Bath zurückgezogen!"

„Nun, dafür sei dem Himmel Dank!", warf der pflichtvergessene Neffe der heimgesuchten Dame herzlos entgegen. „Es ist mehr als genug, es mit einer wütenden weiblichen Verwandten zu tun zu haben!"

„Als ob du irgendeine Ahnung von der Verlegenheit hättest, in der ich war, weil ich die mir entgegengebrachten Mitleidsbekundungen nicht verstand. Erst als Jack mich aufklärte, begriff ich, wer das Mädchen ist. Und nicht einmal eingeladen gewesen zu sein!" Diana hielt inne, um Atem zu holen, und eine ganz echte Träne rann ihr über die Wange. Das Letzte, was sie sich für Marcus gewünscht hatte, war, dass er die Ehe mit irgendeinem verschlagenen kleinen Flittchen einging.

„Sag mir, Diana, wie lange hast du gebraucht, um dich so weit zu beruhigen?“, fragte er mit einem so belustigten Zwinkern, dass sie ihm am liebsten eine Ohrfeige verpasst hätte.

Sie bedachte ihn mit einem hitzigen Blick und antwortete in gefährlichem Ton: „Ich schauspielere, Marcus. Ich habe mich nicht beruhigt! Du magst das komisch finden. Ich tue das nicht!“

„Also gut, Diana“, erwiderte er kläglich. „Du hast deinen Standpunkt klargemacht. Wäre es jetzt zu viel verlangt, mich die Sache erklären zu lassen? Marguerite hat mich in keiner Weise in eine Falle gelockt. Im Gegenteil, sie hat ihr Möglichstes getan, nichts von mir anzunehmen, erst recht nicht meinen Namen! Und die späte Benachrichtigung tut mir leid, aber das Letzte, was ich wollte, war, dass Tante Regina auftaucht und Marguerite so einschüchtert, dass sie von der Hochzeit Abstand nimmt.“

Scharf schaute Diana den Bruder an. Er wirkte nicht wie jemand, den man zu einer ihm unerwünschten Ehe gezwungen hatte. Im Gegenteil, er sah sehr fröhlich und entspannt aus. Und Diana konnte seinen Standpunkt über die Respekt einflößende Tante gut begreifen, da diese, nachdem sie die Neuigkeit gehört hatte, kreischend nach ihrer Reisekutsche verlangt und gesagt hatte, sie würde dem kleinen Flittchen im Eiltempo heimleuchten. Nur die Erkenntnis, dass die Trauung schon stattgefunden haben würde, ehe die Tante in Yorkshire war, hatte sie von dieser Absicht abgehalten. In der Zwischenzeit hatte sie jedoch gepackt und daher, um vor ihrem sprachlosen Personal das Gesicht zu wahren, ihren Kutscher angewiesen, sie nach Bath zu fahren.

„Also gut, ich bin auf das Schlimmste gefasst", sagte Diana resignierend.

Nachdem Marcus ihr erzählt hatte, unter welchen Umständen er Marguerite begegnet war, fing sie an, klarzusehen. Marcus und sein übertriebenes Pflichtgefühl! Miss Fellowes' Flucht veranlasste sie zu zwinkern. War das Mädchen verrückt? Die Geschichte von Mrs. Garsbys Unmenschlichkeit schockierte sie zutiefst, und schließlich billigte sie, wenngleich widerstrebend, Marcus' Entscheidung, Miss Fellowes zu heiraten.

„Ich verstehe", sagte sie nachdenklich. „Und sie hat akzeptiert."

Marcus schilderte die Bedingungen für seine Ehe fast so, wie er das bei Marguerite getan hatte, und innerlich zuckte seine Schwester zusammen. Großer Gott! Was für ein Rezept für eine Katastrophe! Er war nicht der Mann, sich still damit abzufinden, wenn seine Gattin sich einen Liebhaber nahm, ganz gleich, was er jetzt denken mochte. Man musste nur an all seine Mätressen denken, mit denen er Schluss gemacht hatte, nachdem sie sich im Bett mit Sir Blaise Winterbourne vergnügt hatten. Allerdings konnte das einfach nur darauf zurückzuführen sein, dass er den schmierigen Baronet aus irgendeinem Grund, den Diana nie erfahren hatte, verachtete. Trotzdem konnte sie ihn nicht in der Rolle eines gefügigen Gatten sehen.

Und was war mit dem Mädchen, das er geheiratet hatte? So wie es klang, hatte Miss Fellowes ihn aus Verzweiflung erhört, da sie nicht wusste, wohin sie sollte. Welche Einstellung hatte sie zur Ehe? Mochte sie Marcus überhaupt? Begriff sie, worauf sie sich eingelassen hatte?

Diana ließ die Vermutung fallen, Marcus sei in eine Falle gelockt worden. Er hätte es gemerkt, wenn er getäuscht worden wäre. Ihr zynischer, liederlicher Bruder war kein Narr. Er mochte das Unausweichliche akzeptiert haben, aber das hatte er offenen Auges getan. Er wäre nicht fähig gewesen, das vor ihr geheim zu halten. Gewiss wäre er nicht hier und würde eine verschlagene Abenteurerin in Schutz nehmen.

Mit weicherer Miene schaute Diana ihn an und sagte: „Dann werde ich deiner Frau morgen einen Besuch machen, kleiner Bruder. Sei glücklich, mein Lieber."

Er erwiderte ihr Lächeln und äußerte in sonderbarem Ton: „Weißt du, ich glaube beinahe, dass ich das sein werde." Er drückte ihr einen Kuss auf die Wange und verabschiedete sich von ihr.

Plötzlich fragte sie sich, ob er sich bewusst war, wie anders er wirkte. Sie hatte ihn nie so gefühlvoll über jemanden reden hören, nie erlebt, dass er solchen Zorn zu erkennen gab. Dennoch schien er zu denken, dass er aus dem Gefühl der Verpflichtung und logischer Erwägung gehandelt hatte. Hatte er mit seiner Fassade der Reserviertheit sogar sich selbst einen Bären aufgebunden?

Marguerite schwebte die Treppe hinunter und fand, sie könne sich sehr leicht daran gewöhnen, dass jemand ihr beim Ankleiden und Frisieren half. Es war nicht so, dass sie Lucy gestattet hätte, sie wie eine Sklavin in einem römischen Bad zu bedienen, aber es war sehr angenehm, jemanden zu haben, der Vorschläge machte und ihr Dinge reichte, von denen sie nicht einmal gewusst hatte, dass es sie gab. Und es war nett, jemanden zu haben, der ihr sagte, sie sehe hübsch aus! Nicht dass sie das wirklich glaubte. Das Kleid war hübsch, und die Frisur sah entzückend aus, aber dennoch war sie immer noch die einfache Marguerite Fellowes.

Nachdem sie die Eingangshalle erreicht hatte, zögerte sie, weil sie nicht sicher war, wo sie sich einfinden sollte. Ehe sie jedoch in Panik geraten konnte, erschien aus irgendeinem Schlupfwinkel die stattliche Gestalt, die, wie sie sich erinnerte,

Delafield, der Butler, war, und verbeugte sich vor ihr.

„Seine Lordschaft lässt sich empfehlen, Mylady. Er möchte, dass Sie in der Bibliothek auf ihn warten."

Mylady. Beinahe hätte sie sich umgesehen, ob der Butler mit jemand anderem gesprochen hatte. Es erschien ihr unmöglich, dass er sie meinte.

„In der Bibliothek?", fragte sie unsicher.

Er neigte den Kopf. „Wenn Ihre Ladyschaft mir bitte folgen würde."

Er führte sie zu einer großen Mahagonitür, die er öffnete, dann gab er ihr den Weg frei und sagte: „Seine Lordschaft wird sofort herunterkommen. Darf ich Ihnen ein Glas Likör einschenken, Mylady?"

Von der Treppe her hörte man einen Mann, der mit tiefer Stimme sagte: „Nein, das dürfen Sie nicht. Sie können es mir überlassen, meiner Gattin ein Glas Wein einzuschenken. Likör! Wirklich! Ich dachte nicht, dass wir etwas von dem klebrigen Zeug im Haus haben!"

Der Ausdruck schärfster Missbilligung im Gesicht des alten Mannes bekundete Marguerite, dass Marcus, obwohl er erwachsen und obendrein Earl war, für Mr. Delafield immer noch ein etwas zu groß geratener Schuljunge war.

„Likör, Mylord, ist ein für eine Dame sehr geeignetes Getränk."

Die empörte Antwort des Butlers hatte Marguerites Eindruck bestätigt.

„Das können Sie dem Geist meiner Mutter erzählen“, entgegnete Marcus respektlos.

Mr. Delafields Lippen zuckten, während er sich verbeugte und in spitzem Ton sagte: „Wie Eure Lordschaft wünschen.“

Marcus grinste, als er den Fuß der Treppe erreichte, und erwiderte: „Lassen Sie uns fünfzehn Minuten Zeit, Delafield. Ich habe ein Geschenk für meine Gattin.“

Er folgte ihr in den Raum und schaute sie bewundernd an. Das hässliche Entlein Marguerite hatte sich in einen Schwan verwandelt. Zugegeben, in dem eleganten Reisekleid hatte sie in den letzten drei Tagen durchaus präsentabel ausgesehen, und sehr hübsch in ihrem Hochzeitskleid, aber kein Vergleich zu heute Abend! Jeder Mann, der das nicht sah, was Marcus sah, war blind. Abrupt drehte er sich zum Konsoltisch um und schenkte ihr ein Glas Wein ein.

Nervös beobachtete sie ihn. Etwas stimmte nicht. Er starrte sie an, als sei er vom Donner gerührt. Saß das Kleid nicht gut? War es hässlich? Trug sie es verkehrt herum? Oder lag es an ihrem Haar? Das war es! Sie wünschte sich, sie hätte nicht zugelassen, dass Lucy sie dazu überredete, es nach dieser Mode zu tragen. Aber halt: Marcus hatte etwas gesagt.

Er wandte sich ihr wieder zu und händigte ihr den Madeira aus. „Auf dein Wohl, Marguerite. Du … du siehst sehr … hübsch aus, meine Liebe." Er hatte sich zweimal räuspern müssen, um den Satz vollenden zu können. Was für eine inadäquate Bemerkung. Das war die Untertreibung des Jahrhunderts gewesen. Und das plötzliche Aufleuchten in ihren Augen tat seinem Herzen und Magen schreckliche und unmögliche Dinge an. Die beiden Organe schienen unentwirrbar miteinander verknotet zu sein. Nie im Leben war er so fürchterlich, so wundervoll außer Kontrolle geraten.

Verzweifelt versuchte er, seine sonstige Kaltblütigkeit wiederzugewinnen, und sagte in einigermaßen ruhigem Ton: „Ja, das Kleid steht dir." Er redete sich ein, erleichtert darüber zu sein, dass der freudige Ausdruck in Marguerites Augen etwas schwand. Er wollte solche Gefühle nicht haben! Das war für Marguerite und ihn gefährlich. Sie hatten ein Abkommen darüber getroffen, welchen Weg sie in ihrer Ehe einschlagen würden. Er durfte das prekäre Gleichgewicht nicht stören, nicht, wenn er wollte, dass seine Ehe seine Erwartungen erfüllte.

„Da…danke, Marcus", erwiderte Marguerite leise.

Er furchte leicht die Stirn. Er hatte nicht vorgehabt, so einschüchternd zu klingen. Trotzdem … Vielleicht war das gut so. Es würde doppelt schwierig sein, die Art Beziehung zu wahren, die er ins Auge gefasst hatte, wenn Marguerite ihn zu oft so ansah wie jetzt. Besser, er hob sich die Komplimente und Zärtlichkeiten fürs Schlafzimmer auf. Dort konnte er wenigstens er selbst sein. Sie war zu süß und nachgiebig in seinen Armen, hatte ihm zu vorbehaltlos vertraut, als dass irgendetwas anderes möglich gewesen wäre.

Verspätet erinnerte er sich daran, dass er ein Geschenk für sie hatte. „Ich habe ein Geschenk für dich, Marguerite“, sagte er höflich. Er ging zu dem kleinen Pembroke-Tisch, der hinter dem Sofa stand, und zog die Schublade auf. Dann nahm er eine lange, flache Holzschatulle heraus. Er drehte sich zu Marguerite um und winkte sie zu sich.

Schüchtern ging sie zu ihm und überlegte, was er für sie haben mochte. Offensichtlich nicht noch eine Teebüchse.

Dann schnappte Marguerite nach Luft, nachdem er die Schatulle aufgemacht und eine lange Kette schimmernder Perlen herausgenommen hatte. Wie erstarrt stand sie da, während er ihr die Kette um den Hals legte. Bestimmt war ein so kostbares Geschenk nicht für sie gedacht! Das war undenkbar!

Es war noch undenkbarer, als er einen Moment später, nachdem er die Wirkung der Perlen auf der blauen Seide zufrieden zur Kenntnis genommen hatte, erneut in die Schatulle griff und ein Paar Ohrringe herausnahm, die er Marguerite mit überraschender Sicherheit an den Ohren befestigte. Noch ein Griff in die Schatulle, und er legte ein Armband um ihr Handgelenk.

„Ma…Marcus, das kannst du mir nicht geben. Ich …“ Sie war überwältigt. Sie starrte die auf ihrer Brust und um ihr Handgelenk liegenden schimmernden Perlen an.

„Warum nicht?“, fragte er überrascht. „In meiner Familie werden sie immer der Frau des Familienoberhauptes geschenkt. Es gibt sie seit Generationen. Du bist die vierte Countess of Rutherford, die sie trägt.“

„Oh!“ Verzeihung heischend schaute sie ihn an. „Ich bitte um Entschuldigung. Ich … ich … Das habe ich … nicht gewusst.“ Sie hatte geglaubt, die Perlen seien ein persönliches Geschenk, und der Gedanke war erschreckend gewesen. Aber Marcus folgte nur der Familientradition und wollte zweifellos, dass seine Frau ein vornehmes Bild bot. Sie waren dazu gedacht, die jeweilige Gräfin zu schmücken, aber kein Geschenk für sie. Marguerite unterdrückte die Sehnsucht nach etwas Eigenem, keinen Schmuck, nur … etwas … etwas eher von Marcus Langley, statt dem Earl of Rutherford – ein persönliches Geschenk wie die Teebüchse.

Er furchte wieder die Stirn. Zum Teufel, warum störte es sie, dass er ihr den Schmuck gegeben hatte? Sie hatte keinen getragen, natürlich abgesehen vom Trauring, und Marcus hätte wetten können, dass sie, falls sie Schmuck besaß, dieser nicht von der Art war, die seine Gattin tragen sollte. Zweifellos nur Talmi! Und seiner Erfahrung nach hatte es keine Frau je gestört, Schmuck geschenkt zu bekommen. Die meisten Frauen verstanden es in vielerlei Weise, einem Mann ein neues Schmuckstück abzuluchsen.

Marcus sprach seine Gattin davon frei, sich solcher listiger Methoden zu bedienen, wünschte sich jedoch, dass sie die unschätzbar kostbaren Preziosen, mit denen er sie soeben geschmückt hatte, etwas begeisterter betrachtete. Begriff sie nicht, wie gut sie an ihr aussahen? Nach einigem Überlegen erkannte er, dass sie das wahrscheinlich nicht konnte.

„Komm mit“, sagte er fest, ergriff sie an den Schultern und führte sie zu einem Konsoltisch, über dem ein alter, mit einem abgestoßenen vergoldeten Rahmen versehener Spiegel hing.

„So! Sieh dich an!“

Und dann konnte er ihren ungläubigen Gesichtsausdruck sehen, ihre Miene vollkommener Fassungslosigkeit.

„Das bin nicht ich, oder?“ Marguerite schaute auf und suchte im Spiegel Marcus’ Augen. „Das ist Lady Rutherford."

Scharf starrte Marcus sie an. „Wie bitte, Marguerite?"

Ein seltsames Zittern überkam sie. „Nichts. Ich … nichts." Sie hatte eigenartig benommen geklungen, ganz so, als habe sie im Spiegel eine Fremde gesehen. „Vielen Dank, Marcus." Zögernd hob sie die Hand und berührte flüchtig die Halskette. „Die Perlen sind schön."

Zum ersten Mal begriff er, während er das Spiegelbild seiner mit dem Familienschmuck geschmückten Frau betrachtete, warum Perlen als so passend für ein junges Mädchen oder eine Braut angesehen wurden. Marguerites unbefangener Liebreiz war der perfekte Hintergrund für die keusche Schönheit der Perlen. Er hatte die Perlen unzählige Male gesehen, da seine Mutter den Schmuck geliebt hatte, aber nie hatten sie passender ausgesehen als in diesem Moment.

Die strikte Entschlossenheit vergessend, Zärtlichkeiten fürs Schlafzimmer aufzuheben, drückte er sacht Marguerites Schultern und gab seiner Gattin einen Kuss unters Ohr. „Du siehst schön aus, meine Liebe. Und an dir sehen die Perlen schön aus." Er spürte, dass Marguerite aufgeregt war, und ließ sie widerstrebend los.

„Trink aus, Marguerite", fuhr er fort und entfernte sich von ihr. „Das Essen wird gleich serviert." Um Gottes willen! Konnte er nicht einmal fünf Minuten lang die Hände von ihr lassen? Zumindest heute Nacht sollte er sie ungestört schlafen lassen. In seinem … ihrer beider … Haus sollte sie keine Ängste ausstehen. Er war in Hörweite, falls sie ihn in der Nacht finden musste. Man war eine Zweckehe eingegangen. Daher war es lächerlich zu erwarten, dass Marguerite jede Nacht das Bett mit ihm teilte.

Sie nippte an dem Glas mit Madeira und stellte zu ihrer Überraschung fest, dass der Wein ihr schmeckte. Über das Glas hinweg lächelte sie Marcus an und sagte: „Er schmeckt gut. Danke. Und danke für die Perlen. Ich habe überhaupt nie Schmuck getragen, daher …“ Verlegen hielt sie inne. Es ging nicht an, dass Marcus dachte, sie bettele um mehr.

Er zuckte mit den Schultern. „Der Familienschmuck besteht aus einer beträchtlichen Sammlung. Ich habe die Perlen ausgesucht, weil ich dachte, sie würden bestimmt zu allem passen, was du heute Abend tragen würdest. Der ganze Rest muss gereinigt werden. Er ist seit Jahren nicht getragen worden.“

Nicht, seit seine Mutter gestorben war. Innerlich zuckte Marcus zusammen, als er an das hübsche, lachende Geschöpf dachte, das so unerwartet aus seinem Leben geschieden war … Er versuchte, nicht zu oft an seine Mutter zu denken, aber wenn er diese Perlen an Marguerite sah, konnte er die Gedanken nicht verbannen. Plötzlich sah er in Gedanken das lachende Gesicht seiner Mutter vor sich, und das Bild ließ sich nicht verdrängen. Was hätte sie von ihrer Schwiegertochter gehalten? Schlagartig kam ihm noch eine Frage in den Sinn. Was hätte seine Mutter von ihrem Sohn gehalten?

Er wurde sich einige Minuten lang nicht bewusst, dass Marguerite das leere Glas abgestellt und sich zum Kamin begeben hatte, wo sie das darüberhängende, Alston Court darstellende Gemälde betrachtete, Marcus' ländlichen Hauptsitz. Er errötete leicht. Wie ungemein unhöflich von ihm, sie einfach so zu ignorieren, sodass sie sich genötigt fühlte, sich zu beschäftigen! Und da sie den Wein ausgetrunken hatte, musste er schon einige Zeit gegrübelt haben.

Ehe er sich entschuldigen konnte, wurde die Tür geöffnet, und Delafield verkündete: „Das Dinner ist angerichtet, Mylord, Mylady."

Das Abendessen war, wie sie feststellte, eine sehr förmliche und nervenaufreibende Angelegenheit. Sie fand es ziemlich bizarr, am selben Tisch wie ihr Mann zu sitzen, mit einer zwanzig Fuß langen Fläche polierten Mahagonis zwischen sich, und jedes Mal, wenn sie das mindeste Interesse an einem der vor ihr platzierten Gerichte zeigte, einen Lakai neben ihrem Ellbogen stehen zu haben.

Das war jedoch das, was Marcus von ihr erwartete. Daher gab sie sich den Anschein, die Situation zu genießen, und hob tapfer die Stimme, um gehört zu werden, wenn sie etwas auf die höflichen Bemerkungen ihres Mannes erwiderte. Sie fragte sich, was er sagen würde, falls sie vorschlug, einige der Ausziehteile des Tisches zu entfernen, wenn man allein dinierte. Vielleicht war es besser, damit zu warten, bis sie mit dem Haushalt vertrauter war. Dann konnte sie eine derart radikale Reform vorschlagen.

Hätte sie es nur gewusst, dass Marcus das steife Dinner nicht im Mindesten genoss. Es war immer seine Gepflogenheit gewesen, den Tisch, wenn er allein oder mit einigen engen Freunden aß, in der Bibliothek decken zu lassen, wo man sich selbst bedienen konnte.

Er war ziemlich befremdet gewesen, als er gemerkt hatte, dass sein Personal ziemlich andere Vorstellungen hatte, da er jetzt verheiratet war. Die Dienstboten waren eindeutig darauf aus, die Sache mit einem Maximum an Pomp richtig zu machen.

Marcus lag die für Delafield bestimmte Bemerkung auf der Zunge, er habe nicht die Absicht, seine Angewohnheit zu ändern, nur weil er verheiratet war, als ihm der Gedanke kam, dass eine endlos erscheinende Fläche polierten Mahagonis die einzige Möglichkeit bot, höfliche Distanz zu seiner Frau zu wahren. Wenn man in der Bibliothek bei einem intimen Tête-à-Tête dinierte, würde es sehr viel schwieriger sein, Marguerite auf Armeslänge von sich zu halten.

Daher hielt er den Mund und schickte sich resignierend in die langweilige Aussicht, jeden Abend in formellem Rahmen dinieren zu müssen. Bekümmert nahm er an, er könne jetzt, da er verheiratet war, nicht alle seine Junggesellengepflogenheiten beibehalten. Was ihn daran erinnerte, dass er noch eine Lady Hartleigh betreffende Entscheidung fällen musste.

Er grübelte über diese heikle Frage nach. Sollte er die Verbindung aufrechterhalten, oder ...? Am anderen Ende des Tisches bemerkte er eine leichte Bewegung. Delafield schenkte Marguerite nach. Leicht lächelnd und ihm leise dankend wandte sie sich ihm, Marcus, zu. Die Perlen um ihren Hals schimmerten im Kerzenlicht. Beinahe hätte er Althea gebeten, ihn zu heiraten ... Wie hätten die Perlen an ihr ausgesehen? Schockiert begriff er, dass er sie sich an ihr nicht vorstellen konnte. Er hätte nicht einmal daran gedacht, sie ihr zu geben.

Marguerite war sich seines Blicks bewusst und schaute auf. Er furchte leicht die Stirn, und stolz reckte sie das Kinn. Sie würde unter seinem Blick nicht zusammenzucken. Falls sie etwas Falsches getan hatte, dann sollte es nicht einen Esstisch von einer halben Meile Länge zwischen ihnen gegeben, der Marcus davon abhielt, ihr das taktvoll zu verstehen zu geben.

Trotzig aß sie ihr Dessert, leerte das Weinglas und sah zu, wie die Lakaien anfingen, das Geschirr abzuräumen. Sie wusste genau, was sie zu tun hatte, und stand graziös auf.

„Ich überlasse dich dem Genuss deines Weins, Marcus."

Ihre Stimme hatte laut und deutlich geklungen. Marcus war überrascht. Er sprang auf und hielt Marguerite die Tür auf. Sie sah absolut reizend aus, aber so reserviert und distanziert.

„Gute Nacht, Marguerite", sagte er ruhig. „Ich überlasse dich deiner Nachtruhe." Das hatte er sehr leise gesagt, nur für ihre Ohren bestimmt. Ihr Blick flog zu seinem Gesicht. Für den Bruchteil einer Sekunde sah er einen verletzten Ausdruck in ihren Augen, doch dieser schwand sofort.

„Du bist immer sehr rücksichtsvoll." Ihre Stimme – kühl und unbeteiligt.

Marguerite war verschwunden, und er kehrte zu seinem Stuhl und einer Ansammlung von Karaffen zurück. Leeren Blicks starrte er sie an. Rücksichtsvoll? Rücksichtsvoll? Er kam sich nicht im Mindesten rücksichtsvoll vor. Er fühlte sich eher dazu aufgelegt, ihr nach oben zu folgen und ihr zu zeigen, wie wenig rücksichtsvoll er sein konnte. Er seufzte resigniert. Er wollte eine kühle, innerlich unbeteiligte Beziehung zu seiner Frau haben. Er konnte sich kaum beklagen, wenn sie darauf einging. Wenn sie den Hinweis so leicht begriffen hatte, dann ersparte ihm das Erklärungen.

10. KAPITEL

Nach dem Frühstück geleitete Lucy beflissen die Herrin zum Salon, von dem sie zu glauben schien, es sei für Lady Rutherford der richtige Ort, um den erwarteten Besuch zu empfangen. Als die äußerst imposante Mahagonitür sich mit leisem Klicken hinter Marguerite schloss, schaute sie sich mit weit geöffneten Augen staunend um. Nach dem schäbigen und unbequemen Inneren von Fenby Hall hatte sie schon die Bibliothek sehr elegant eingerichtet gefunden. Jetzt erkannte sie jedoch, dass im Vergleich zu der neoklassischen Üppigkeit und Pracht dieses Salons die Bibliothek lediglich ein privates, verhältnismäßig gemütliches und informelles Wohnzimmer war.

Sie fragte sich, was sie tun sollte, während sie auf einen Morgenbesuch machende Leute wartete. Sie beschäftigte sich damit, den überaus kultivierten Raum zu erkunden. Man konnte sich nicht vorstellen, dass hier jemand die Stimme hob, sich ärgerte oder überhaupt irgendetwas anderes empfand als respektvolle Bewunderung für den Reichtum und den Geschmack, mit dem der Salon gestaltet worden war. Nicht dass sie ihn nicht mochte, aber es war kein Zimmer, um darin zu leben. Es war, wie sie plötzlich erkannte, ein Raum, in dem man mühelos als Lady Rutherford eine Maske der Höflichkeit aufsetzen konnte, durch die sie Marguerite Fellowes und ihr dummes Herz verbergen und beschützen konnte.

Erneut schaute sie sich um. In diesem neuen Licht betrachtet wirkte der Salon sehr viel weniger einschüchternd. Sein Glanz war nur der Rahmen für ihre Maskerade, eine schützende Farbe wie bei der Fasanenhenne, auf die sie einmal gestoßen war und deren Federkleid sie praktisch unsichtbar gemacht hatte, bis sie beinahe auf sie getreten wäre. Sie würde in diesem Raum und anderen ihm vergleichbaren sicher sein. Niemand würde versuchen, in dieser Umgebung hinter die Maske zu schauen. Niemand würde überhaupt merken, dass da jemand war.

In dem Augenblick, als sie über diese drolligen Gedanken lachte, wurde die Tür geöffnet, und eine Frau sagte in vertraulichem Ton: „Benehmen Sie sich nicht so idiotisch, Delafield! Sie werden mich meiner Schwägerin nicht so ankündigen, als sei ich ein Mitglied des Königshauses! Wenn mein Bruder die grenzenlose Frechheit hatte, das

Haus zu verlassen und das arme Mädchen zu nötigen, mich allein zu empfangen, dann bin ich sicher, dass wir zurechtkommen werden."

Innerlich stellte Marguerite sich auf eine Tortur ein, drehte sich um und begrüßte die Besucherin mit einem höflichen, gefrorenen Lächeln.

Die Besucherin blieb wie angewurzelt auf der Türschwelle stehen und sagte: „Du lieber Himmel! Marcus hat mir nicht gesagt, wie hübsch du bist! Sehr typisch für ihn!"

Damit hatte Marguerite gewiss nicht gerechnet, ganz gleich, womit sie gerechnet hatte. Entsetzt merkte sie, dass ihr die Röte ins Gesicht stieg. Für wie naiv und unbeholfen würde dieses elegante Geschöpf sie halten?

Lady Diana gab ein freundlich klingendes Kichern von sich, während sie in den Raum rauschte und Marguerite in die Arme schloss. „Oje! Es tut mir leid! Ich wollte dich nicht buchstäblich erröten machen. So, komm jetzt und setz dich. Und dann läuten wir Delafield, damit er zurückkommt und uns etwas Wein und Kekse bringt! Dann hat er etwas zu tun!"

Marguerite ließ sich zum Sofa ziehen und sagte matt: „Möchten Sie … möchtest du dich nicht setzen?"

Ihre Schwägerin lächelte sie an. „Ehrlich gesagt bin ich, obwohl es nicht das ist, was ich für Marcus ausgewählt hätte, so sehr darüber erleichtert, dass er am Ende doch ein charaktervolles Mädchen geheiratet hat, statt die Verbindung einzugehen, die er im Sinn hatte, dass ich schwöre, dich küssen zu können!“ Mit entwaffnender Offenheit fuhr sie fort: „Hab nicht das Gefühl, meine Liebe, du hättest, indem du ihn geheiratet hast, ein gesellschaftliches Verbrechen begangen! Dem zufolge, was er mir erzählt hast, wirst du deine Sache sehr gut machen. Da Marcus dich beschützt, spielt der Skandal in deiner Familie nicht die mindeste Rolle. Wir haben genügend eigene Skandale, um deinen zu übertünchen.“

„Weißt du, es ... es ist keine Liebesheirat“, erwiderte Marguerite schüchtern. Sie wollte nicht, dass ihre nette Schwägerin falsche Vorstellungen von dieser Ehe hatte.

„Ich wäre überrascht, wenn es sich um eine solche handeln würde“, äußerte Diana freundlich. „Weißt du, Marcus zieht es vor, Distanz zu vielen Gefühlen zu wahren. Aber er wird sich gut um dich kümmern. Dessen kannst du sicher sein! So, und nur sag mir, wo der Wicht ist.“

Sie furchte über Marguerites Erklärung leicht die Stirn und sagte: „Männer! Hoffnungslose Fälle, sogar Marcus!“

Dann lenkte sie entschlossen das Gespräch auf glücklichere Themen und erzählte Marguerite, dass die Dienstboten, wenn sie den Schock erst überwunden hätten, sich korrekt benehmen würden, und, falls sie das nicht täten, dann eben den Dienst quittieren müssten. Marcus würde es nie dulden, dass seiner Frau eine Kränkung widerfuhr. Folglich müsse sie nur so wie sonst weitermachen.

Zögernd erklärte Marguerite, dass sie überhaupt nicht an irgendwelches Personal gewöhnt sei. Ungläubig hörte Diana zu und äußerte dann ihre wohlüberlegte Ansicht, Samuel Langley könne nicht ganz dicht gewesen sein.

Nun begann Diana, eine Menge ausgezeichneter Ratschläge darüber zu erteilen, wie Marguerite mit ihrem neuem Status umgehen müsse.

„Vor allem täusche nicht vor, meine Liebe, etwas anderes zu sein, als du bist!“, sagte sie weise. „Alle Diener hier vergöttern Marcus. Sobald sie sehen, dass er mit dir glücklich ist, werden sie deine stärksten Verbündeten sein. Ja, sie haben sogar unsere Mutter verehrt, und sie war Französin! Papa hat immer im Scherz geäußert, es sei ein Zeichen für den Respekt, den sie ihm entgegenbrächten, dass sie seine Frau akzeptierten, aber ich denke, am Ende hatte das ebenso viel mit ihr selbst zu tun. Und ich bin sicher, dass sie dich akzeptieren werden!“

„Oh, ich wusste nicht, dass eure Mutter Französin war“, gestand Marguerite und ignorierte entschlossen die Andeutung, Marcus würde mit ihr glücklich werden. Er hatte unverkennbar zu verstehen gegeben, dass er zwar ihre Gesellschaft und Reize im Bett genießen, aber seinen eigenen unabhängigen Weg gehen würde.

Diana schmunzelte boshaft. „Was hältst du von deinem Schlafzimmer und Badezimmer? Du glaubst doch nicht, dass irgendeine prüde Engländerin diese schamlose Gestaltung des Badezimmers veranlasst hätte! Maman folgte jeder französischen Mode und hatte großen Spaß daran, dadurch die Gesellschaft zu schockieren."

Marguerite errötete wieder. War sie schamlos gewesen, als sie das Badezimmer benutzt hatte? Sollte sie das in Zukunft unterlassen?

„Sollte ich ...", begann sie, ehe sie es verhindern konnte.

„Ja", antwortete Diana fest. „So oft, wie du möchtest! London hat sich längst von dem Skandal über Lady Rutherfords schockierendes Badezimmer erholt." Es täte Marcus gut, Marguerite darin anzutreffen. Würde ihn ein bisschen aufrütteln. Gott wusste, dass er das brauchte!

Nachdem sie Marguerite beruhigt hatte, erläuterte Diana ihre Pläne für das gesellschaftliche Leben der Schwägerin. Das alles klang ziemlich verwirrend. Der einzige Aspekt, der Marguerite jedoch wirklich beunruhigte, war Dianas selbstverständliche Annahme, Marcus würde gewillt sein, so viele Anforderungen an seine Zeit hinzunehmen. Sie bezweifelte nicht, dass er das tun würde, glaubte jedoch nicht, es würde ihm gefallen. Und sie hatte nicht den Wunsch, ihn zu verärgern.

Sehr zögernd erklärte sie Diana, sie glaube nicht, dass er das alles tun wolle.

„In Gottes Namen, warum nicht?", fragte Diana.

„Wir … wir haben uns versprochen, dem anderen nicht in die Quere zu kommen", antwortete Marguerite verlegen. „Er hat mich nur geheiratet, um einen Sohn zu bekommen, und weil er … er das musste." Stolz hielt sie Dianas prüfendem Blick stand. „Wir sind übereingekommen, dass jeder sein eigenes Leben führt und wir uns nicht gegenseitig stören."

„Er wird seine Pflicht zu *meiner* Zufriedenheit tun", erwiderte Lady Diana Carlton unheilvoll, „und mehr gibt es nicht dazu zu sagen. Keine Sorge, Marguerite. Ich befasse mich mit meinem kleinen Bruder!"

Nachdem sie versprochen hatte, um fünf Uhr zurückzukommen und Marguerite zu einer Ausfahrt in den Park abzuholen, verabschiedete sie sich sehr zufrieden von der Gattin ihres Bruders. Das Mädchen war ziemlich hübsch, wie sie anerkennend fand. Einigermaßen schüchtern zwar, aber das konnte nichts schaden, ganz im Gegenteil! Und sie hatte eine gewisse Würde.

Es würde sehr gut klappen. Es sei denn, Marcus war noch kälter, als Diana ihm das zutraute. Zumindest würde er das Mädchen gernhaben müssen. Und das wäre sehr viel besser für ihn als die Ehe, die er in Betracht gezogen hatte, denn die war genau von der Art, über die er sich seit Jahren zynisch geäußert hatte. Diana verstand die Überzeugung ihres Bruders nicht, eine Frau würde ihn nur seines Geldes wegen heiraten.

Sie wusste jedoch, dass er, indem er Marguerite Fellowes geheiratet hatte, eine ganz andere Art der Beziehung eingegangen war. Sie fragte sich, ob er sich vollkommen dessen bewusst war, was er getan hatte. Marguerite war nicht die Art Frau, die sich unüberlegt auf etwas einließ, schon gar nicht auf eine Ehe. Diana war klar, dass Marcus bereit war, Marguerite in allem freie Hand zu lassen, vorausgesetzt, dass sie im Umgang mit ihren Liebhabern diskret war. Und Marguerite hatte ihn unter diesen Bedingungen geheiratet. Rechnete er damit, dass sie ihn beim Wort nahm? Und wie würde er reagieren, wenn er annehmen musste, sie würde von seinem Angebot Gebrauch machen?

Diana war willens, darauf zu wetten, dass ihr zynischer Bruder über seine Eifersucht ziemlich erstaunt sein würde, wenn seine Frau einem anderen Mann auch nur einen Blick zuwarf. Sie war schon gespannt darauf, wie Jack Hamilton auf die Situation reagierte. Vielleicht würde er sich Marguerite und ihr am Nachmittag zu der Ausfahrt anschließen. Sie musste ihm eine Nachricht schicken.

Am Nachmittag wurde Lady Rutherford, die ein elegantes Kleid trug und sich zuversichtlicher gab, als sie wirklich war, in Lady Diana Carltons glänzende Barouche geholfen. Der Gedanke, sich der Londoner Gesellschaft stellen zu müssen, erschreckte sie, aber niemand durfte ihr das anmerken. Nicht einmal Diana, die so freundlich war. Und ganz gewiss durfte Marcus nicht denken, sie, Marguerite, könne ihre Rolle in seiner Welt nicht spielen.

Außerdem wollte sie verdammt sein, wenn sie den ganzen Tag untätig im Haus herumsaß und wider besseres Wissen hoffte, dass Marcus zeitig heimkommen und etwas weniger frostig sein würde. Nein, sie würde ausfahren und sich amüsieren und von Diana erfahren, wie sie sich in London unterhalten könnte. Und wenn Marcus zufällig vor dem Abendessen nach Haus kommen sollte, dann tat es ihm gut zu hören, dass seine Frau nicht daheim und im Begriff war, in der Welt ihren eigenen Weg zu gehen.

Folglich erfuhr Marcus, als er eine Viertelstunde nach Marguerites Abfahrt nach Haus kam, dass Lady Rutherford zu einer Spazierfahrt in den Park unterwegs sei. Er wartete nicht darauf, gesagt zu bekommen, dass sie in der nicht zu beanstandenden Gesellschaft seiner Schwester unterwegs sei, sondern machte auf dem Absatz kehrt und verließ das Haus in der festen Absicht, seiner Welt zu zeigen, dass er mit seiner Frau mehr als glücklich war.

Zunächst hatte Marcus sich vergebens nach Marguerite umgeschaut, dann jedoch Lady Sefton getroffen, die ihm erzählte, sie habe soeben die Ehre gehabt, von Lady Diana Carlton seiner Gattin vorgestellt worden zu sein. Erst dann erkannte er seinen Fehler. Zum Teufel, was hatte er sich dabei gedacht, in den Hyde Park zu rasen und vor aller Welt wie Perseus zu wirken, der Andromeda rettete, obwohl das elende Gör offensichtlich in Dianas Barouche saß und aller Welt vorgestellt wurde? Er hatte sich ausgemalt, Marguerite stecke in allen möglichen Arten gesellschaftlicher Klemmen und brauche seinen Schutz, und dabei war das nicht der Fall.

Er sollte sich umgehend auf den Rückweg machen!

Eine zarte Hand wurde ihm auf den Arm gelegt, und eine Frau fragte in schelmischem Ton: „Ist das die von dir erwähnte Zukunft, Marcus?“ Innerlich zusammenzuckend drehte er sich um und blickte in Lady Hartleighs grüne Augen, die ihn spöttisch herausfordernd ansahen.

„Guten Tag, Althea“, sagte er höflich.

„Ist sie das?“, fragte sie. „Ich war der Meinung, wir würden nach deiner Rückkehr aus Yorkshire über unsere Zukunft reden. Zweifellos können wir das immer noch tun?“ Ihr Ton hatte leicht fragend geklungen.

„Nein, Althea“, antwortete Marcus ruhig. „Ich befürchte, das ist jetzt nicht möglich.“

Er versuchte, ihre Hand von seinem Arm zu schieben, doch ihre grünen Augen blitzten ihn wütend an, und plötzlich drückte sie fest zu und sagte: „Wie kannst du es wagen, mich wie eine Hure wegzuschicken?“ Dann schien sie im Nu die Selbstbeherrschung wiedergewonnen zu haben. Sie blickte an ihm vorbei und äußerte gleichgültig: „Nun, ich glaube, du hast recht, Marcus. Es ist ein entzückender Nachmittag. Ist das nicht Lady Diana? Sehr erfreulich! Ich frage mich, wer ihre Begleiterin ist.“

Mit dem Gefühl, Unheil stehe bevor, drehte Marcus sich langsam um und begegnete dem wütenden Blick seiner Schwester, Jack Hamiltons ungläubigem und dem schockierten, verletzten seiner Frau, der jedoch sofort gelassen und gleichmütig wurde.

Und dieses Muster an weiblicher Korrektheit äußerte im heitersten Ton: „Du meine Güte! Da ist mein Mann! Wie außerordentlich!“

Erstaunt drehte Jack Hamilton den Kopf um. Die kleine Teufelin! Er hatte sie und Lady Diana im Park getroffen und war in die Kutsche gebeten worden. Er hatte einen positiven Eindruck von Lady Rutherford gewonnen, jedoch nicht gedacht, sie könne es in sich haben. Aber sie saß kühl und gefasst da, ganz so, als habe Marcus sie nicht der Lächerlichkeit und Verachtung und dem Mitgefühl der Leute preisgegeben. Vielleicht hatte sie das nicht begriffen. Aber ein Blick auf ihre fest im Schoß verschränkten Hände reichte, um Jack davon zu überzeugen, dass sie nur zu gut begriffen hatte. Er wünschte sich von Herzen, jetzt Marcus' Gedanken zu kennen.

Die waren in der Tat wissenswert. Die Reaktion seiner Gattin auf sein vermutetes Fehlverhalten hatte in Marcus alle möglichen widersprüchlichen Gefühle hervorgerufen. In den Ärger darüber, dass sie ihn für so gemein hielt, er könne sie noch mehr kompromittieren, mischte sich der Schmerz darüber, dass er sie verletzt hatte. Denn das hatte er getan. In diesem Bruchteil einer Sekunde hatte er die Wahrheit in ihrem Blick gesehen. Und dann hatte sie wieder die Maske der Höflichkeit und Gleichgültigkeit aufgesetzt. Sie hatte sich den Tatsachen verschlossen, so wie er das von ihr erwartete. Womit er jedoch nicht gerechnet hatte, war, dass er miterleben würde, wie sich die durchschaubare, vertrauensvolle Marguerite der Sicht entzog und eine hübsche, elegante Fremde zurückließ, die in der Kutsche seiner Schwester saß und höflich Konversation mit Jack Hamilton machte.

Verdammt noch mal! Sie lächelte ihn an, als sei ihr alles vollkommen gleichgültig. Und er, der prinzipienlose Frauenheld, lächelte in einer Weise zurück, die in Marcus den Wunsch weckte, ihm den Hals umzudrehen!

Lady Diana wies den Kutscher zum Halten an.

Im Stillen Marguerites Haltung lobend, eröffnete sie das Feuer: „Guten Tag, Marcus. Wie du siehst, habe ich die liebe Marguerite zu einer kleinen Kutschfahrt mit mir überredet. Wie entzückend, Sie zu sehen, Lady Hartleigh. Ich glaube, noch wurden Sie der Frau meines Bruders nicht vorgestellt. Erlaube mir, Marguerite, meine Liebe, dich mit Lady Hartleigh bekannt zu machen."

Die beiden Damen tauschten die freundlichsten Worte, derweil Diana ruhig beobachtete, wie ihr jüngerer Bruder förmlich vor unterdrückter Wut über die Art, Althea seiner Gattin in dieser Weise vorzustellen, mit den Zähnen knirschte.

Diana setzte das Gewehrfeuer fort: „Dürfen wir Sie mitnehmen, Lady Hartleigh? Ich bin überzeugt, dass es keine Mühe machen wird, Sie dort hinzubringen, wo Sie hingehören!" Ein seltsamer Laut, den Jack Hamilton von sich gegeben hatte, brachte sie dazu, noch zu sagen: „Ich hoffe, mein lieber Jack, du fühlst dich nicht unwohl.

Das klang wie Husten."

„Hatte nur Staub im Hals", erklärte der geplagte, noch immer hüstelnde Mr. Hamilton.

„Ja, bring Lady Hartleigh nach Haus, Diana", warf Marcus in dem offenkundigen Bemühen, die Situation, die schnell außer Kontrolle geriet, zu beherrschen. „Da ihr, wenn ihr zu viert wärt, etwas beengt sitzen würdet, werde ich meine Frau nach Haus geleiten."

Daraufhin zog seine bis dahin umgängliche Gattin die dunklen Augenbrauen hoch. Aus dieser hübschen, bequemen Barouche steigen und mit ihm nach Haus gehen, damit er sein Gewissen beruhigen und den Klatsch ersticken konnte? Erst dann, wenn es in der Hölle schneite!

„Wie liebenswürdig von dir, Marcus", erwiderte Marguerite süß. „Aber ich möchte dir nicht solche Mühe machen. Und falls es Lady Hartleigh nicht stört, etwas beengt zu sitzen, dann würde ich die Bekanntschaft mit ihr gern vertiefen. Ich bin sicher, dass wir beide viele Gemeinsamkeiten haben."

Diana presste so fest die Kiefer zusammen, dass es fast schmerzte, weil sie sich bemühte, eine reglose Miene zu wahren, nachdem Marguerite ihren Mann derart hatte auflaufen lassen. Da er ihr nicht befehlen konnte, aus dem Wagen zu steigen, blieb ihm nichts anderes übrig, als diese meisterhafte Abfuhr zu akzeptieren.

Er schluckte alles herunter, was ihm auf der Zunge lag, verneigte sich leicht und erwiderte ironisch: „Wie du befiehlst, Marguerite. Ich sehe dich dann beim Abendessen. Auf Wiedersehen, Jack, Diana. *Au revoir,* Lady Hartleigh."

Er stakste davon und überlegte, was in aller Welt in ihn gefahren war, sich so von Althea zu verabschieden. Jetzt würde sie denken, er habe vor, die Beziehung aufrechtzuerhalten! Das traf auch auf Marguerite zu und Diana und wahrscheinlich sogar Jack. Und dabei hatte er keineswegs die Absicht, das zu tun! Nicht einmal, um seine aufsässige Frau in die Schranken zu weisen!

Als Marguerite Marcus abends dem Genuss des Weins überließ, hätte er sie am liebsten erwürgt. Und als sie ihn verließ, hatte sie rasende Kopfschmerzen und sehnte sich nur nach der Intimität ihres Schlafzimmers. Folglich ging sie nach oben, rief Lucy, ließ sich von ihr für die Nacht herrichten und legte sich dann ins Bett.

Eine Weile später erlebte sie einen großen Schock. Sie hörte, wie die Tür zum Badezimmer aufging, und sah das Licht der Kerze ihres Mannes. Marcus würde doch gewiss jetzt nicht zu ihr ins Bett kommen! Nicht nachdem er den Tag mit ... Die Wangen noch feucht von Tränen, wusste sie, dass sie, wenn er sie jetzt berührte, verloren war, sich in seinen Armen die Seele aus dem Leib weinen und ihm gestehen würde, wie sehr sie ihn liebte. Und das würde ihn stören. Aufgrund seines Mitleids und seiner Freundlichkeit würde er sich wie in einer Falle vorkommen. Und sie würde es nicht ertragen, von ihm zurückgewiesen zu werden.

„Schläfst du, Marguerite?“ Marcus’ Stimme hatte sehr weich geklungen.

Marguerite riet sich, still zu liegen und Schlaf vorzutäuschen. Reglos lag sie da und hoffte, er möge verschwinden.

Aber das Licht kam näher. Der Leuchter wurde auf den Nachttisch gestellt und die Flamme ausgeblasen. Dann merkte Marguerite, dass die große, nackte Gestalt ihres Mannes sich neben ihr ausstreckte.

Marcus wollte Marguerite irgendwie versichern, er sei nicht so grausam gewesen, sie schon so früh in der Ehe betrogen zu haben. Deshalb nahm er äußerst behutsam seine angeblich schlafende Gattin in die Arme.

Und spürte sie erstarren. Dann entzog sie sich ihm mit einem Ruck und zog sich auf die andere Seite des Betts zurück.

Schockiert lag er still da und äußerte dann beruhigend: „Marguerite, Schätzchen, ich bin es, Marcus.“ Vielleicht hätte er sich nach den Erfahrungen in der Hochzeitsnacht nicht einfach im Dunklen neben ihr im Bett ausstrecken sollen.

„Ich weiß“, lautete die niederschmetternde Antwort. „Ich … ich habe Kopfschmerzen. Bitte, Marcus! Heute Nacht nicht.“

„Dann erlaube mir, dich zu halten“, erwiderte er weich. „Ich verspreche dir, dass ich dich nicht belästigen werde.“

„Nein, danke, Marcus.“

Er kam sich vor, als habe man ihm einen Degen durch die Eingeweide gestoßen. Da verlor er die Selbstbeherrschung.

Er schwang sich aus dem Bett und sagte kalt: „Dann werde ich dich von meiner dir unwillkommenen Anwesenheit befreien, liebe Gattin!“ Und in brutal gleichgültigem Ton fügte er hinzu: „Zweifellos kann ich mich anderswo amüsieren!“

Marcus wartete auf eine Erwiderung, doch Marguerite kämpfte mit den Tränen und schwieg. Daher machte er auf dem Absatz kehrt und stolzierte verletzt und in seinem männlichen Stolz gekränkt aus dem Raum.

11. KAPITEL

Eine Woche später stand die sehr elegant gekleidete Countess of Rutherford zwischen ihrer Schwägerin und ihrem Gatten und wurde formell der Gesellschaft vorgestellt. Sie war sicher, sie würde sich nicht einmal an ein Viertel der Namen erinnern, die sie gehört hatte. Lady Hartleigh war nicht anwesend, eine Tatsache, die Marguerite in dem Glauben bestätigte, dass es zwischen Ihrer Ladyschaft und Marcus eine Verbindung gab.

Zutiefst unglücklich und verbittert stand sie neben ihm und war wild entschlossen, niemand, erst recht nicht er, dürfe das wissen. Im Verlauf des Abends bewegte sie sich durch das Gedränge und fühlte sich zunehmend wohler. Die Menschen waren nett und erwarteten Gott sei Dank nicht, dass sie sich ihrer Namen erinnerte. Im Gegenteil, sie waren nur zu glücklich, sich ihr noch ein weiteres Mal vorzustellen.

Plötzlich sagte jemand hinter ihr: „Wie reizend!

Ich habe mich danach gesehnt, meine Bekanntschaft mit Lady Rutherford zu erneuern."

Das Blut gefror Marguerite in den Adern. Sie drehte sich um und sah Sir Blaise Winterbournes Gesicht vor sich, seinen spöttischen Blick, seine schmalen Lippen. Er hatte ihre Hand ergriffen und hob sie zum Kuss an die Lippen. Sie konnte kaum ein Schaudern unterdrücken, als er ihre Hand küsste. Plötzlich fühlte sie sich beschmutzt und besudelt.

Dennoch hielt sie seinem Blick stand und erwiderte: „Sind wir uns schon einmal begegnet? Oh, natürlich! Mr. Winterbourne. In Grantham, nicht wahr?" Sie hatte das eigenartige Gefühl, dass Marguerite in kurzem Abstand von ihr stand und vor Angst schlotterte, während sie bewundernd beobachtete, wie Lady Rutherford die peinliche Situation handhabte.

Winterbourne lachte freundlich. „Es schmeichelt mir, dass Sie sich an mich erinnern, Lady Rutherford. Aber Rutherford hat mich Ihnen nicht richtig vorgestellt. Es wäre korrekt, mich Sir Blaise zu nennen."

Eine Weile lang harrte er neben ihrem Sofa aus und plauderte mit Lady Wragby, Marguerite dabei gelassen fixierend. Als Jack Hamilton sich näherte, entschuldigte sich Winterbourne und schlenderte davon. Es ging nicht an, ausgerechnet Mr. Hamilton den leisesten Verdacht schöpfen zu lassen, dass er, Winterbourne, um die Countess of Rutherford scharwenzelte.

Mr. Hamilton verneigte sich und begrüßte erfreut Lady Wragby. In beider entspannter und fröhlicher Gesellschaft erholte Marguerite sich etwas, lachte über deren Scherze und ging darauf ein. Jack beobachtete sie jedoch und fand, sie sehe ziemlich blass aus. Er hätte nicht sagen können, woran es lag, dass er den Eindruck hatte, sie sei aufgeregt. Er hätte jedoch schwören können, dass Winterbourne sie erschreckt hatte. Auch wenn er sich das Hirn zermarterte, konnte er sich keinen Grund dafür denken, es sei denn, Marcus oder Diana hätten sie gewarnt, es sei Winterbournes Angewohnheit, mit den Mätressen ihres Gatten zu schlafen, und Sir Blaise könne es amüsant finden, Marguerite zu verführen. Er beschloss, brüderlich ein Auge auf sie zu haben. Er fand, sie sei das Beste, was Marcus seit Jahren widerfahren war, und er wollte nicht, dass etwas schiefging.

Als Lady Fellowes herbeisegelte und das Vorrecht der Verwandtschaft beanspruchte, fühlte Marguerite sich bereits wieder vollkommen wohl.

„Natürlich wird jetzt, da du dich so vorteilhaft verheiratet hast, niemand einen Gedanken an deine Vergangenheit verschwenden“, sagte Lady Fellowes.

„Meine Vergangenheit?“, fragte Marguerite.

„Ich hatte den Eindruck, die Vergangenheit meiner Eltern sei das Problem."

„Wie du einen wörtlich nehmen kannst, liebe Marguerite", erwiderte Lady Fellowes auflachend. „So, du solltest wissen, dass ich unsere liebe kleine Sophia in diesem Frühjahr in die Gesellschaft einführen werde. Es ist von größter Wichtigkeit, dass ich eine für sie passende Partie arrangiere. Ich bin sicher, dein Gatte hat viele umgängliche Freunde …"

„Verzeih, Cousine", unterbrach Marguerite sofort. „Ich sehe jemanden, mit dem ich unbedingt reden möchte. Bitte entschuldige mich." Mit charmantem Lächeln verabschiedete sie sich und schaute sich verzweifelt nach jemandem um, den sie kannte.

Neben ihr sagte ein Mann mit tiefer Stimme: „In Verlegenheit, meine Liebe?"

Sie starrte in die unergründlichen grauen Augen ihres Mannes.

Er ergriff ihre Hand und legte sie sicher in seine Armbeuge. „Tritt nie die Flucht an, meine Liebe, ehe du den Fluchtweg gründlich ins Auge gefasst hast. Sonst gerätst du in Schwierigkeiten."

„Ich weiß nicht, wovon du redest!", erwiderte sie gereizt. Sie war wütend, dass er zugehört und ihre List so leicht durchschaut hatte.

„Wolltest du nicht vor deiner heuchlerischen Cousine flüchten?"

„Ganz gewiss nicht“, log Marguerite ohne jedes Zögern. „Sie ist sehr liebenswert. Ich habe lediglich jemanden gesehen, mit dem ich reden möchte!“

„Oh? Wen?“, wollte Marcus wissen. „Ich werde dich zu deinem Freund bringen.“

„Das geht dich nichts an!“ Ihre Augen sprühten Feuer. „Wir haben ein Abkommen geschlossen, nicht wahr?“

„Ja, das haben wir“, stimmte Marcus zu. „Bist du gewillt, deinen Teil zu erfüllen?“ Sein stählerner Blick bohrte sich in ihren.

Tapfer hielt sie ihm stand und erschauerte innerlich bei dem Gedanken, was Marcus damit angedeutet hatte. „Noch einmal, Marcus! Es geht dich nichts an, ob ich dazu gewillt bin.“

Der Ausdruck seiner grauen Augen machte sie bis ins Mark frösteln. „Ich möchte dich darauf hinweisen, Marguerite, dass du erst noch einen Sohn bekommen musst, ehe du der Karriere deiner Mutter nacheifern kannst.“ Marcus verneigte sich und ging davon.

Es war dunkel … Myriaden von gierigen Händen grapschten nach ihren Brüsten, ihren Schenkeln … schmierten klebrigen Schleim über sie. Ein harter Mund drückte sich lüstern auf ihren … erstickte ihre Schreie … erstickte sie …

Schluchzend und vor Entsetzen schweißgebadet wachte Marguerite auf. Sie sehnte sich nach Geborgenheit, sprang aus dem Bett und eilte in das Schlafzimmer ihres Gatten. Immer noch vor Angst schlotternd, legte sie sich ins Bett und streckte ihre Hand nach Marcus aus.

Sie brauchte einen Moment, um zu begreifen, dass er nicht da war. Zunächst konnte sie nicht denken. Sie stand unter Schock. Doch dann stürmten die Schlussfolgerungen, die sie aus Marcus' Abwesenheit zog, mit voller Wucht auf sie ein. Er war anderenorts Trost suchen gegangen, so wie er das angedroht hatte. Sie lag in seinem kalten, leeren Bett und weinte herzzerreißend, bis sie wieder einschlief.

Nach dem einsam eingenommenen Frühstück traf Marguerite mehrere Entscheidungen. Zuerst musste sie zu Marcus gehen und ihn irgendwie wissen lassen, dass es nicht ihre Absicht gewesen war, ihm ihr Bett zu verwehren, und dass sie sich nicht wohlgefühlt hatte. Letzteres hatte wenigstens den Vorteil, zum Teil wahr zu sein. Zweitens musste sie ihm von Winterbourne erzählen. Ihn fragen, was sie tun sollte, wenn sie Winterbourne begegnete; und drittens musste sie ihm von ihrem Albtraum erzählen.

Daher trug sie Delafield auf, ihrem Mann zu sagen, dass sie ihn im Salon sprechen wolle. Sie hatte sich dort kaum eine Stunde lang aufgehalten, als die Tür geöffnet wurde und ihr Gatte in den Raum kam.

Er wirkte verstimmt und begrüßte sie steif. In Anbetracht seiner Förmlichkeit verlor sie den Weg, den sie hatte beschreiten wollen, vollkommen aus den Augen und fing mittendrin an: „Wusstest du, dass gestern Abend Sir Blaise Winterbourne anwesend war?“

„Ja, das wusste ich. Ich hätte dich warnen sollen. Er wird überall empfangen. Ich befürchte, es wird unmöglich sein, ihn zu meiden. Da er jedoch nicht zu meinen Freunden zählt, musst du nicht befürchten, dass ich von dir erwarten könnte, ihn zu empfangen.“

Marguerite nickte. „Ich verstehe.“

„War das alles, worüber du mit mir reden wolltest?“

„Nein, Marcus.“ Sie holte Luft und fing wieder an der falschen Stelle an: „Ich … ich bin gestern Nacht zu dir gegangen …“

„Darf ich dich daran erinnern, oder vielleicht sollte ich sagen, darf ich dich darauf hinweisen, dass es das Recht und Privileg eines Ehemanns ist, zu verstehen zu geben, wenn er Verkehr mit seiner Frau haben möchte?“

Zum Schweigen gebracht, starrte sie Marcus an.

„Du hast natürlich das Vetorecht.“ Das sie ausgeübt hatte. Unausgesprochen hing dieser Satz zwischen Marcus und Marguerite.

Marcus' Schlussbemerkung besiegelte sein Schicksal: „Ich würde vorschlagen, Marguerite, dass du dich an diese Gepflogenheit hältst. Dadurch ersparst du dir die Erniedrigung zu erfahren, dass du nicht die einzige begehrenswerte Frau in London bist. Unser Abkommen, wie du dich vielleicht erinnerst."

Sie befürchtete, dass ihr schlecht würde. Also hatte sie Marcus nichts bedeutet. Seine Freundlichkeit und Zärtlichkeit war nur eine List gewesen, damit sie willig in sein Bett stieg. Und selbst das hatte wahrscheinlich nur dazu gedient, einen Sohn zu zeugen. Zweifellos war die erfahrenere Lady Hartleigh mehr nach seinem Geschmack. Nun, sollte er mit ihr glücklich werden!

„Ich bitte um Entschuldigung, Marcus", sagte sie süß. „Du hast deinen Standpunkt unmissverständlich klargemacht, und dafür bin ich dir dankbar. Ich werde mich bemühen, meinen Teil unseres Handels zu erfüllen." Zutiefst verletzt, suchte sie nach dem Schlimmsten, an das sie denken konnte, um es dann Marcus zu sagen. Und fand es mit katastrophaler Mühelosigkeit. „Du musst nicht befürchten, dass ich mich wieder weigern werde, meine Pflicht zu tun. Ich bin mir sehr wohl bewusst, dass mein Vetorecht, wie du es genannt hast, etwas ist, das nicht viele Ehemänner mir zugestehen würden. Ich möchte nicht, dass du denkst, ich sei undankbar, oder dass ich dein ritterliches Wesen ausnutze."

Graziös erhob sie sich und verließ hoch erhobenen Hauptes den Raum.

Marcus stand da und schaute ihr vollkommen verblüfft hinterher. Hatte sie das so betrachtet? Pflicht? Nicht mehr? Zum Teufel mit ihr! Sie war so kaltherzig und käuflich wie jede andere Frau. Und es war gut, das jetzt zu wissen!

Im folgenden Monat stürzte Marguerite sich in das gesellschaftliche Leben Londons. An manchen Tagen bekam sie Marcus nicht zu Gesicht. Inzwischen hatte sie ihn drei Tage lang nicht gesehen. Nun, jedenfalls hatte sie nicht mit ihm geredet. Am vergangenen Abend hatte sie ihn bei einem Ball gesehen. Er hatte sie höflich begrüßt und war dann seiner Wege gegangen. Später hatte sie ihn mit Lady Hartleigh tanzen gesehen. Die eine Stunde später beiläufig gestellte Frage nach seinem Verbleib hatte zu der Information geführt, dass er zeitig gegangen war. So wie Lady Hartleigh.

Entschlossen plauderte Marguerite mit Jack Hamilton, bis er sie nach Haus brachte.

Tief in Gedanken verließ er sie. Er hatte den Eindruck, dass Marcus nicht viel Zeit in Gesellschaft seiner Gattin verbrachte. Er war jedoch nicht sicher gewesen, welche Einstellung Marguerite dazu hatte. Jetzt hatte er die Antwort.

Und daran konnte er verflucht noch mal nichts ändern, es sei denn, Marguerite in ritterlicher Freundschaft die Hand zu reichen.

Ein leichtes Lächeln umspielte seine Lippen. Das mochte natürlich genug sein, um Marcus zu Verstand zu bringen! Wenn er glaubte, sein bester Freund sei hinter seiner Gattin her ... Bei der Vorstellung, wie wütend Marcus sein würde, war Jack boshaft belustigt.

Wie Marguerite befürchtet hatte, war ihr erstes Erscheinen in der Oper kein ungetrübtes Vergnügen. Es war, um damit anzufangen, nicht zu übersehen, dass Marcus die Anwesenheit der Fellowes, die sich vor dem Opernbesuch in seinem Haus eingefunden hatten, um hier zu dinieren, mit größter Missbilligung zur Kenntnis nahm. Es war nicht so, dass er unhöflich oder sogar unaufmerksam war. Ganz im Gegenteil! Er war äußerst höflich. Nichts hätte seine Sir Delian und Lady Fellowes oder Miss Fellowes bewiesene Höflichkeit übertreffen können. Sie stand jedoch in so starkem Gegensatz zu seinem lockeren, zwanglosen Benehmen, das er bei seiner Schwester, Sir Toby und Jack Hamilton an den Tag legte, dass Marguerite ihm am liebsten etwas an den Kopf geworfen hätte. Insbesondere, weil er gleichermaßen übertrieben höflich zu ihr war!

Zu ihrer ungeheuren Überraschung hatte es den

Anschein, als ob Jack Hamilton sehr von Miss Fellowes beeindruckt war. Er verbrachte jedenfalls viel Zeit damit, in der auffallendsten Weise mit ihr zu flirten. Marguerite wurde ziemlich nervös, weil nicht zu übersehen war, dass Marcus das mit ziemlichem Missfallen zur Kenntnis nahm.

Er nutzte die Gelegenheit, als Lady Fellowes eine lange und langweilige Anekdote erzählte, zog Marguerite beiseite und sagte: „Falls du versuchst, die Hoffnungen deiner Cousine dadurch zu erfüllen, dass du Miss Fellowes einem heiratsfähigen Junggesellen vorstellst, möchte ich dich bitten, meine engsten Freunde nicht auf die Liste deiner Opfer zu setzen."

Einen Moment lang war in den ausdrucksvollen graublauen Augen Zorn zu sehen. Marguerite senkte jedoch rasch die Lider, um die Wut zu verbergen. „Oh! Glaubst du nicht, dass Mr. Hamilton auf sich achtgeben kann? Mir scheint, dass er mit seiner Gesellschaft sehr zufrieden ist."

Marcus verlor etwas die Selbstbeherrschung. „Das ist nur, weil er zu verdammt höflich ist, um irgendwie anders zu wirken!"

Marguerite schien einen Augenblick lang über diese Äußerung nachzudenken. „Wirklich? Wie schade, dass mich das nicht überzeugt. Entschuldige mich, Marcus. Ich muss mich um unsere Gäste kümmern." Sie schenkte ihm ein strahlendes Lächeln, das dazu bestimmt war, in ihm den

Wunsch zu wecken, ihr den Hals umzudrehen, und redete dann mit ihrer Cousine Sophia. Wie konnte er sich unterstehen! Zu denken, sie würde solch vulgäre, abscheuliche Pläne schmieden! Er müsste sie besser kennen! Geflissentlich ignorierte sie die Tatsache, dass sie wirklich ihr Möglichstes getan hatte, um dafür zu sorgen, dass er sie, Marguerite, nicht wirklich kennenlernte und er in den letzten Wochen lediglich Lady Rutherford zu Gesicht bekommen hatte.

Entschiedenen Schrittes näherte sie sich ihrer Cousine und Jack Hamilton. Ihre geröteten Wangen und ihr glänzender Blick waren eindeutige Anzeichen für ihren Zorn.

Jack schaute auf und schenkte ihr ein aufmunterndes Lächeln, das unmerklich ihre in Aufruhr geratenen Gefühle besänftigte. „Ah, Marguerite! Komm und unterstütz mich. Ich versuche, Miss Fellowes dazu zu überreden, im Park mit mir spazieren zu gehen. Vielleicht würdest du dich uns als ihre Anstandsdame anschließen?" Verschmitzt schaute er Marguerite an.

„Als Anstandsdame? Ich?" Sie kicherte. „Was muss ich tun?"

„Oh, nur mit uns spazieren gehen. Dich auf das verabredete Zeichen hin in dich selbst zurückziehen. Taubheit und Blindheit heucheln und ganz so tun, als seiest du nicht vorhanden!"

Miss Fellowes lächelte grässlich albern und

schaute Jack ob seiner unerhörten Parodie der Pflichten einer Anstandsdame mit den Wimpern klimpernd an. „Sie sind der schrecklichste Schwerenöter, mein lieber Mr. Hamilton!“

„Bin ich das?“ Seine Stimme hatte einen überraschten Unterton enthalten. „Großer Gott! Ich dachte, ich mache das ziemlich gut. Das beweist nur, wie man sich irren kann! Ich werde mit dir üben müssen, Marguerite, meine Süße.“

Dieses leichthin geäußerte Kosewort führte bei Marcus zu einem verblüffenden Effekt. Er glaubte, den Ohren nicht ganz trauen zu können. Es überraschte ihn, dass ausgerechnet Jack Hamilton mit seiner Gattin flirtete. Er drehte sich halb um, weil er sehen wollte, wie sie reagierte, und hätte sich fast am Madeira verschluckt. Sie hatte Jack die Hand auf den Arm gelegt und lachte ihn in der natürlichsten, unaffektiertesten Weise an. Ganz so, als sei sie solche viel zu vertraulichen Koseworte gewohnt!

„Die liebe Sophia amüsiert sich so gut, Lord Rutherford“, sagte Lady Fellowes. „Zu gütig von Ihnen, uns einzuladen. Aber schließlich sind wir miteinander verwandt, nicht wahr? Sie müssen uns das Vergnügen machen, dass wir Sie und die liebe kleine Marguerite sehr bald bei uns zu Gast zu haben.“

Lord Rutherford gab eine höfliche, wenngleich unverbindliche Antwort. Marguerite und sein bester Freund? Oh, gewiss nicht! So etwas würde Jack nicht tun! Oder doch? Und Marguerite? Marcus konnte das nicht ganz glauben. Er hielt sich vor Augen, dass er ein Abkommen mit ihr hatte. Er hatte ihr gesagt, es stünde ihr frei, sich anderswo die Liebe zu suchen, die er ihr nicht schenken würde. Und dass er ihre nicht haben wollte.

Zum Teufel, warum hatte er dann das Bedürfnis, Jack einen Kinnhaken zu verpassen und Marguerite den schlanken weißen Hals umzudrehen? Bei dem Gedanken, ihren Hals zu berühren, empfand er pures Verlangen. Bei der Erinnerung an ihre weiche Haut und das köstliche Pulsieren ihres Blutes unter dem Ohr spürte er ein Prickeln in den Fingern. Innerlich fluchend, verdrängte er die gänzlich verruchten Bilder, die sein Begehren ihm eingab.

„Ein so charmanter Mensch“, sagte Fellowes. „Und so viel feine Lebensart. Ich gebe zu, dass ich ihn favorisiere.“

Marcus lächelte steif. Feine Lebensart? Jack? Verdammt zu viel für Marcus' Geschmack! Und das Einzige, das Marcus ihm jetzt unter die Nase halten wollte, war eine Kriegserklärung.

In diesem ungeeigneten Augenblick kündigte Delafield an, das Essen könne serviert werden, und Marcus knirschte förmlich vor Wut mit den Zähnen, als er seinen besten Freund seine Gattin zu Tisch geleiten sah. Das war natürlich alles akzeptabel und einwandfrei. Wenn Marguerite Jack nur nicht so glühend angesehen, in seiner Gesellschaft nicht so grenzenlos zufrieden gewirkt hätte.

Wahrscheinlich war es gut, dass die Länge des Tisches es Marcus unmöglich machte, viel von dem heiteren Gespräch zu hören, das zwischen Mr. Hamilton, Miss Fellowes und seiner Frau stattfand. Marguerites Lachen und strahlendem Lächeln nach zu urteilen, ganz zu schweigen davon, dass Miss Fellowes ziemlich oft Zuflucht zu ihrem elfenbeinernen Fächer nahm, war es für beide äußerst unterhaltsam.

Als man zum King's Theatre aufbrach, war Marcus in beklagenswerter Stimmung. Man fuhr in zwei Kutschen, und irgendwie hatte Jack es fertiggebracht, die Sache so zu arrangieren, dass er mit Marguerite, Diana und Miss Fellowes in einem Wagen saß, während Marcus bei Sir Toby, Sir Delian und Lady Fellowes gelandet war. Nach der Ankunft am Haymarket war es für jeden Betrachter gänzlich unübersehbar, dass Lady Rutherford mit ihrem Begleiter vollkommen glücklich war.

Marcus holte tief Luft, derweil er höflich Miss Fellowes den Arm reichte und sie zu der gemieteten Loge führte. Er hatte ein Abkommen mit Marguerite geschlossen. Wenn sie sich entschieden hatte, den von ihm gestellten Bedingungen entsprechend zu handeln, dann würde er das akzeptieren müssen. Ganz gleich wie sehr das schmerzte. Aber Jack konnte sie sich doch nicht als Liebhaber ausgesucht haben? Das war bestimmt nur ein Flirt!

12. KAPITEL

Staunend schaute Marguerite sich um, nachdem sie die Loge betreten hatte. Das Theater war voll. In den für die Reichen reservierten Logen schimmerten und funkelten Seide, Satin und Juwelen. Unten im Zuschauerraum drängten sich die weniger Begüterten und warteten darauf, dass der Vorhang sich hob.

„Du meine Güte!", rief Lady Fellowes aus und blinzelte quer durch das Theater. „Da ist Winterbourne, mein Cousin. Wen hat er da bei sich? Oh ja! Das ist Lady Hartleighs Loge. Hm! Es ist mir ein Rätsel, wie diese Frau mit ihrer Witwenapanage zurechtkommt. Diese Loge muss mehr als fünfhundert Pfund gekostet haben!"

Da Marcus kurz vor seinem Besuch in Yorkshire die Loge gemietet hatte, hätte er Lady Fellowes genau sagen können, wie viel mehr als fünfhundert Pfund. Er zog es jedoch vor, die Bemerkung zu ignorieren, und schaute scharf Marguerite an, um zu sehen, ob sie Winterbournes Anwesenheit wegen in Panik geraten war.

Sie sagte jedoch nur mit Unschuldsmiene: „Vielleicht war es ein Geschenk. Schließlich wäre das ein sehr gutes Geschenk, wenn Lady Hartleigh Musik liebt.“ Sie durfte sich nicht lächerlich machen. Von der anderen Seite des Theaters her konnte Winterbourne sie unmöglich quälen. Es war jedoch ein schrecklicher Schock zu begreifen, dass er mit ihr verwandt war, wenngleich nur entfernt.

Jack fühlte sich bemüßigt zu sagen: „Natürlich wäre es das. Aber ich vermute, Lady Hartleigh findet die Unterhaltung durch ihresgleichen ebenso faszinierend wie das Geschehen auf der Bühne.“

Finster starrte Marcus den Freund an. Jack, verdammt noch mal, wusste genau, wer von ihresgleichen, wie er es so zartfühlend ausgedrückt hatte, ihr ihre höchst kostspielige Loge zum Geschenk gemacht hatte.

Marcus bemerkte das Opernglas in der Hand seiner Gattin und hoffte inständig, sie möge nicht daran denken, es während der Vorstellung auf einige der gegenüberliegenden Logen zu richten. Sonst musste sie zwangsläufig herausfinden, warum so viele Mitglieder der guten Gesellschaft, die keine Note hätten richtig singen können, ganz zu schweigen von einer Melodie, Stammgast in den praktischen, so diskret abgedunkelten Privatlogen der Oper waren.

„Also, was ist heute Abend dran?“, fragte Lady Fellowes fröhlich.

Fragend richtete Marguerite den Blick auf sie. In der Einladung hatte sie doch bestimmt erwähnt, dass „La Cenerentola“ gegeben wurde? Höflich erinnerte sie die Cousine.

„Oh, natürlich! Mozart! Ich vergöttere Mozart.“ Lady Fellowes strahlte Mr. Hamilton an. „Die liebe kleine Sophia ist äußerst musikalisch, Mr. Hamilton. Wissen Sie, sie kommt nach mir.“

„Äh … ich glaube, meine Liebe, Signor Rossini hat diese Oper geschrieben.“ Entschuldigend lächelte Sir Delian seine Gattin an, die ihn finster ansah. „Du liebe Güte“, warf Marcus ruhig ein. „Wie rücksichtslos diese Fremden sind. Sie bringen es nicht einmal fertig, ihre eigenen Opern zu komponieren. In England würde das nie passieren!“

„Gewiss“, sagte Lady Diana trocken. „Da wir alle unsere Opern importieren und keine von zeitgenössischen englischen Komponisten geschrieben bekommen! Ah, man fängt an!“

„Sie ist sehr altmodisch, weil sie in die Oper geht, um die Musik zu genießen“, sagte Sir Toby entschuldigend zu Marguerite.

„Weswegen sollte jemand sonst herkommen?“, fragte Marguerite mit Unschuldsmiene. Sir Toby fiel das Kinn auf sehr lächerlich wirkende Weise herunter. Ein finsterer Blick seines Schwagers warnte ihn, er habe bereits genug gesagt. Er murmelte etwas Unzusammenhängendes, was so belanglos war, dass Marguerites Neugier dadurch nicht geweckt worden wäre, hätte ihre Cousine Sophia nicht so wissend eine verächtliche Miene aufgesetzt. Marguerite merkte, dass sie sich irgendwie lächerlich gemacht hatte, und nahm sich vor, keine weiteren Fragen mehr zu stellen, es sei denn, es wäre möglich, sie sehr leise an Jack zu richten.

Erwartungsvoll saß sie in ihrem Sessel, während das Orchester sich in die Ouvertüre stürzte. In Yorkshire hatte es so wenig Gelegenheit gegeben, irgendwelche Musik zu hören. Onkel Samuel hatte nie eine Gouvernante für sie eingestellt, sodass sie nie singen oder auf dem Pianoforte spielen gelernt hatte. Sie gab einen wohligen Seufzer von sich, während die Musik um sie wogte. Am Ende des ersten Akts war sie bezaubert. Obwohl sie kein Wort Italienisch verstand, kannte sie die Aschenbrödel-Geschichte gut genug, um der Handlung folgen zu können, und die Musik drückte, wie sie fand, genau das aus, was die Operngestalten empfanden.

Sie hatte immer gedacht, Oper sei etwas Albernes, weil die Leute in der unwahrscheinlichsten Weise sangen. Jetzt musste sie feststellen, dass ganz im Gegensatz zu ihrer Meinung die Musik die Geschichte irgendwie aufsog und eine zusätzliche Gefühlsebene hinzufügte. Und dass die Musik sich in ihr Herz schlich.

Sie wusste, wie das arme Aschenbrödel sich fühlte, so verloren und verletzbar, verwirrt darüber, dass irgendjemand, ganz zu schweigen von einem Prinzen, sie lieben konnte.

Und manchmal hatte das arme Aschenbrödel, wie sie traurig dachte, überhaupt kein Glück. Wie würde es sich gefühlt haben, wenn sein Prinz es nur aus Pflicht- und Ehrgefühl geheiratet hätte? Dass er, weit davon entfernt, Angelinas Liebe zu erwidern, seinen ritterlichen Entschluss, den armen kleinen Niemand geheiratet zu haben, bereits bereute? Hart biss Marguerite sich auf die Unterlippe. Sie hatte sich so sehr gewünscht, Marcus eine gute Gattin zu sein, selbst wenn ihm nichts an ihr lag. Und jetzt konnten sie kaum miteinander reden, ohne zu versuchen, dem anderen wehzutun. Ihr brannten die Augen, und rasch hielt sie zum Schutz das Opernglas davor. Das Letzte, was sie jetzt brauchte, war, mitten im King's Theater beim Weinen ertappt zu werden.

Langsam wurde sie sich des Gefühls bewusst, beobachtet zu werden. Verblüfft senkte sie das Opernglas und warf verstohlen einen Blick durch die Loge. Sir Toby sah aus, als sei er fest eingeschlafen ... ja ... das war ganz eindeutig ein

Schnarcher! Diana beobachtete die Bühne, und Marcus versuchte das ebenfalls zu tun, wenngleich er durch Cousine Henriettas schelmische Bemerkungen abgelenkt wurde. Jack lehnte an der Brüstung. Seine Aufmerksamkeit war auf die Vorstellung gerichtet. Anscheinend war er sich der sehnsüchtigen Blicke, die von Cousine Sophia in seine Richtung geworfen wurden, nicht bewusst, und Cousin Delian sah aus, als würde er Sir Toby gleich in Morpheus' Armen Gesellschaft leisten.

Als Marguerite dann den Blick wieder auf die Bühne richtete, erregte in der gegenüberliegenden Loge eine Bewegung ihre Aufmerksamkeit. Verdutzt schaute sie genauer hin. Und verspürte aufsteigende Übelkeit.

Sir Blaise Winterbourne hatte sein Opernglas direkt auf sie gerichtet.

Sie schaffte es, die Fassung noch vor der Pause wiederzuerlangen, saß jedoch bei dem ganzen Geplauder ziemlich still da. Marcus hatte Champagner bestellt, und zweifelnd, nicht sicher, ob der Champagner ihr schmecken würde, nippte sie an ihrem Glas.

Jack beugte sich zu ihr und sagte leise: „Also, ganz gleich, was du tust, aber schütte ihn nicht über die Brüstung."

„Ihn über die Brüstung schütten?" Sie versuchte, nicht zu kichern. „Warum in aller Welt sollte ich das tun?"

Jack schmunzelte über ihren Beinaheschnitzer. „Nun, meine Schwester hat mir gesagt, dass sie das einmal hier gemacht hat! Hat unten zu ziemlicher Aufregung geführt. Protestgeschrei über die dekadente Aristokratie. Androhung eines Aufstandes. Wenn du mich fragst, dann war es ein Wunder, dass Barraclough danach noch um die Hand meiner Schwester angehalten hat." Er wechselte das Thema: „Genießt du deinen ersten Besuch in der Oper?"

„Oh ja!" Ihre Begeisterung war ganz und gar altmodisch. „Aber ich verstehe leider nichts von Musik. Meine Cousinen Sophia und Henrietta machen einen so kenntnisreichen Eindruck."

„Aber du musst doch singen und auf dem Pianoforte zu spielen gelernt haben." Jack hatte erstaunt geklungen, und Marguerite schüttelte verlegen den Kopf.

„Nein. Mein Vormund hat keine Gouvernante für mich eingestellt." Marguerite errötete. „Ich … ich habe überhaupt keine Fertigkeiten. Ich befürchte, für meinen Mann war ich ein schlechter Tausch."

Das war in dem tapferen Versuch, humorvoll sein zu wollen, gesagt worden, aber Jack hatte den schmerzlichen Unterton in Marguerites Stimme gehört. In diesem Augenblick wurden ihm einige Dinge klar. Lady Rutherford hatte

Angst. Sie hatte Angst davor, vor ihrem Gatten ihre Ignoranz und ihre Schmach zu erkennen zu geben. Sie hatte Angst davor, nicht fähig zu sein, sich in der fremden neuen Welt zu behaupten, in die sie so überraschend geraten war. Nichts davon würde eine große Rolle spielen, wenn die Dinge zwischen ihr und Marcus stimmten. Aber das war nicht der Fall. Und Marguerites Mangel an Selbstvertrauen war nicht hilfreich. Jack hatte den seltsamen Eindruck, dass irgendeine andere Angst alles noch schlimmer machte und ihren angeborenen Mut und ihre Tapferkeit untergrub.

„Dann müssen wir etwas dagegen tun", sagte er leise.

Überrascht schaute sie ihn an.

Er lächelte zurück. „Erstens: Stell einen Gesangslehrer ein. Du hast eine hübsche Sprechstimme. Lerne zu singen. Und was die anderen Fertigkeiten betrifft, so rede mit Diana. Du kannst zeichnen lernen, aquarellieren, sticken, was immer du möchtest. Ich bin sicher, du könntest, wenn du möchtest, zu ihr gehen und dich ihren Töchtern und deren Gouvernante anschließen."

„Jack!", hauchte Marguerite. „Das ist ein wundervoller Einfall! Manchmal komme ich mir so unwissend vor. Ich möchte nicht, dass mein Mann … denkt …" Verlegen hielt sie inne.

Jack nickte mitfühlend. „Darf ich dir noch mehr raten, Marguerite? Oder dir eher einen Hinweis auf die zugegebenermaßen niedrigen Neigungen des männlichen Geschlechts geben?"

Sie nickte.

„Die meisten von uns geben keinen Pfifferling darauf, ob eine Frau imstande ist, hübsch zu sticken, zu zeichnen oder zu malen. Manchen ist es sogar gleich, ob sie intelligent ist oder nicht. Ich kann dir versichern, dass es Marcus egal ist, ob du über alle weiblichen Fertigkeiten verfügst oder keine von ihnen beherrschst. Andererseits weiß ich, dass er deine Intelligenz schätzt. Also, falls du beschließen solltest, dir einige Fertigkeiten anzueignen, dann such dir die aus, die wirklich verlockend für dich sind. Du liest gern. Also lerne Französisch und Italienisch. Lerne zu singen. Zu deinem eigenen Vergnügen und deiner eigenen Zufriedenheit."

In diesem Augenblick wurde das leise Gespräch durch Sophia Fellowes unterbrochen, die mit schlecht verhüllter Verärgerung beobachtet hatte, wie viel Aufmerksamkeit Jack Marguerite schenkte. „Genießen Sie die Vorstellung, Sir? Ich schwöre, so viele modische Kleider habe ich noch nie gesehen."

Jack und Marguerite tauschten einen vielsagenden, sehr belustigten Blick, während er auf diese enthüllende Eröffnung etwas Höfliches erwiderte.

Marguerite bemühte sich, das aufsteigende Gelächter zu unterdrücken. Das also war es, weshalb die Leute in die Oper gingen, ob sie musikalisch waren oder nicht. Um zu sehen und gesehen zu werden. Also gut. Sie würde sich anpassen. Und in der Zwischenzeit würde sie zulassen, dass die Musik ihr die Sinne betörte und sie in ihrer Einsamkeit etwas tröstete. Doch das musste niemand wissen. Vor der Welt würde es den Anschein haben, als ob Lady Rutherford sich dem Diktat der Mode beugte.

Immer noch innerlich belustigt, wandte sie sich von Jack und Sophia ab. Und sah die kalten grauen Augen ihres Gatten mit rätselhaftem Ausdruck auf sich gerichtet. Ein leicht boshaftes Lächeln spielte um seinen schön geschnittenen Mund.

Marcus war am Boden zerstört. Hilflos. Über einen Monat lang hatte er Marguerite jetzt erlebt und wusste, dass sie der feinen Gesellschaft eine Rolle vorspielte. Selbst ihm. Er hatte angenommen, das akzeptieren zu können. Aber zu sehen, wie sie sich Jack gegenüber verhielt, tat unerträglich weh. Die Art, wie sie ihn angesehen hatte! Freundlich, entspannt. Verdammt! Sie war die Seine. Oder war es zumindest gewesen, ehe es ihm so erfolgreich gelungen war, sie zu vertreiben.

Die Musik setzte wieder ein, doch er nahm nicht viel davon wahr, weil er so mit seinen Sorgen beschäftigt war. Zum Teufel, in welche Lage hatte er sich gebracht? Er hatte nie damit gerechnet, der unvermeidbaren Untreue seiner Frau wegen Eifersuchtsanfälle zu bekommen. Untreue – allein das Wort regte ihn auf. Es war das letzte Wort, das er mit ihr in Verbindung gebracht hätte. Das passte einfach nicht zu ihr. Aber er selbst hatte die Bedingungen für die Ehe mit ihr gestellt und würde sich fügen müssen …

Ihm fiel eine leichte Bewegung auf. Sophia Fellowes beugte sich vor und richtete eine züchtige Bemerkung an Jack. Wut wallte in Marcus auf. Es geschah Jack recht, wenn Marguerite ihm diese alberne Frau andrehte, aber er wollte verdammt sein, wenn er seiner lieben Gemahlin das durchgehen ließ! Sobald man zu Haus war, würde er ein längst überfälliges Gespräch mit ihr führen.

„Ich muss von dir verlangen, Marguerite, dass du meine Freunde von solch offenkundigen Verbandelungsversuchen verschonst. Insbesondere habe ich etwas dagegen, dass Jack ein Opfer deiner Ränke wird! Ganz besonders in Verbindung mit Sophia Fellowes."

Marguerite war kurz davor, die Fassung zu verlieren, klammerte sich jedoch mühsam an ihre Selbstbeherrschung. „Bitte sag mir, Marcus, hast du einen besonderen Einwand gegen meine Cousine?"

„Sie ist ein käufliches kleines Miststück!", erwiderte Marcus unumwunden. „Auf der Suche nach einem Ehemann und ohne die mindeste Spur von Gefühl für jemand anderen. Außerdem kann ich ihre Familie nicht leiden."

Marguerite kam sich vor, als habe Marcus sie durchbohrt. In ihren Schmerz mischte sich Wut. „Und was bleibt ihr, wenn sie nicht heiratet?", zischte sie. „Ein Leben in Abhängigkeit! Vielleicht in Armut! Denkst du, irgendeine Frau möchte aus solchen Gründen heiraten? Weil sie muss?"

Verspätet begriff Marcus, dass er äußerst taktlos gewesen war. Wütend auf sich schrie er: „Deine Cousine würde lediglich des Geldes wegen heiraten! Denkst du, irgendein Mann möchte seines Geldes und seiner gesellschaftlichen Stellung wegen geehelicht werden? Wenn deine Cousine Jack auch nur im Mindesten gernhätte ..."

Gernhaben? Marguerites Schmerz verwandelte sich in glühenden Zorn. „Gernhaben? Warum sollte sie Jack gernhaben? Welcher Mann legt in seiner Ehe darauf Wert? Ich stand unter dem deutlichen Eindruck, dass man sich Liebe außerhalb der Ehe sucht! Dass man nicht mehr erwarten kann, als des Geldes, der gesellschaftlichen Stellung und der sozialen Sicherheit wegen zu heiraten!"

Marcus zog die Augenbrauen zusammen. „Ich bin mir sehr wohl bewusst, dass deine soziale Position und die von Miss Fellowes ungeheuer unterschiedlich sind. Du hattest niemanden, der sich um dich kümmerte …"

„Zum Teufel mit dir!", platzte Marguerite unkontrolliert heraus. „Ich will dein Mitleid nicht! Ich … ich hätte deinen Heiratsantrag nie annehmen dürfen!" Sie wirbelte herum, rannte förmlich aus dem Raum und knallte die Tür hinter sich zu.

Marcus ließ sich in einen Sessel fallen und vergrub den Kopf zwischen den Händen. Zum Teufel! Was in aller Welt sollte er jetzt, da Marguerite die Eheschließung bereute, tun?

Eine Woche später sah Marcus stirnrunzelnd zu, wie gelangweilt seine Gattin im Essen herumstocherte. Sie hatte wenig gefrühstückt und schien sich seiner Meinung nach eine Diät aus trockenem Toast und Tee verordnet zu haben. Natürlich war das ihre Sache, er war sich jedoch der nagenden, indes kaum eingestandenen Sorge bewusst, dass sie nicht besonders gut aussah. Er saß also da und verzehrte geistesabwesend sein Rinderfilet, während er sich danach sehnte, lieber sie zu vernaschen.

Und da saß sie und stocherte mit einer Miene in ihrem Rührei herum, die zu erkennen gab, es verströme einen unangenehmen Duft. Zum Teufel, warum war sie heruntergekommen, wenn sie nur dasitzen und ihr Essen nicht anrühren wollte? Abgesehen natürlich vom Tee und Toast.

„Ist mit dem Rührei etwas nicht in Ordnung?"

„Ich bin nicht sehr hungrig."

„Warum bist du dann zum Frühstück heruntergekommen?"

Marguerite errötete. Ja, warum? Sie wollte Marcus sehen. Das war der einzige Grund, weshalb sie heruntergekommen war. Mittlerweile speiste man selten zusammen, außer in Gesellschaft.

Deshalb war Marguerite jeden Morgen heruntergekommen, um Marcus zu sehen, selbst wenn sie nicht mit ihm redete, da er sich unweigerlich in seine Zeitung vergrub und auf alles, was sie äußerte, nur einsilbig antwortete.

Der das Rührei betreffende Wortwechsel war das längste Gespräch gewesen, das man seit Tagen geführt hatte. Und sie war ganz gewiss nicht willens, Marcus die Wahrheit zu sagen. Nicht, nachdem er so deutlich klargestellt hatte, dass ihre Anwesenheit unwillkommen war.

„In Zukunft werde ich in meinem Zimmer frühstücken", sagte sie. Obwohl sie sich bemüht hatte, nicht verbittert zu klingen, hatte sich doch ein vergrämter Unterton in ihre Stimme geschlichen.

Das war Marcus sofort aufgefallen. „Ich hatte nicht die Absicht, Marguerite … Ich fand nur, du sähest blass aus, und habe mich gefragt, ob du dich wohlfühlst und genügend Schlaf findest …"

Einen Moment lang war sie unschlüssig. Der Drang, Marcus alles zu erzählen über die Winterbourne betreffenden Albträume, die Müdigkeit, das morgendliche Gefühl der Übelkeit war überwältigend. Am meisten sehnte sie sich danach, ihm zu erzählen, dass sie sich ihm im Bett nicht hatte verweigern wollen, ihn vermisste, ihr Abkommen nicht ausnutzen wollte, ihn liebte, nur ihn haben wollte. Aber die jahrelange Angewohnheit, ihre Gefühle zu verbergen, hielt sie davon ab, nachdem man sie so brutal gelehrt hatte, niemandem zu vertrauen, niemanden wissen zu lassen, was sie dachte.

Marcus missverstand ihr Schweigen und erwiderte steif: „Ich habe nicht den Wunsch, dich zu belästigen. Als dein Mann wollte ich lediglich meiner Sorgfaltspflicht nachkommen."

Sorgfaltspflicht? Zum Teufel mit ihm! Warum hatte er das gesagt? Sie wollte keine Verpflichtung sein! Sie musste sich zwingen, nicht vor Enttäuschung und Verzweiflung in Tränen auszubrechen. Närrin, die sie gewesen war, hatte sie gedacht, die Ehe könnte das verhasste Stigma auslöschen, eine arme Verwandte, ein Wohltätigkeitsfall zu sein, und dass sie imstande sein würde, mit Marcus zu leben und keinen Wert darauf zu legen, was er in ihr sah.

„Dann hast du das getan, indem du dich nach meiner Gesundheit erkundigt hast. Wenn du mich jetzt bitte entschuldigen würdest. Ich habe eine Verabredung mit meinen Cousinen." Marguerite stand auf und versuchte, die Tatsache zu ignorieren, dass auch Marcus aufgestanden war, um sie zur Tür zu begleiten und sie für sie zu öffnen.

Er ging zu ihr. Er hatte solch brennendes Verlangen nach ihr, dass es ihn körperlich schmerzte. Verdammt noch mal! Sie war seine Frau, nicht wahr? Einen Fluch murmelnd, ergriff er sie an den Schultern und drehte sie zu sich herum. Einen weiteren Fluch murmelnd, zog er sie in die Arme und küsste sie mit ungebremster Leidenschaft.

Marguerite war verblüfft. Und schmiegte sich gedankenlos nachgebend an ihn. Nie zuvor hatte er sie so behandelt! Im Bett war er immer so sanft, so rücksichtsvoll gewesen.

Und dann wurde ihr schwindelig, weil die Übelkeit, die sie bislang unterdrückt hatte, sie überkam. Einen schrecklichen Augenblick lang drehte der Raum sich um sie und versank dann in Finsternis, als sie in Marcus' Armen erschlaffte.

Er merkte die Veränderung sofort. Hilflos sank Marguerite gegen ihn, während er instinktiv die Arme fester um sie schlang, um sie zu stützen. Entsetzt hob er den Kopf und sah, dass sie die Augen geschlossen hatte und ihr Gesicht erschreckend weiß war. Von Gewissensbissen geschüttelt, hob er sie auf die Arme, trug sie zum Sofa und legte sie zärtlich ab.

Wie hatte er das tun können? Zulassen können, dass seine Enttäuschung und sein Verlangen ihn überwältigten, sodass er Marguerites Vertrauen missbraucht hatte! Du lieber Gott, er war nicht besser als Winterbourne, weil er Marguerite so behandelt hatte!

Als sie schließlich die Augen öffnete, starrte sie ihn unter Tränen und mit dem Ausdruck stummen Schmerzes an.

„Warum …"

„Ich stimme zu. Sehr abscheulich. Ein bedauernswertes Zwischenspiel. Du musst nicht befürchten, dass das wieder passiert."

„Ich … ich brauche nicht …" Ihre Stimme hatte unkontrollierbar gezittert. Marcus hatte sie abscheulich gefunden. Das war der Grund, warum er aufgehört hatte, sie zu küssen … zweifellos nicht mehr versucht hatte, zu ihr ins Bett zu kommen, weshalb er ihr so brutal zu verstehen gegeben hatte, sie solle nicht in seins kommen.

„Nein." Seine Stimme hatte eisig und unnachgiebig geklungen. Er hätte Marguerite zärtlich halten und sie trösten müssen, aber nach diesem Vorfall traute er sich nicht mehr zu, sie zu berühren. Einen verrückten Augenblick lang hatte er geglaubt, sie gehe auf seine Leidenschaft mit gleicher Hingabe ein. Und jetzt wollte er sie, während er sie anschaute, wieder nur noch in die Arme nehmen und das fortsetzen, was er angefangen hatte, auch wenn das bedeutete, sie gegen ihren Willen zu besitzen. Wüst fluchend, machte er auf dem Absatz kehrt, ging aus dem Raum und knallte die Tür hinter sich zu.

Erst zwei Tage später sah Marcus seine Frau bei einer Abendgesellschaft wieder. Sie begrüßte ihn kühl, als sei nichts vorgefallen. Er verdrängte seinen Schmerz und betäubte ihn mit den meisten der Vergnügungen, denen er sich vor der Hochzeit hingegeben hatte.

Ein Vergnügen jedoch versagte er sich vollkommen. Lady Hartleigh warf vergebens ihre glitzernden Köder nach ihm aus.

Er wollte Marguerite und keine andere. Aber er würde sich keiner Frau aufdrängen, schon gar nicht ihr. Daher begrüßte er sie höflich, wenn ihre Wege sich in Gesellschaft kreuzten, und hielt angesichts des zunehmend gebrechlichen Eindrucks, den sie machte, den Mund.

13. KAPITEL

„Ah! Guten Morgen, Cousine!“, begrüßte Sir Delian fröhlich die elegante Countess of Rutherford, während er die Freitreppe seines in der Mount Street gelegenen Hauses hinunterging. „Sophia und Lady Fellowes erwarten dich. Ein Spaziergang im Park, nicht wahr?“

„Ja“, antwortete Marguerite und wünschte sich von Herzen, ihm nicht zugestimmt zu haben. Gewiss, ihr war nicht so übel wie beim Frühstück, aber sie hätte viel darum gegeben, es sich jetzt mit einem Buch auf dem Sofa gemütlich machen zu können. Oder zeichnen zu üben. Ihr neuer Zeichenlehrer schien zu denken, sie habe tatsächlich etwas Talent.

Der Butler geleitete sie zum Salon und kündigte sie in würdevollem Ton an. Die Countess of Rutherford. In Gedanken rief sie sich zur Ordnung. Würde sie sich je daran gewöhnen? Aufhören, sich wie eine Hochstaplerin vorzukommen? Sie betrat den elegant eingerichteten Raum. Und blieb wie angewurzelt stehen. Eine tadellos gekleidete Gestalt erhob sich und verneigte sich galant vor ihr.

„Welch ein Vergnügen, liebe Lady Rutherford, Sie im Haus meiner Cousine zu treffen. Als ich Sie kennenlernte, hatte ich keine Ahnung, wie eng wir miteinander verwandt sind!"

Marguerite war übel und schwindelig, als Sir Blaise ihre Hand ergriff und ihr einen Handkuss gab. Es bedurfte ihrer ganzen Selbstbeherrschung, die Hand nicht mit einem Ruck zurückzuziehen. Bei der Berührung durch Sir Blaise unterdrückte sie einen Schauder. Sofort kam ihr der Eindruck von Verdorbenheit in den Sinn. Und dieses Mal war kein Marcus da, an den sie sich Trost und Schutz suchend hätte wenden können.

„Ich habe gehört, dass du meinen Cousin sehr gut kennst, liebe Marguerite", warf Lady Fellowes ruhig ein. „Sir Blaise hat sich erboten, heute Vormittag dein Begleiter zu sein."

„Eine solche Ehre", sagte er. „Zwei so charmante junge Damen zu begleiten!"

Die nachfolgende Unterhaltung ging an Marguerite vorbei, weil sie Wellen der Übelkeit und blinder Panik verspürte. Irgendwie musste sie sich beherrschen, durfte niemanden ihre Angst sehen lassen. Im Park konnte er nichts tun. Es gab nichts, wovor sie sich fürchten musste. Außer vor der Furcht.

Er bestand darauf, beim Spaziergang jeder Dame einen Arm zu reichen. Erschauernd war Marguerite sich seiner Berührung bewusst, der ekelhaften Nähe seines Körpers. Und sie konnte nicht flüchten und Sophia allein in seiner Begleitung zurücklassen. Nicht dass sie die mindeste Angst um Sophias Sicherheit hätte, aber Cousine Henrietta hatte ganz deutlich gemacht, dass sie Marguerite als Sophias Anstandsdame betrachtete. Sie würde wütend sein, wenn sie Sophia allein ließ. Marguerite biss die Zähne zusammen und dankte Gott für Sophia, die kicherte und affektiert lächelte. Zumindest rettete deren Anwesenheit sie davor, mit Winterbourne allein zu sein.

Man war noch nicht weit in den Park vorgedrungen, als ihr selbst dieser zweifelhafte Schutz genommen wurde. Lord Atherbridge gesellte sich hinzu.

„Donnerwetter, Winterbourne! Zwei hübsche Füllen! Verdammt gierig, mein lieber Junge! Verdammt gierig!“

„Sie kränken mich, Atherbridge.“ Sir Blaise war die Versöhnung in Person. „Was kann ich zur Buße tun? Ah, ich weiß es! Ich werde Ihnen meine liebe kleine Cousine überlassen. Es stört dich doch nicht, liebe Cousine Sophia, mich gegen den armen Atherbridge einzutauschen?“

Da Lord Atherbridge ein beträchtliches Vermögen hatte und glücklicherweise ledig war, hatte Sophia nicht den mindesten Einwand. „Oh nein, Cousin." Schmachtend lächelte sie Seine Lordschaft an. „Es wird mir eine Ehre sein!"

Nach dieser zum Himmel schreienden Speichelleckerei hätte Marguerite sich fast übergeben. Wie konnte Sophia sich so verhalten? Niemals würde sie, Marguerite, darauf zurückgreifen, Marcus auf diese Weise zu schmeicheln! Und zu seiner Ehre musste gesagt werden, dass er ebenso angewidert sein würde, wie sie es war. Die beiden gingen voraus. Sophia plapperte und kicherte kindisch. Marguerite biss die Zähne zusammen. Ihr Abscheu trug dazu bei, dass der sie umgebende Nebel der Angst sich etwas verzog. Sie wurde jedoch von Sir Blaise viel zu schnell in die Wirklichkeit zurückgerissen.

Da er Sophia nicht mehr am anderen Arm hatte, konnte er mit der freien Hand Marguerites Hand drücken und auf seinem Arm festhalten. Sie erschauerte merklich, und er lächelte liebenswürdig.

„Ich bin so entzückt darüber, dass wir unsere unterbrochene Bekanntschaft fortsetzen können, Lady Rutherford", sagte er und tätschelte weiterhin ihre Hand. „Erlauben Sie mir, Ihnen über Ihr Erscheinen in der feinen Gesellschaft ein Kompliment zu machen. Neulich in der Oper haben Sie reizend ausgesehen. Lady Hartleigh, meine

Begleiterin, hat mir von Herzen zugestimmt!“

Plötzlich wütend geworden, starrte Marguerite ihn an. „Vielleicht sollten Sie Ihre Aufmerksamkeiten auf Ihre Begleiterin beschränken! Und auf die Bühne!“

Er lachte leise. „Du meine Güte, wie altmodisch! Noch dazu aus dem Mund einer Dame, die, wie ich sehe, äußerst en vogue ist.“ Anzüglich glitt sein Blick über sie. „Angefangen bei ihren Kleidern bis hin … zu ihrer Ehe.“

Plötzlich hatte Marguerite das Gefühl, nicht mehr atmen zu können. Sie rang sich ein höfliches Lächeln für Lady Castlereagh ab, die ihr aus einer Barouche zugewinkt hatte.

Ruhig fuhr Winterbourne fort: „Und ich möchte immer en vogue sein, meine Liebe.“

Sie fühlte sich durch die ölige Vertraulichkeit verspottet. Marcus hatte sie einmal so genannt: meine Liebe. Zittrig holte sie Luft, während sie sich an den zärtlichen Ton seiner Stimme erinnerte … Auch er hatte das nicht gemeint. Oh Gott! Da war Lady Gwdyr, die schrecklich hochnäsig aussah. Marguerite musste sich zusammenreißen. Sie hätte die eisige Adlige beinahe übersehen.

„Zusammen könnten wir en vogue sein. Meinen Sie das nicht auch, Lady Rutherford?“ Dem Klang der Stimme nach zu urteilen hätte man denken können, dass Winterbourne angedeutet hatte, einen Abend bei Almack’s zu verbringen.

Stattdessen deutete sein über sie schweifender Blick etwas ganz anderes an, etwas, das ihr allein bei dem Gedanken Schauder vor Ekel erzeugte.

Hilfe kam von gänzlich unerwarteter Seite.

„Nanu, Lady Rutherford! Wie reizend! Ich habe mich danach gesehnt, unsere Bekanntschaft zu vertiefen." Der hochmütige Ton, in dem Lady Hartleigh gesprochen hatte, war Marguerite so willkommen wie Manna vom Himmel. Ihr Verstand begann wieder zu funktionieren, und sie dachte, dass Lady Hartleigh zweifellos auf sie böse sein müssen, weil sie ihr wieder einen ihrer Liebhaber stahl.

Lady Hartleigh bewies umgehend ihre Erfahrenheit, als sie Marguerite geschickt beiseitedrängte und Winterbournes Arm ergriff. Sie plapperte unaufhörlich über diesen Menschen und jenen, über den skandalösen Preis für Bienenwachskerzen und die unerhörte Art, mit der ihre Schneiderin die Begleichung ihrer Rechnungen anmahnte.

„Zu schrecklich!", sagte sie kläglich. Und warf Marguerite einen kurzen Blick zu. „Sagen Sie mir, Lady Rutherford, mahnt man auch Sie?"

„Äh … nein", gab Marguerite zu. Dafür gab es keinen Anlass.

„Unerhört!", sagte Lady Hartleigh. „Hier bin ich, eine arme Witwe, die es sich nicht im Mindesten leisten kann, gemahnt zu werden, fast zu Tode geplagt zu werden, und die Countess of Rutherford, die einen der reichsten Männer des Landes zum Gatten hat, erhält nicht eine einzige Mahnung!“ Betrübt schüttelte sie ob dieser Ungerechtigkeit den Kopf.

Plötzlich starrte Marguerite sie an. Sie verspottete sie! Warum tat sie das? Als Sir Blaise sich kurz entfernte, um mit einem Bekannten zu reden, blitzten ihre grünen Augen Marguerite an. „Halten Sie sich Winterbourne fern, Lady Rutherford.“ Nicht mehr. In den funkelnden Augen erschien sofort wieder ein verschleierter Ausdruck, und Marguerite war unschlüssig, ob sie eine Warnung oder eine Drohung zu hören bekommen hatte.

Später am Abend sagte Lady Hartleigh beiläufig zu ihrem mit ihr in der Kutsche sitzenden Begleiter: „Die Countess of Rutherford scheint in gewissen Kreisen sehr populär zu sein.“

„Ganz recht, meine Liebe“, stimmte er zuvorkommend zu. „Man muss zugeben, dass Rutherford einen insgesamt tadellosen Geschmack hat.“

Nachdenklich nickte sie. „Und natürlich entspricht er ganz zufällig deinem.“ Ein leicht nachdenklicher Unterton hatte in ihrer melodischen Stimme mitgeschwungen.

„Aber natürlich, meine Liebe.“ Sir Blaise lächelte. „Zweifellos meinst du, dass Rutherfords unerwartete Ehe eine unglückliche Geschmacksverirrung ist."

Lady Hartleigh zuckte mit den schmalen Schultern. „Was sollte mir das ausmachen?"

„Oh, lediglich den Verlust eines Vermögens und Titels."

Sie lachte spöttisch. „Du vergisst, Blaise, dass ich einen Titel und … genügend Geld für meine Bedürfnisse habe."

„Es ist immer sehr angenehm, etwas mehr zu haben, als nötig ist."

„Sehr angenehm", stimmte sie zu. „Aber was geschehen ist, ist geschehen. Ich sehe keine Möglichkeit, die Tatsachen ändern zu können. Siehst du eine?"

„Es ist immer möglich, die Tatsachen zu ändern, meine liebe Althea", versicherte ihr Blaise. „Vielleicht möchtest du mir etwas Unterstützung geben. Natürlich würdest du dafür angemessen … äh … entlohnt."

Noch ein Schwall hellen Gelächters, das dieses Mal triumphierend klang, hallte durch die dunkle Kutsche. „Siehe da, Blaise! Ich versichere dir, ich bin ganz Ohr!"

Beim Walzer mit Jack Hamilton schaute Marguerite sich nervös in den überfüllten Sälen von Almack's um und überlegte, warum sie sich je von Marcus davon hatte überzeugen lassen, es werde ihr in London gefallen. Gewiss, sie hatte Freundschaften geschlossen und mehr Freundlichkeit erlebt, als sie für möglich gehalten hätte. Dennoch fühlte sie sich vollkommen einsam. Von allen ihren Bekannten schien nur ein Mann zu argwöhnen, dass Lady Rutherford nur eine Verkleidung war.

Jack Hamilton ließ nicht zu, dass Marguerite sich versteckte, wenn sie mit ihm allein war. Er war der einzige Mensch, bei dem sie sich etwas entspannen konnte. Aber nicht einmal ihm konnte sie erklären, was los war. Das hätte sie Marcus Langley erzählen können, aber ihn hatte sie seit Langem nicht mehr gesehen. Nur Marcus, Lord Rutherford, der sie höflich begrüßte, ihr gelegentlich Geschenke kaufte, die seine Countess schmückten, und nach dem schrecklichen Vormittag nicht mehr versucht hatte, sich ihr zu nähern. Stolz hielt sie sich vor Augen, dass ihr das gleich sei. Jede Nacht weinte sie sich in den Schlaf.

Aber das war nicht das einzige Problem. Der Grund, warum sie sich so ängstlich in den Räumen umsah, war, dass Sir Blaise, seit er sie in den Park begleitet hatte, sie zum Ziel seiner Aufmerksamkeiten gemacht hatte. Er ließ nie eine Gelegenheit aus, sich ihr zu nähern, und bat sie in Situationen, in denen sie ihn unmöglich abschlägig bescheiden konnte, mit ihm zu tanzen. Nur wenn ihr Mann anwesend war, mied Sir Blaise sie, und da Marcus seine Countess so selten zu Festen begleitete, hatte Winterbourne häufig Gelegenheit, Jagd auf die hübsche Lady Rutherford zu machen.

Marguerite versteckte sich hinter ihrer Maske und ließ ihn nie ihre Angst sehen. Sie wehrte seine Galanterien ebenso ab wie die eines Dutzends anderer Männer. Und fürchtete den Schlaf. Der Schlaf, der eine Erholung von ihrem wachsenden Unglück hätte sein sollen, war zu einem Albtraum geworden. Nacht für Nacht wachte sie entsetzt auf und sehnte sich nach Marcus. Da sie ihn jedoch bei jenem ersten Mal nicht vorgefunden hatte und informiert worden war, es stünde ihr nicht zu, ihn zu suchen, zwang sie sich, in ihrem Zimmer zu bleiben. Sie wollte nicht wissen, ob er zu Hause oder sein Vergnügen bei einer Frau suchen gegangen war, die er nicht widerwärtig fand. Und außerdem hatte sie sich geschworen, nie wieder in die Lage einer armen Verwandten zu geraten, nie mehr um etwas bitten zu müssen. Besonders nicht bei ihrem Mann, mit dem sie ein sehr eindeutiges Abkommen geschlossen hatte.

Zwischen den tanzenden Paaren erhaschte sie einen Blick auf Winterbournes sie spöttisch ansehende Augen. Alle Muskeln ihres Körpers verspannten sich, und sie stolperte leicht, während Jack sie im Kreis drehte. Ihre Übelkeit, die sie in den letzten zwei oder drei Wochen so plötzlich und oft erfasst hatte, war schlimmer denn je, und sie geriet in Panik. Sie spürte Jack ihre Hand stärker drücken. Sein Arm lag schützend um ihre Taille.

„Hoppla!“, sagte er gelassen. Man tanzte durch den Raum zurück. Marguerite war leichenblass, Jack nachdenklich.

Er hatte es sich zur Gewohnheit gemacht, sich nie zwischen ein Ehepaar zu stellen, fühlte sich jedoch arg versucht, diese Regel zu brechen und Marcus am Genick zu packen und so zu schütteln, bis er zur Vernunft kam! Er fand, Marguerite sehe langsam wie ein Gespenst aus. Und wenn er sich nicht täuschte, dann lag das nicht nur an dem unbefriedigenden Zustand der Beziehung zwischen Marcus und ihr. Winterbourne hatte etwas damit zu tun.

Da stand er! Beobachtete sie. Und der Art nach zu urteilen, wie Marguerite sich in Jacks Arm versteift hatte, musste sie Winterbourne gesehen haben. Zweifellos würde Winterbourne sie beim nächsten Walzer auffordern und sie danach so strahlend und unnahbar sein wie eh und je. Nun, dieses Mal würde er etwas dagegen unternehmen.

Jack setzte alles auf eine Karte und sagte leise: „Du weißt, du musst nicht mit Winterbourne tanzen, Marguerite. Wenn er sich dir nähert, dann sagst du ihm, du hättest Kopfschmerzen und seist im Begriff zu gehen. Ich begleite dich nach Hause."

Schockiert starrte sie ihn an. „Worüber ... worüber redest du, Jack?", stammelte sie.

„Ich weiß es nicht, Marguerite", antwortete er ehrlich. „Du willst dich mir ja nicht anvertrauen. Das ist in Ordnung. Ich bin nicht dein Mann. Aber du solltest ihm, was immer zwischen dir und ihm nicht stimmen mag, trotzdem von Winterbourne erzählen."

„Da gibt es nichts zu erzählen", erwiderte Marguerite. Bei dem Gedanken, sich Marcus anzuvertrauen, krampfte sich ihr das Herz zusammen. Verspätet begriff sie, dass sie Jacks Vermutung, sie habe Streit mit Marcus, nicht widersprochen hatte.

„Nur dass Winterbourne dich aufregt und dich, wenn Marcus nicht anwesend ist, nicht in Ruhe lässt", sagte Jack und hielt Marguerite fester, während er sie über das Parkett wirbelte.

Sie riss sich zusammen. „Nicht mehr als ein halbes Dutzend anderer Männer. Von denen jeder, wie Diana mich gewarnt hat, verheiratet ist, und imstande sein möchte, Marcus eins auszuwischen, wie er ihnen eins ausgewischt hat!" Ein Hauch von Verachtung hatte in ihrer Stimme mitgeschwungen.

„Wahr genug", sagte Jack schmunzelnd. „Aber schreib das nicht ganz der Schürzenjägerei in

Marcus' Junggesellenjahren zu. Deine eigenen Reize haben bei den meisten Männern ebenso viel damit zu tun!"

Marguerite schnaubte verächtlich und ignorierte den letzten Satz. „Du redest, als sei die Schürzenjägerei meines Mannes Vergangenheit!"

Die Verbitterung, die aus ihrer Stimme geklungen hatte, kam sofort an. Jack starrte Marguerite an. Endlich! Die Maske war vollkommen gefallen. Langsam sagte er: „Dem ist so. Verlass dich darauf, Marguerite. Und glaub mir, ich wüsste es, wenn dem nicht so wäre!"

Marguerite war sich bewusst, dass sie einen Patzer gemacht hatte, fasste sich jedoch schnell. „Du bist Marcus' bester Freund, mein lieber Jack. Von dir würde ich nicht erwarten, dass du ihn verrätst. Du solltest auch nicht denken, dass mich seine Eskapaden stören. Schließlich sind Marcus und ich nur eine Zweckehe eingegangen."

„Ich würde ihn nicht verraten", erwiderte Jack betont, „würde dir jedoch auch keine glatte Lüge erzählen, wenn ich dir versichere, dass Marcus, falls er nach der Heirat mit dir irgendeine andere Frau hatte, das sehr geheim hält. Und falls du dich auf das unglückliche Treffen im Park vor Wochen bezogen haben solltest, dann finde ich, dass ihr aus einer Mücke einen Elefanten gemacht habt."

Marguerite äußerte erschüttert: „Aber Marcus hat gesagt ..."

„Ich weiß nicht, und ich will es auch nicht wissen, was für verdammte Dinge er in seiner Wut gesagt hat, Marguerite“, erwiderte Jack fest, während die Musik ausklang. „Aber er hat sich ebenso wenig wie du irgendwo getröstet. Es sei denn, du verstehst darunter Boxen bei Jackson, noch mehr Karriolenrennen als sonst, zu viel Cognacgenuss und das Benehmen von jemandem, der sich wie ein Ekel mit einem Brummschädel aufführt!“

„Du meinst, ich mache Marcus unglücklich?“ Marguerite war entsetzt. Sie hatte gedacht, er sei vollkommen glücklich darüber, sein ungebundenes Leben führen zu können. Schließlich hatte er genau das, was er hatte haben wollen!

Jack nickte. „Aber nicht mehr, als er dich unglücklich macht. Du verstehst es nur besser, das vor der Welt zu verbergen.“ Er war willens, darauf zu wetten, dass er, wäre nicht Winterbourne gewesen, nie gemerkt hätte, dass sie unglücklich war.

„Aber er findet mich abscheulich“, flüsterte sie niedergeschlagen.

Diese Worte verblüfften Jack. Er starrte Marguerite an und erwiderte: „Er ist wirklich nicht so dumm, Marguerite! Wenn er bei dir diesen Eindruck erweckt hat, dann nur, weil er sich selbst schützen will. Ihr seid beide jeder so schlimm wie der andere!“

Sie wollte weitere Einwände machen, doch in diesem Moment kam Lady Jersey hinzu, platzend vor boshaftem Klatsch, und Marguerite wurde von Sir Toby mit Beschlag belegt. Er tanzte nie, bat sie jedoch oft mit dem Hinweis, dass sie mit ihm verwandt sei und ihn davor zu beschützen habe, tanzen zu müssen, die schnelleren Tänze mit ihm auszusitzen.

Er machte daraus kein Geheimnis, während er sie zu einem Sessel führte, und sagte dann schlicht, nachdem sie ihm im Scherz gedroht hatte, ihn zum Tanzen zu bringen: „Nein, nein, meine Liebe! Denk an den Skandal, falls ich in deinen Armen mitten auf dem Parkett sterben sollte! Und Diana ist noch viel zu jung, um schon Witwe zu sein!“

Ehrlich gesagt war Marguerite nur zu glücklich darüber, eine halbe Stunde lang mit ihm die Tänze aussitzen zu können. Er war freundlich und anspruchslos in der Unterhaltung, und Marguerite hatte festgestellt, dass sie in den letzten Wochen sehr viel schneller ermüdete. Und ihr war so oft schlecht. Morgens erbrach sie sich, und beim Anblick von Essen wurde ihr übel. Zweifellos bekam sie nicht genug Schlaf, aber selbst die schrecklichen Brechanfälle, unter denen sie litt, waren besser als die Albträume.

Abgesehen von der Möglichkeit, sich auszuruhen, hatte sie nun an Sir Tobys Seite Gelegenheit zum Nachdenken. Etwas, das sie seit einiger Zeit entschlossen vermieden hatte.

Durch Jacks unumwunden vorgebrachten Rat hatte sie dankenswerterweise einen klaren Kopf bekommen. Wenn er sagte, Marcus … amüsiere sich nicht anderswo, dann entsprach das wohl der Wahrheit. Jack würde sie nicht belügen. Aber die Frage blieb, warum Marcus sich nicht aushäusig vergnügte. Sie hatte ihm, wenngleich versehentlich, den Zugang zu ihrem Bett verwehrt. Es wäre nur gerecht gewesen, wenn er sich Trost gesucht hätte. Dann jener Vormittag … Hatte Marcus gedacht, sie verabscheue ihn? Falls dem so war, würde er sich ihr nie mehr nähern …

Oh Gott! Was für ein Durcheinander sie angerichtet hatte! Hätte sie doch nur den Mut gehabt, Marcus zu sagen, was sie fühlte, und ihm zu versichern, dass sie ihr Abkommen einhalten würde. Dann wäre alles sehr viel leichter gewesen. Zumindest hätte man sich verstanden.

Die Hälfte ihrer Aufmerksamkeit widmete sie Sir Tobys Beschreibung der Vorzüge seiner Lieblingshündin und deren Wurf kleiner Spaniels.

„Niedliche Kerlchen, Marguerite. Muss Marcus fragen, ob er einen der Welpen haben will …“

Am Ende der friedlichen halben Stunde fühlte Marguerite sich sehr viel besser, und Sir Toby fragte sich, was sie denken mochte. Etwas beunruhigte sie. Er nahm jedoch an, dass Jack Hamilton die Sache in der Hand hatte. Wahrscheinlich war es besser, sich nicht einzumischen.

„Ah! Ein Familientreffen! Wie rührend! Mein Tanz, wie ich glaube, Lady Rutherford."

Missbilligend schaute Sir Toby Winterbourne an. Konnte ihn nicht ausstehen. Schmieriger Kerl. Man rutschte förmlich jedes Mal aus, wenn der den Mund aufmachte. Dennoch schienen die Damen ihn zu mögen, und es ging ihn, Toby, nichts an, mit wem Marguerite tanzte. Aber er würde das vielleicht Jack gegenüber erwähnen.

Daher verneigte er sich höflich vor ihr und sagte: „Vielen Dank, meine Liebe. Erzähle Marcus von den Welpen. Er kann einen haben, wenn er möchte."

Sir Toby verschwand in der Menschenmenge und ließ Marguerite mit Winterbourne zurück.

14. KAPITEL

Durch Jacks Rat ermutigt, ging Marguerite, die beklemmende Angst ignorierend, zum Angriff über. Sie war lange genug weggerannt! „Wirklich, Mr. Winterbourne! Ich kann mir Ihre Vorliebe für meine Gesellschaft beim besten Willen nicht erklären!“ Da er die Augenbrauen hochzog, fuhr sie fort: „Oje! Wie tölpelhaft von mir. Ich habe solche Schwierigkeiten, mir Ihren hohen Rang zu merken. Es tut mir leid.“

„Davon bin ich überzeugt, Lady Rutherford. Ich war stets der Meinung, dass Sie, wenn man Sie etwas erzieht, sich recht lobenswert entwickeln würden. Und was meine Vorliebe für Ihre reizende Gesellschaft angeht, wie Sie das nannten … so lassen Sie mich Ihnen sagen, dass ich immer beende, was ich angefangen habe.“

Jetzt eher weiß vor Wut denn vor Angst, erwiderte Marguerite in süßem Ton: „Wie traurig, wenn man nicht weiß, wann man aufgeben muss.

Besonders wenn schon jemand anderer vor Ihnen am Ziel war."

„Ich gehöre nicht zu den Leuten, meine liebe Lady Rutherford, die Ihre … äh … Erfolge an dem messen, was jemand anderer geschafft hat."

„Auch gut!", erwiderte Marguerite mit strahlendem Lächeln.

„Ganz recht", sagte Winterbourne. „Ah! Hier ist unsere liebe Cousine Henrietta!" Er begrüßte sie mit einer Verneigung. „Wie geht es dir?"

„Mein lieber Blaise und Marguerite! Es geht mir sehr gut", säuselte Henrietta. „Was für ein reizendes Paar ihr abgebt. Ich habe soeben zu Lady Jersey gesagt, welches Vergnügen es mir bereitet, euch zusammen so glücklich zu sehen."

Ihre Übelkeit verstärkte sich. Marguerite zwang sich, tief durchzuatmen. Jack hatte recht. Sie musste mit Marcus über Winterbourne sprechen.

„Einen Augenblick früher, und ich hätte nicht gewusst, wen ich zum Tanzen auffordern würde. So jedoch habe ich bereits Lady Rutherford aufgefordert. Bitte entschuldige uns, Cousine."

„Aber natürlich, mein lieber Blaise. Auf Wiedersehen, Marguerite. Ich werde dich in den nächsten Tagen aufsuchen und ein Picknick arrangieren. Vielleicht in Richmond mit Blaise. Natürlich nur *en famille*."

Höflich murmelte Marguerite eine Erwiderung, derweil sie sich in Gedanken gelobte, im nächsten Monat einen vollen Terminkalender zu haben. Hoch erhobenen Hauptes ließ sie sich von Winterbourne auf die Tanzfläche führen. Sie blickte zur Cousine zurück und sah, dass Henrietta ihr mit einem um ihre schmalen Lippen zuckenden Lächeln hinterherschaute. Einem Lächeln des Triumphes. Marguerite zog die dunklen Augenbrauen zusammen, als ihr plötzlich ein Verdacht kam. Wusste Henrietta möglicherweise, was passiert war? Konnte es sein, dass sie Winterbourne anstachelte? Hoffte, dass er die Countess of Rutherford gesellschaftlich ruinierte und sie somit die Weigerung ihres Mannes, die verwaiste Cousine bei sich aufzunehmen, rechtfertigen konnte? Nein! Bestimmt nicht! Das wäre zu gemein gewesen! Marguerite schüttelte den Kopf, um klarer denken zu können. Es gab ein vordringlicheres Problem, mit dem sie sich befassen musste. Sie musste Winterbourne loswerden.

Verdammt wollte sie sein, wenn sie zuließ, dass er ihr weiterhin nachstellte! Es hatte ihr Mut verliehen, den Angriff gewagt zu haben, und sie hielt nach einer Gelegenheit Ausschau, um den Spieß umzudrehen. Die Gelegenheit kam in der Gestalt Jack Hamiltons, der mit Unschuldsmiene Marguerite und Winterbourne in den Weg schlenderte.

Sofort nutzte Marguerite sie und sagte so laut, dass jedermann es hören konnte: „Ah, Jack! Da bist du ja! Mr. Winterbourne ... ich meine, Sir Blaise war so freundlich, mich zu dir zu begleiten. Ich habe Kopfschmerzen und wäre dir ungeheuer dankbar, wenn du mich nach Haus brächtest." Sie wandte sich Winterbourne zu. „Ich danke Ihnen, Sir, für Ihre Begleitung und das höchst informative Gespräch. Seien Sie versichert, dass ich es im Gedächtnis behalten werde. Gute Nacht."

„Der Beißer hat zugebissen", sagte Winterbourne.

Marguerite hielt seinem Blick stand und erwiderte: „Wie Sie sehen, Sir, bin ich eine gelehrige Schülerin."

Er verneigte sich und sagte glatt: „Das erleichtert mich enorm, Lady Rutherford."

Sie legte die Hand in Jacks Armbeuge und ließ sich vor Erleichterung seufzend von ihm fortbringen. Sie hätte schon vor Wochen Winterbourne die Stirn bieten müssen, statt zu versuchen, ihn zu meiden und ihm im Gedränge eleganter Feste Londoner Gastgeberinnen aus dem Weg zu gehen. Es zahlte sich nie aus, vor der eigenen Angst wegzulaufen. Und genau das war es, was sie getan hatte, sowohl bei Winterbourne als auch bei Marcus.

Jack hatte sie gezwungen, ihrem Elend in Bezug auf Marcus Ausdruck zu verleihen. Und sie hatte, indem sie das getan hatte, die Wahrheit entdeckt. Nachdem sie sich jetzt Winterbourne gestellt und es ihm mit gleicher Münze heimgezahlt hatte, kam es ihr nicht mehr länger so vor, als würde er ihr Leben beherrschen. Sie hatte immer noch Angst vor ihm, ängstigte sich jedoch nicht davor, Angst zu haben, ein Zustand, der sie gelähmt hatte.

Jack rief eine Droschke für sie, stieg zu ihr ein und plauderte freundlich mit ihr. Er kam nicht auf das früher geführte Gespräch zurück, und Marguerite fand, obwohl sie müde und etwas geistesabwesend war, seine Anwesenheit sehr tröstlich.

Zu Hause angekommen, schloss sie das Portal auf und sagte: „Möchtest du hereinkommen, Jack? Ich zweifle nicht daran, dass die Dienstboten im Bett sind, aber in der Bibliothek steht Cognac, falls du welchen möchtest."

Ein diskretes Hüsteln gab ihr zu verstehen, dass zumindest Delafield noch nicht im Bett war. „Guten Abend, Mylady, Mr. Hamilton. Kann ich Ihnen etwas bringen?"

„Oh Delafield, wie reizend", antwortete sie. „Ja. Für mich Tee, in die Bibliothek. Jack?"

„Cognac reicht", sagte er und ging Marguerite zur Tür voran.

Marcus hatte die Hand auf der Klinke, als er Stimmen aus der Bibliothek hörte. Er blieb wie angewurzelt stehen und lauschte. Entzückendes weibliches Gelächter – das war Marguerite – gefolgt von einer tieferen Stimme ... Großer Gott! Das konnte nicht sein! Bestimmt würde Jack nicht ... Hatte er sich so schlecht gegenüber Marguerite benommen, dass die Dinge bereits so weit fortgeschritten waren? Der Gedanke war wie ein Dolch, der ihm ins Herz gebohrt wurde. Einen Moment lang zögerte Marcus.

Und dann überkam ihn brennende, kochende Eifersucht. Er riss die Tür auf und ging in der Annahme, Marguerite und Jack einander in den Armen liegen zu sehen, in die Bibliothek. Stattdessen sah er ihn vor dem Kamin stehen, mit einem Cognacglas in der Hand, und sie am Sofatisch, wo sie sich aus einer sehr eleganten Kanne Tee einschenkte. Er musste zugeben, dass, wenn das eine Verführung war, sie mit keiner zu vergleichen war, bei der er beteiligt gewesen war. Cognac, ja. Aber Tee?

Ebenso wenig deutete die Reaktion der beiden Beteiligten an, dass sie über sein unerwartetes Erscheinen beunruhigt waren. Seine Frau – verdammt sollte sie sein – lächelte einfach und bot ihm Cognac an, den Jack einschenkte. Alles das diente nur dazu, ihn noch wütender zu machen.

Trotz der Tatsache, dass er nicht wirklich glaubte, die beiden hätten vorgehabt, ihn miteinander zu betrügen, sagte er kalt: „Ich wäre dir dankbar, Marguerite, wenn du dich diskreter aufführren würdest. Es gehört sich überhaupt nicht, zu dieser Stunde mit einem Mann allein zu sein."

Marguerite schwieg, während ihr die Röte in die Wangen stieg und wieder verschwand, sodass sie eigenartig weiß war. Eine Weile hielt sie Marcus' Blick stand. Ihre Augen drückten den Schmerz aus, den er ihr beigebracht hatte. Er konnte nicht sprechen. Das Entsetzen darüber, dass er etwas so Abscheuliches zu ihr gesagt hatte, machte ihn sprachlos. Wie ungeheuer brutal er gewesen war! Und sie sah aus, als hätte er sie geschlagen! Zum Teufel, was stimmte in der letzten Zeit nicht mehr mit ihm? Er konnte sich nicht erinnern, je so lange hintereinander derart schlecht gelaunt gewesen zu sein. Das musste aufhören!

Schließlich durchbrach Marguerite das Schweigen: „Zweifellos beunruhigt mein Mangel an Diskretion dich mehr als meine angebliche Untreue."

Marcus wusste nicht recht, was er erwidern solle, doch Jack enthob ihn der Mühe: „Warum nimmst du deinen Tee nicht nach oben mit und lässt mich mit Marcus reden? Es war nett von dir, mir angeboten zu haben, mit mir zu warten, doch da er jetzt da ist, musst du keine Skrupel haben, ob du hinaufgehen sollst oder nicht. Gute Nacht, meine Liebe."

Marcus errötete. Wenn er den erstarrten Ausdruck des Schmerzes in ihrer Miene sah, dann konnte auch Jack das. Zweifellos versuchte Jack in seiner ritterlichen Art, Marguerite zu beschützen. Vor ihrem Mann! Er war beschämt, weil sein bester Freund denken konnte, Marguerite müsse vor ihm beschützt werden. Plötzlich empfand er ungeheure Erleichterung darüber, dass sie Jack hatte, an den sie sich in ihrem Elend wenden konnte. Aber genug war genug. Er musste sie schließlich beruhigen, konnte sie nicht in der Annahme gehen lassen, er habe sie für fähig gehalten, ihn zu betrügen.

Er ging geradewegs zu ihr und nahm das Teegedeck an sich. „Ich bitte um Entschuldigung, Marguerite. Das war infam von mir. Und ganz unberechtigt." Er betrachtete sie eingehend. „Du siehst erschöpft aus. Geh zu Bett, meine Liebe. Ich sehe dich morgen früh." Sie nickte und streckte, wieder ganz die ruhige Lady Rutherford, die ihn im letzten Monat in die Schranken gewiesen hatte, die Hand nach dem Teegedeck aus. Er zuckte zusammen. Unvoreingenommen hatte sie die Entschuldigung akzeptiert, aber sie wirkte verkrampft und angespannt. Sie würde ihre Barrieren nicht wieder willig beiseiteräumen. Und vor Jack konnte er eine Entscheidung nicht erzwingen.

Daher unterdrückte er den Drang, sie in die Arme zu ziehen und sie so zu küssen, dass sie nachgab, und lächelte. „Ich halte das für dich."

Er begleitete sie zur Tür, machte sie für sie auf und händigte ihr dann das Teegedeck aus. „Gute Nacht, Marguerite."

Er neigte sich zu ihr und küsste sie sacht auf die Wange.

Schockiert riss sie die Augen auf, hob instinktiv die Hand und ließ sie auf der geküssten Stelle verweilen. Die Geste war ebenso enthüllend wie der plötzliche Ausdrucks des Verletztseins in ihren Augen. Marcus hatte das Gefühl, ihm werde unerbittlich ein eisernes Band ums Herz gelegt. War das alles, was er hatte tun müssen? Konnte das wirklich so einfach sein? Hatte er ihr nur ein bisschen Zärtlichkeit bekunden müssen, um ihren Widerstand zu durchbrechen?

„Gute Nacht, Ma…Marcus." Ihre Stimme hatte nicht lauter als ein Flüstern geklungen, und dann war sie fort.

Marcus wappnete sich innerlich, schloss hinter ihr die Tür und drehte sich zu Jack um.

„Also gut. Du musst es nicht sagen. Ich habe euch beide umfassend beleidigt. Deine Intelligenz! Unsere Freundschaft! Marguerites Tugend! Nenn du es beim Namen. Ich habe es beleidigt!"

„Du hast deine Intelligenz vergessen", erwiderte Jack freundlich. „Ich hätte nicht gedacht, dass du wirklich ein solcher Narr sein kannst! Du bist wirklich ein Idiot, Marcus!"

Marcus stöhnte auf und sagte: „Um Gottes willen, gib mir den Cognac! Was hat dich zu dieser Stunde hergeführt? Ich akzeptiere, dass es nicht Marguerites Reize waren."

„Ich habe sie von Almack's herbegleitet", antwortete Jack. „Da du jetzt da bist … es gibt etwas, das ich dir sagen will. Dich eigentlich fragen will."

„Hm?" Marcus trank einen belebenden Schluck Cognac. Er nahm an, Jack wolle ihm sagen, wie sehr er sich zum Narren mache.

„Warum hat Marguerite solche Angst vor Winterbourne? Hast du sie vor ihm gewarnt, oder hat Diana das getan? Falls du das getan haben solltest, dann meine ich, dass du die Sache ein bisschen übertrieben hast. Das arme Kind hat eine Heidenangst vor ihm. Und du würdest doch bestimmt nicht wagen …"

„Was?" Marcus ließ praktisch das Cognacglas fallen. „Hat sie dir gesagt, dass sie vor Winterbourne Angst hat?"

„Das musste sie mir nicht sagen, Marcus", antwortete Jack. „Das ist offenkundig, und zwar jedes Mal, wenn er sich ihr nähert oder mit ihr tanzt. Zumindest für mich. Wahrscheinlich wäre es das auch für dich … das heißt, wenn du je da wärst."

Marcus wurde übel. „Er hat mit ihr getanzt? Und sie hat das zugelassen?"

„Wie hätte sie sich weigern können?", fragte

Jack sachlich. „Wenngleich ich denke, er sorgt dafür, dass sie nicht imstande ist, das zu tun, ohne Aufsehen zu erregen. Heute Abend ist es ihr gelungen, ihn in seine Schranken zu weisen. Dadurch war es mir möglich, sie nach Hause zu bringen. Und ich hasse es zu sagen, aber Winterbournes Aufmerksamkeiten fallen auf. Diese Cousine von Marguerite tut ihr Bestes, um jedermanns Aufmerksamkeit darauf zu lenken."

„Dieser Bastard!", platzte Marcus heraus. „Ich schwöre, ich bringe ihn um! Das darf nicht weitergehen, Jack. Ich würde es vorziehen, wenn Marguerite nie erfährt, was ich dir jetzt anvertraue." Er berichtete ihm kurz, was in der Hochzeitsnacht passiert war, und setzte zum Schluss hinzu: „Ich habe ihn laufen lassen, weil ich das Risiko für zu groß hielt, dass Marguerite in einen Skandal verwickelt wird."

„Er hat versucht, sie zu vergewaltigen?" Aus Jacks Stimme hatte Entsetzen geklungen.

„War verdammt nahe dran", antwortete Marcus und erschauerte bei dem Gedanken, wie nahe dran.

„Mein Gott!", sagte Jack. „Es ist ein Wunder, dass sie durch die seelische Belastung nicht zusammengebrochen ist! Zum Teufel, warum hat sie dir nichts von seinen Nachstellungen berichtet?"

„Weil ich ihr eingeprägt habe, dass sie und ich

ein getrenntes Leben führen werden, und uns nicht gegenseitig zu ärgern hätten. Und genau das haben wir getan. Aber ab sofort nicht mehr."

„Nun, dafür sei Gott gedankt!", äußerte Jack erleichtert. „Ihr beide wart lange genug miteinander verkracht. Es hat mich ziemlich deprimiert zu sehen, welchen Pfusch ihr aus eurer Ehe macht." Nachdenklich fügte er hinzu: „Aber mir hat die Einmischung etwas zu tun gegeben."

Verwundert fragte sich Marguerite, wieso Marcus bei ihr im Bett lag. Bedeutete das, dass er zu ihr gekommen war, um seine ehelichen Rechte einzufordern, und nur zu rücksichtsvoll gewesen war, um sie zu wecken? Plötzlich erinnerte sie sich an ihren Traum, in dem Winterbourne sich verwandelt hatte oder, genauer gesagt, von Marcus vertrieben worden war. War das ein Traum gewesen? Oder hatte Marcus sie gehört? Sie wusste, dass sie in den vergangenen Wochen mehrfach weinend aufgewacht war.

Marcus schlug die Augen auf und bereitete dadurch Marguerites Überlegungen ein Ende. Warm und zärtlich lächelte Marcus sie an. Es war ein wundervolles, einladendes Lächeln. „Ich bin ein verdammter Narr, Marguerite", flüsterte er. „Kannst du mir verzeihen?" Der Arm, der um ihre Taille lag, drückte fester zu, und sie wurde fest an Marcus gezogen.

Willig ließ sie es geschehen. „Dir verzeihen? Oh Marcus, es tut mir so leid!“ Tränen kullerten ihr über die Wangen. „All die schrecklichen Dinge, die ich zu dir sagte, habe ich überhaupt nicht so gemeint!“

Er küsste ihr die Tränen fort und äußerte in einem leichten Ton, der den starken Ausdruck der Zärtlichkeit in seinen Augen Lügen strafte: „Hast du nicht? Nun, du hättest, weil ich das alles verdient habe.“ Und dann wurden er und Marguerite von Leidenschaft überkommen und alle langatmigen Entschuldigungen überflüssig.

Als sie erwachte, war sie allein, und auf ihrem Kopfkissen lag ein Zettel:

Liebe Marguerite,
ich muss mich heute Morgen um etwas kümmern. Das wird nicht lange dauern. Danach könnte ich dich, wenn du möchtest, zu einer Ausfahrt oder einem Spaziergang in den Park mitnehmen. Was mich erinnert: Wir haben noch kein Reitpferd für dich besorgt oder eine passende Kutsche, falls du selbst kutschieren möchtest.
Marcus.

Glücklich seufzend setzte Marguerite sich auf und schwang die Beine aus dem Bett. Nur um sogleich einen schwindelerregenden Übelkeitsanfall zu haben. In ihrer Freude, sich mit Marcus versöhnt zu haben, hatte sie ganz vergessen, behutsam und langsam aufzustehen, zu läuten und dann gleich wieder ins Bett zu gehen, ehe die Übelkeit sie vollkommen überkam. Verzweifelt stürzte sie zum Waschtisch und erbrach sich ausgiebig.

Sie kam sich ziemlich hässlich vor und ganz und gar nicht wie die verführerische Sirene, die ungefähr eine Stunde früher ihrem Mann so intensives Vergnügen bereitet hatte und genauso intensiv von ihm Vergnügen verschafft bekommen hatte. Sie läutete, kehrte ins Bett zurück und wartete auf Lucy.

Hoffnungsvoll dachte sie, dass jetzt, nachdem Marcus und sie wieder miteinander schliefen, die Albträume aufhören würden. Sie war sicher, dass die Übelkeit sich nur einstellte, weil sie nicht genug Schlaf bekommen hatte.

Es stellte sich heraus, dass das einer von ihren schlimmsten Vormittagen war. Die Tasse Tee half nur teilweise, und der Gedanke ans Frühstück widerte sie an.

An diesem Vormittag blätterte Marcus nur mit erstauntem Blinzeln über die unerheblichen Beträge die Rechnungen durch, die Marguerite ihm gegeben hatte. Trotz der Ermunterung durch Diana hatte sie sehr wenig für sich ausgegeben. Außer bei Buchhandlung Hatchard's, wie er verlegen grinsend feststellte. Die von dort stammende Rechnung veranlasste ihn, die Augenbrauen ein bisschen hochzuziehen.

Er wusste bereits, dass sie sorgfältig ein Auge auf die Haushaltsausgaben hatte. Kein Zweifel, Großonkel Samuel wäre jetzt stolz auf sie.

Nachdem Marcus schließlich sichergestellt hatte, dass er alle Rechnungen des vergangenen Monats geprüft hatte, erteilte er seinem Sekretär die Anweisung, sie zu begleichen, und befahl, man solle seine Karriole vorfahren.

Eine Stunde später kehrte er federnden Schritts mit einem eigenartig geformten Päckchen unter dem Arm zurück und machte sich auf die Suche nach Marguerite. Delafield informierte ihn, er glaube, sie sei im Salon.

Beim Betreten des Salons glaubte er, entweder habe Delafield sich geirrt oder Marguerite den Raum bereits verlassen. Auf den ersten Blick schien das Zimmer leer zu sein. Marcus wollte schon hinausgehen, als ihm etwas Merkwürdiges auffiel. Der zinnoberrote Vorhang am Piedestaltisch war verschoben. Überrascht ging Marcus nachsehen.

Und fand Marguerite besinnungslos hinter dem Tisch liegen, halb bedeckt von dem Vorhang. Ihr Gesicht war schneeweiß. Einen Moment lang war

Marcus vor Schreck wie erstarrt. Dann ließ er mit halb ersticktem Aufstöhnen das Päckchen auf den Tisch fallen, hockte sich neben sie und hob sie auf die Arme. Mühelos trug er sie zum Sofa und legte sie so vorsichtig darauf ab, als sei sie zerbrechlich.

Ihre Hand reibend, sagte er: „Marguerite, Schätzchen. Was stimmt nicht? Marguerite!"

Flatternd öffneten sich ihre Lider. „Wo ... was ist passiert?" Sie sah vollkommen benommen aus, und ihr Blick war nicht klar.

„Ist mit dir alles in Ordnung, Marguerite?" Tröstend drückte Marcus sie an seine Schulter.

„J-aaa. Ich habe mich so komisch gefühlt ... und dann ... Ich habe zum Fenster hinausgesehen und mich dann umgedreht und am Tisch festgehalten ..." Sie hatte sehr verwundert geklungen.

„Du musst ohnmächtig geworden sein", erwiderte Marcus beunruhigt. Er fand, sie bekäme einfach nicht genug Schlaf. Und was war mit den Albträumen? „Marguerite ..." Er war sehr unschlüssig. Schließlich hatten sie beide soeben erst ihre Differenzen behoben ... zumindest hoffte er das. „Wie viel Schlaf hast du gehabt, Marguerite? Hattest du wieder Albträume, abgesehen von dem Albtraum, den du gestern Nacht hattest?"

„Jede Nacht", flüsterte sie und erschauerte unwillkürlich.

Beschützend hielt er sie noch fester. Gequält schloss Marcus die Augen bei dem Gedanken, dass sie allein und verstört aufwachte, nicht fähig, Trost suchend zu ihm zu kommen. „In der Nacht, als du zu mir gekommen bist …“

„Ja. Das war der erste.“ Sie fing leise zu weinen an. „Ich habe versucht, das zu ertragen, Marcus. Aber am Ende hatte ich solche Angst davor, einzuschlafen, dass ich einfach versucht habe, es so gut wie möglich zu vermeiden. Habe das Nachhausekommen hinausgezögert … gelesen … alles, alles, nur nicht schlafen …“

„Von nun an wirst du in meinem Bett schlafen“, sagte er ruhig. Sie regte sich in seinen Armen. „Nein, widersprich mir nicht. Es gibt nichts, weswegen du dich schämen müsstest. Wäre ich an dem Morgen kein so verdammter Narr gewesen, wäre das nicht passiert. Mehr noch, hätte ich keinen so schweren Kopf gehabt und klarer denken können, als ich in jener Nacht heraufkam, wäre ich einfach zu dir ins Bett gekommen. Stattdessen bin ich in die Bibliothek zurückgegangen und habe eine verdammt unbequeme Nacht auf dem Sofa verbracht!“

Marguerite drehte sich halb um und schaute Marcus an. „Du hast … was?“ Verblüffung und Ungläubigkeit hatten aus ihrer Stimme gesprochen. Alle ihre Tränen waren versiegt.

Beschämt nickte er. „Ich habe dir gesagt, dass ich ein verdammter Narr war. Ich hatte tagelang einen steifen Hals!“

„Du meinst, du bist nicht … Du hast mich einfach denken lassen …“

Er nickte wieder. „Du siehst also, ich habe alle die Dinge, die du zu mir gesagt hast, verdient. Wenn auch nicht ganz aus den Gründen, aus denen ich sie deiner Meinung nach verdient hatte.“

Eine Weile saßen beide still da, bis Marcus sich des vergessenen Päckchens entsann und es holte.

Mit schelmischen Lächeln sagte er: „Ich habe hier etwas für dich, meine Süße.“

Klopfenden Herzens starrte sie ihn an. Er hatte etwas für sie, für *Marguerite*. Mit zitternden Händen nahm sie das Päckchen an sich und wickelte es auf dem Schoß aus. Die Verpackung fiel ab, und benommen starrte Marguerite auf eine silberne Teekanne.

Sie blickte Marcus in die Augen und äußerte spröde: „Aber wir haben eine Menge Teekannen …“ Vor Rührung brach ihr die Stimme.

Auch seine Stimme klang belegt, als er erwiderte: „Aber diese Teekanne ist für dich, Marguerite. Nur für dich.“

Die Tränen schossen ihr in die Augen. „Für Marguerite? Nicht für Lady Rutherford?“, flüsterte sie. Und wurde rot. Er musste denken, dass sie den Verstand verloren hatte.

Aber aufstöhnend zog er sie mitsamt ihrer Teekanne in die Arme, und sagte harsch: „Sie ist für Marguerite, von Marcus.“ Sie spürte seine Lippen an ihrem Haar, seine warmen, harten Arme, die sie sicher geborgen hielten. Sie war nur für sie, für Marguerite, von Marcus. Nicht etwas, von dem der Earl of Rutherford dachte, seine Countess müsse es haben, um einen guten Eindruck zu machen. Sie würde sich nicht länger hinter dieser Maske verstecken müssen.

Als habe er ihre Gedanken erraten, sagte er: „Lady Rutherford mag der Gesellschaft so viel Sand in die Augen streuen, wie sie will, aber ich will Marguerite." Er hielt sie auf Armeslänge von sich und schaute ihr tief in die Augen.

„Oh Marcus! Ich …" Der Liebesschwall, der ihr das Herz erfüllte, brachte es fast zum Bersten. Die Worte waren fast ausgesprochen worden, als sie sich erinnerte. Marcus wollte nicht lieben. Und er hatte trotz allem, was er geäußert hatte, nicht gesagt, er liebe sie. Sie schluckte die restlichen Worte herunter. Er war wieder ihr Freund – und nur in einer Hinsicht ihr Liebhaber.

„Marguerite?" Seine Finger hatten sich fester um ihre Schultern geschlossen. Sein Blick bohrte sich in ihren.

Sie zwang sich zu lächeln. „Dann … dann sind wir wieder Freunde?"

Marcus zwang sich seinerseits zu einem Lächeln. „Freunde." Er zog Marguerite erneut in die Arme und starrte verzweifelt über ihren Kopf. Freunde. Einen Moment lang hatte er gedacht, gehofft, sie liebe ihn. Aber sie hatte sich zurückgezogen. Wie er das ebenfalls tun musste. Es war zu früh, ihr zu sagen, wie gern er sie hatte. Das musste er ihr erst zeigen, ihr Vertrauen wiedergewinnen.

Verspätet entsann er sich, dass er eine Ausfahrt in den Park vorgeschlagen hatte, und erinnerte Marguerite daran.

„Genau das Richtige, um wieder Farbe in deine Wangen zu bringen“, sagte er nachdrücklich und wischte damit Marguerites Einwand beiseite, sich überhaupt nicht danach zu fühlen. „Frische Luft wird dir guttun“, fuhr er beharrlich fort. „Wir fahren zum Park. Wenn wir Burnet mitnehmen, kann er sich um die Pferde kümmern, derweil wir einen gemächlichen Spaziergang machen.“

Marguerite widersprach nicht länger. Der Gedanke, dass Marcus außerhalb des Betts Zeit mit ihr verbringen wollte, war zu wundervoll, um wahr zu sein. Sie schwor sich, dieses Mal nichts zu tun, wodurch das ihr zuteil gewordene Glück zerstört würde. Es war zu zerbrechlich.

15. KAPITEL

Nach einer halben Stunde in Marcus' Karriole bereute Marguerite zutiefst, dass sie ihre Bedenken, an diesem Vormittag die Anstrengungen einer Kutschfahrt auf sich zu nehmen, nicht ernster genommen hatte. Das Geschaukel der Kutsche auf dem Kopfsteinpflaster erzeugte ihr schreckliche Übelkeit. Ihr Magen reagierte sehr empfindlich darauf, und sie hatte ein kaltes, klammes Gefühl. Entschlossen biss sie die Zähne zusammen und versuchte, an etwas anderes zu denken, an irgendetwas. Gott sei Dank hielt Marcus den Blick auf die Pferde gerichtet und bemerkte nicht, dass etwas nicht stimmte. Wenn man doch nur den Park erreichte, damit sie aussteigen konnte!

Schließlich konnte sie, als man in den Park einfuhr, sich nicht länger beherrschen und sagte keuchend: „Marcus … halt an! Bitte! Ich muss aussteigen …"

Er schaute sie an und fluchte. Sie war grasgrün

im Gesicht. Direkt hinter seiner Barouche war eine andere. Er konnte unmöglich mitten im Einfahrtstor anhalten. Verzweifelt fuhr er weiter und lenkte das Gespann zur Seite.

Ehe er auch nur den Mund hatte aufmachen können, hatte Burnet die Halteriemen losgelassen und war vom Tritt gesprungen, um Ihrer Ladyschaft beim Aussteigen behilflich zu sein. Aber Marguerite war noch schneller gewesen. Die Hufe der Pferde bewegten sich noch, als sie schon auf der Allee stand und sich heftig erbrach.

Im Nu war Marcus bei ihr. „Marguerite! Warum hast du mir nicht gesagt, dass du dich so unwohl fühlst?“ Du lieber Gott, war sie wirklich krank? Steckte mehr dahinter als nur Mangel an Schlaf und Elend? Und sie hatte ihm nichts erzählt!

Sie erholte sich leicht und antwortete: „Oh Marcus! Es tut mir so leid ... vor allen Leuten!“

„Zum Teufel mit allen Leuten!“, erwiderte er zum ungeheuren Entzücken der Damen Castlereagh und Sefton, die in diesem Moment in einem Landauer vorbeifuhren. „Du bist es, um die ich mir Sorgen mache!“ Er zog sein Taschentuch hervor und wischte Marguerite sacht den Mund ab.

Wenngleich sie unübersehbar elend aussah, lächelte sie ihn strahlend an. „Es geht mir gleich besser. Aus irgendeinem Grund geht es mir nach dem Mittagessen immer viel besser.“

Ungläubig starrte Marcus sie an, während die Schlussfolgungen aus dem, was sie gesagt hatte, auf ihn einstürmten. Immer viel besser nach dem Mittagessen. Er konnte sich erinnern, dass seine Mutter auf die gleiche Weise betroffen gewesen war … als sie schwanger gewesen war!

„Wie … wie lange ist dir morgens schon übel, Marguerite?“, fragte er sehr ruhig.

Sie dachte sorgfältig nach. „Seit einigen Wochen, vielleicht drei.“

„Und du hast nicht daran gedacht, das vielleicht mir gegenüber zu erwähnen?“ Er konnte nicht glauben, dass sie ihm etwas von solcher Wichtigkeit nicht gesagt hatte. Auch wenn sie miteinander uneins gewesen waren. In seinen Jubel mischte sich das Gefühl der Beschämung darüber, dass sie ihm nichts erzählt hatte.

„Dir sagen, dass ich mich morgens ein bisschen schlecht gefühlt habe? Wieso?“ Sie war verwundert. Verspätet erinnerte sich Marcus. Ihrer Erfahrung nach waren Männer nie daran interessiert, wenn es einem schlecht ging. Samuel hatte sich nie mit ihr abgegeben, selbst dann nicht, als sie sich den Arm gebrochen hatte, und nun richtete sie den fragenden Blick auf Marcus. Sie wirkte nicht im Mindesten aufgeregt, nur verwundert. Verwundert, um Gottes willen!

Und er begriff, während sein Herz einen Sprung machte, das seine ahnungslose, unerfahrene Frau absolut keine Ahnung von der Bedeutung dieser Übelkeitsanfälle hatte. Dass sie nie jemanden gehabt hatte, der ihr diese Dinge erklärte, nie gedacht hatte, sie würde sie wissen müssen. Statt dass sie zu ihm gekommen war, vor Stolz über die Neuigkeit platzend, würde er ihr jetzt sagen müssen, dass sie wahrscheinlich schwanger war. Suchend schaute er sich nach Hilfe um und fing den wissenden Blick seines Lakaien auf.

„Hat meine alte Ma immer auf die gleiche Weise getroffen, jedes gesegnete Mal", sagte dieser Wackere in hilfreicher Gesinnung, und Marcus verspürte den Wunsch, ihm den Schädel einzuschlagen. „Für gewöhnlich legt sich das bald." Der Lakai schien überhaupt nicht überrascht zu sein.

„Vielen Dank, Burnet", erwiderte Marcus trocken und fragte sich, ob alle Mitglieder des Haushaltes, von ihm und Marguerite abgesehen, die Wahrheit kannten. Er hoffte zu Gott, dass sein Personal so diskret sein möge, wie er stets gedacht hatte. Falls ihrer beider Ahnungslosigkeit bekannt würde, würden Marguerite und er von ihrem gesamten Bekanntenkreis aufgezogen werden. Er verdrängte diese Gedanken. Jetzt musste er Marguerite nach Haus schaffen, vorzugsweise ohne ein weiteres Malheur.

„Ich glaube, meine Liebe, dass ich dich besser nach Haus bringe", sagte er so zurückhaltend wie möglich. Er sehnte sich danach, vor Freude zu explodieren. Ein Kind! Sein Kind! Marguerites Kind! Er scherte sich keinen Pfifferling darum, ob es ein Junge oder ein Mädchen sein würde!

„Ein Baby?“ Marguerite meinte, den Ohren nicht trauen zu können. „Du glaubst, ich bekomme ein Kind?“

Marcus nickte. „Weißt du, das ist sehr wahrscheinlich, Schätzchen. Es ist das übliche Ergebnis, wenn man zusammen im Bett war ... oder“, er grinste, „auch in der Badewanne.“

Marguerite wäre errötet, wäre sie nicht bereits rot gewesen. Nachdem Marcus mit ihr in die Bibliothek marschiert war und es ihr auf dem Sofa bequem gemacht hatte, hatte er ihr zu einem Thema, von dem sie nicht im Traum gedacht hätte, ein Mann würde irgendetwas darüber wissen, eine Reihe höchst peinlicher, intimer Fragen gestellt.

Er hatte sie tatsächlich gefragt, wann sie zum letzten Mal ihre Regel gehabt habe. Nachdem er gehört hatte, das sei vor der Hochzeit gewesen, hatte er wissen wollen, wie lange vorher. Aufgeregt über diese sehr persönliche Frage hatte Marguerite sich eine Ewigkeit lang den Kopf zermartern müssen, ehe ihr eingefallen war, dass das vierzehn Tage vorher gewesen war. Und als ob das noch nicht genug gewesen wäre, hatte Marcus sie tatsächlich gefragt, ob sie ihre Tage im Allgemeinen regelmäßig habe.

Nachdem sie ihn verlegend murmelnd informiert hatte, dem sei so, hatte er ihr sehr weich gesagt, er meine, sie bekäme ein Baby.

Ein Baby. Ein eigenes Baby. Marcus' Baby. Verblüfft schweigend saß sie da und war vor Freude, die ihr Herz erfüllte, nicht fähig, einen Laut hervorzubringen. Sie würde ein Baby haben, das sie lieben konnte. Jemanden, der sie lieben, von ihr abhängig sein würde. Jemanden, der *sie* brauchte. Und Marcus hatte ihr dieses unbezahlbare Geschenk gemacht.

Besorgt über ihr langes Schweigen sagte er sehr weich: „Marguerite." Woran dachte sie? Fürchtete sie sich vor dem, was vor ihr lag? Geburt? Plötzlich hatte er Angst. Frauen starben im Kindbett … oft … so wie seine Mutter. Bei der Erinnerung verkrampfte sich ihm der Magen. Was war, wenn er Marguerite verlor? Entschlossen verdrängte er den Gedanken.

„Ist mit dir alles in Ordnung, Marguerite?" Sie war so still und hatte den Kopf gesenkt. Er legte ihr die Hand unters Kinn und drückte sacht ihren Kopf in den Nacken. Und dann sah er einen so strahlend freudigen Ausdruck in ihren blaugrauen Augen, dass bei diesem Anblick seine Angst zu schwinden begann.

„In Ordnung?" Marguerite hatte atemlos geklungen. „In Ordnung? Oh Marcus! Danke!" Sie schlang die Arme um ihn und drückte ihn an sich. Er hielt sie fest, streichelte ihr verführerisch und aufreizend den Nacken und spürte, wie sie erzitterte. Er fragte sich, ob nicht er sich bei ihr bedanken müsse. Nichts, rein gar nichts, entsprach in dieser Ehe seinen Erwartungen.

Marguerite war glücklich, derweil sie sich zum Abendessen ankleidete. Sie bekam ein Baby, und sie würde Marcus beim Dinner sehen.

„Bis zum Dinner, meine Süße", hatte er gesagt.

Das Kosewort hatte sie sicher im Herzen verschlossen. Es war ein Puffer gegen jeden nur möglichen Kummer. Sie würde Marcus sehen. Selbst wenn das über die fünfzig Fuß lange, auf Hochglanz polierte Platte eines Mahagonitisches der Fall war. Also gut, zwanzig Fuß. Aber im Hinblick auf die Unterhaltung, die man bei dieser Länge führen konnte, hätten es ebenso gut fünfzig sein können. Trotzdem, wenn Marcus es so vorzog … Es war schließlich sein Haus, und Marguerite hatte versprochen, ihn nicht zu ärgern.

Viel glücklicher, als sie seit Wochen gewesen war, schwebte sie zum Dinner hinunter. Marcus erwartete sie in der Bibliothek und lächelte liebevoll, als sie hereinkam. Ihr Herz machte einen wilden Freudensprung, als er zu ihr kam und sie zärtlich küsste.

„Hast du gut geschlafen?“, fragte er, während er sie losließ.

„Oh ja“, antwortete sie und rieb ihre Wange an seiner Schulter.

Er war erfreut. Sie sah so viel besser aus, weniger blass und angegriffen. Und aus ihren Augen war der gehetzte Ausdruck verschwunden, den er in der letzten Zeit in ihnen gesehen hatte. Sie war wieder die vertrauensvolle, zutrauliche Frau, die er geheiratet hatte. Er wusste nicht, wodurch er sich diesen Segen verdient hatte, aber verdammt wollte er sein, wenn er ihn wieder gefährdete.

Und er wollte definitiv nicht wieder das Risiko eingehen, sie noch einmal mit Winterbourne zusammenkommen zu lassen. Was ihn vor ein Problem stellte. Er musste unbedingt nach Yorkshire reisen und einige der Verbesserungen, die er veranlasst hatte, in Augenschein nehmen. Und er war definitiv nicht willens, Marguerite in London allein zu lassen. Aber wie würde sie die Reise überstehen, wenn sie sich unwohl fühlte?

Während er sie ins Esszimmer geleitete, fragte er: „Was hältst du von einer Reise nach Yorkshire?“

Marguerites Blick richtete sich auf seinen. „Du würdest mich mitnehmen?“

Er wäre fast gestorben. Sie konnte immer noch annehmen, er würde sie zurücklassen? Nach dem, was sie ihm erzählt hatte?

Da Delafield im Korridor war, konnte Marcus nichts anderes tun, als ihre kleine, auf seinem Arm liegende Hand zu drücken und zu antworten: „Ich werde dich selbstverständlich mitnehmen. Wir werden in einer Berline oder in meiner Karriole in kurzen Etappen reisen, ganz deinen Vorstellungen entsprechend. Und wir werden so oft, wie du möchtest, anhalten. Ich muss nach Yorkshire, um einige Dinge zu kontrollieren, aber es besteht kein Grund zur Eile. Wir brechen auf, wenn du glaubst, du schaffst es, aber nicht früher."

Er wollte sie bei sich haben. Es dauerte einen Moment, bis Marguerite vollends begriffen hatte, dass er nicht ohne sie sein wollte, nicht einmal für kurze Zeit. Das Herz ging ihr über. Bestimmt konnte sie, selbst wenn er sie nie so lieben würde, wie sie ihn liebte, mit dem glücklich sein, was sie jetzt hatte.

Nach dem Essen, als das Geschirr abgeräumt war und die Lakaien fortgeschickt worden waren, winkte Marcus zu Marguerites Überraschung Delafield zu sich und sagte: „Nach dem Sie jetzt Ihrer Herrin demonstriert haben, dass das Personal imstande ist, ein formelles Dinner zu servieren, frage ich Sie, ob Sie es wohl für möglich halten, dass das Abendessen, wenn meine Gattin und ich allein oder im kleinen Kreis speisen, in der Bibliothek serviert werden könnte." Das hatte er mit dem freundlichsten Lächeln gesagt, doch der gebieterische Unterton in seiner Stimme war unverkennbar gewesen.

Delafield wirkte schockiert. „Was sich für einen Junggesellenhaushalt eignet, Mylord, kann für Mylady nicht in Ordnung sein ..."

„Mylady würde es vorziehen, nicht mehr über zwanzig Fuß Mahagoni hinweg schreien zu müssen, um eine schlichte Bemerkung zu mir zu machen", erwiderte Marcus unnachgiebig. „Sie wissen, was Shakespeare sagt: ‚Ihre Stimme war immer sanft, süß und leise, eine Zierde für eine Frau'. Ich finde, Delafield, wir sollten uns, wo es geht, die Vorzüge Ihrer Herrin bewahren."

In dem Bemühen, das Kichern zu unterdrücken, hätte Marguerite sich fast mit der Serviette erstickt. Herr und Diener richteten sofort die Aufmerksamkeit auf sie.

„Ich bitte um Entschuldigung, Marguerite", sagte Marcus. „Ich hoffe, das findet deine Billigung."

Sie nickte, den unteren Teil des Gesichtes immer noch hinter der Serviette verborgen. Ihre Augen glänzten belustigt. Es war so wunderbar, ihren zärtlichen, fürsorglichen Marcus zurückzuhaben. Imstande zu sein, miteinander zu scherzen und ... das Bett zu teilen.

„Gut. Nimm dein Weinglas mit. Wir gehen in die Bibliothek." Marcus stand auf und hielt Marguerite mit sehr anzüglichem Lächeln den Arm hin. Mit einem Lächeln, das andeutete, er sei zufrieden darüber, wieder das Bett mit ihr zu teilen. Errötend ging sie zu ihm und legte die Hand in seine Armbeuge.

Beim Verlassen des Raums fühlte sie sich bemüßigt zu fragen: „Warum müssen Frauen den Raum verlassen, damit die Herren ihren Wein austrinken können?"

Marcus grinste, während er von Delafield, der die Tür aufhielt, einen warnenden Blick auffing. „Die Tradition verlangt, meine Liebe, dass die Herren beim Wein sitzen und sich … äh … Geschichten etwas zweifelhaften Inhalts erzählen sollen … wenn du verstehst, was ich meine."

Äußerst zufrieden bemerkte er, dass seine Frau hochrot wurde.

„Oh", äußerte sie matt.

Prompt nutzte er seinen Vorteil. „Natürlich hat es offenkundige Vorteile, mit seiner Gattin allein zu dinieren", verkündete er in weltmännischem Ton, während er seinen Blick anerkennend auf ihrem tiefen Dekolleté ruhen ließ.

„Hat es das?" Sie war sich nur einer Sache sicher. Er würde etwas absolut Unerhörtes sagen.

„Hm! Ich ziehe es immer vor, solchen Geschichten Taten folgen zu lassen!"

Während Marguerite an einem sehr schönen Tag im Spätfrühling, eingewickelt in mehrere Kaschmirschals, einen warmen Ziegelstein unter den Füßen, in der Bibliothek von Rutherford House vor dem im Kamin lodernden Feuer saß, fragte sie sich, ob sie weitere sieben Monate dieser beinahe tödlichen Langeweile ertragen könne. Sie zog ernsthaft in Betracht, Marcus zu sagen, alles sei falscher Alarm gewesen, und sie hätte doch ihre Monatsregel gehabt. Mrs. Crouch zufolge würde es eine Weile dauern, bis man ihr die Schwangerschaft ansah. Vielleicht hatte er sich bis dahin etwas beruhigt und würde von seiner übertriebenen Fürsorge absehen.

Selbst wieder im selben Bett mit ihm zu schlafen, machte sie verrückt, weil er sie nicht anfasste! Nicht seit der Nacht, in der er Delafield aufgetragen hatte, das Dinner in der Bibliothek zu servieren. Nachdem er ihr nach dem Essen eine Reihe von, wie sie vermutete, relativ zahmen Geschichten erzählt hatte, war sie von ihm vor dem Kamin auf dem Fußboden der Bibliothek verführt worden, und seit diesem Augenblick hatte er sich benommen, als habe er ein Keuschheitsgelübde abgelegt! Er bekam fast einen Anfall, wenn sie auch nur nieste, und es war ihr nicht erlaubt gewesen, in der vergangenen Woche auch nur an einem Fest teilzunehmen. Er hatte bekannt gegeben, sie sei indisponiert und nicht fähig, jemanden zu sehen. Und unglücklicherweise weilte Diana seit einigen Tagen nicht in der Stadt.

Verständlicherweise war Marguerite zu schüchtern gewesen, um irgendjemandem zu erzählen, dass sie schwanger war. Aber im Hinblick auf Marcus' Überreaktion musste sie etwas unternehmen! Was der Grund dafür war, weshalb sie seinen Plan für ihren Vormittag still hingenommen hatte: Däumchen zu drehen, vor dem Kamin zu sitzen und nichts zu tun, außer auf Diana zu warten, die am vergangenen Abend zurückgekommen war. In dem Moment, da Marcus ihr den Rücken zudrehte, hatte sie rasch eine Nachricht gekritzelt und einen der Lakaien damit fortgeschickt.

Marcus' Reaktion auf ihre Schwangerschaft war etwas seltsam. Zuerst hatte Marguerite nicht daran gezweifelt, dass er hocherfreut war. Er hatte jedoch zunehmend beunruhigt ausgesehen. Sie hatte ihn dabei ertappt, dass er sie anschaute, als sei er eines grässlichen Verbrechens schuldig. Und als sie ihn schließlich gefragt hatte, ob etwas nicht in Ordnung sei, hatte er gelogen. Schlecht.

Und er verhätschelte sie zu Tode. Schickte sie früh zu Bett. Bestand darauf, dass sie lange im Bett blieb, was in Ordnung gewesen wäre, hätte er sich ihr angeschlossen. Aber der elende Mann kam erst lange, nachdem sie eingeschlafen war, ins Bett und war unweigerlich aufgestanden, wenn sie wach wurde. Im Allgemeinen wachte sie auf und stellte fest, dass er ihr, nachdem er schamlos im Nachthemd Lucy an der Schlafzimmertür abgefangen hatte, eine Tasse Tee gebracht hatte.

In Anbetracht seines Benehmens konnte sie keinen Zweifel an seiner Besorgnis haben, konnte nicht daran zweifeln, dass er sie gernhatte. Aber sie konnte seine eiserne Kontrolle nicht durchbrechen. Und sie war nicht ganz sicher, was sie dagegen unternehmen könnte. Oder ob sie überhaupt etwas dagegen unternehmen sollte. Vielleicht befürchtete er, das Kind könne, wenn er mit ihr schlief, Schaden nehmen. Nachdem sie von ihm erfahren hatte, dass sie schwanger war, war sie nicht mehr bereit, ihm gegenüber noch mehr Unkenntnis ihrer Körperfunktionen einzugestehen.

Also – wenn im Zweifel, dann frag einen Experten. Diana hatte vier gesunde, lebhafte Kinder, und das machte sie zur nahe liegenden Wahl.

Unangemeldet rauschte Diana in die Bibliothek. „Du meine Güte, Marguerite! Bist du wirklich krank? Hier kommt man vor Hitze um!“

Mit scharfem Blick erfasste sie, während sie sich neben der Schwägerin auf das Sofa setzte, die vielen Schals und den Ausdruck der Resignation in Marguerites schweißüberströmtem Gesicht. „Was ist bloß los? Weißt du, meine Liebe, wenn dir ein bisschen warm ist, dann würde ich auf einen dieser Schals verzichten. Oder vielleicht auf fünf."

Marguerite zögerte einen Moment und erwiderte dann kühn: „Marcus scheint zu glauben, dass ich schwanger bin."

„Marcus! Zum Teufel, was versteht er davon?", fragte Diana.

„Nun, er weiß ganz bestimmt mehr darüber als ich!", gestand Marguerite beschämt und erzählte Diana, was passiert war.

Zu ihrer immerwährenden Ehre war es Diana gelungen, bis zum Ende von Marguerites Bericht ein ernstes Gesicht zu wahren.

„Du hast dich erbrochen?" Ihre Miene drückte Erstaunen aus, während sie ihre Schwägerin anschaute. „Im Hyde Park?"

„Auf der Allee."

„Während der Morgenausfahrt?"

Marguerite nickte.

Zuerst war es nur ein Zucken der Mundwinkel, das sich schnell zu einem breiten Grinsen entwickelte. Schließlich gab Diana den ungleichen Kampf auf und brach in helles Gelächter aus. Marguerite, die die ganze Woche mit einem Ehemann, der bedrückter Stimmung gewesen war, eingepfercht gewesen war, fiel von Herzen in das Gelächter ein.

„Oje!", äußerte Diana, als sie wieder sprechen

konnte. „Ich hätte zu gern Marcus' Gesicht gesehen! Seine Hochwohlgeboren, der Earl of Rutherford! Wie ungeheuer komisch! Warum musste ich bloß fort sein? Aber sag mir, warum er so betroffen aussieht. Ich habe ihn aus der Kutsche gesehen, als ich herkam, und er wirkte überhaupt nicht glücklich. Und warum in aller Welt sitzt du hier an einem so schönen Tag bis unter die Nasenspitze eingewickelt vor dem Kaminfeuer? Ist dir übel?"

„Jetzt nicht", antwortete Marguerite. „Am Spätvormittag geht es mir immer gut. Und warum ich hier sitze? Marcus lässt nicht zu, dass ich auch nur den Fuß aus dem Haus setze. Ich denke, zuerst war er entzückt, doch jetzt scheint er ... ich weiß nicht ... erfreut, aber ... verärgert zu sein."

„Oh!" Diana schwieg einige Augenblicke. „Maman. Daran habe ich nicht gedacht."

„Pardon?"

„Maman. Unsere Mutter", antwortete Diana bedächtig. „Hat er dir nie etwas über sie erzählt?"

Marguerite schüttelte den Kopf. Was in aller Welt konnte ihre Schwiegermutter damit zu tun haben?

Diana erzählte es ihr. „Maman ist im Kindbett gestorben, als ich zwanzig und Marcus fünfzehn war. Nein. Er würde dir das nicht sagen. Blöde Frage. Er redet nie viel über Maman. Ihr Tod hat ihn niedergeschmettert, und die Reaktion unseres Vaters war nicht hilfreich. Weißt du, Papa hat sich und seinem Wunsch die Schuld gegeben, noch mehr Kinder haben zu wollen. Er hat den Rest seines Lebens damit zugebracht, in seinen Schuldgefühlen zu baden. Was albern war, weil Maman das Kind ebenso sehr gewollt hatte wie er." Sie seufzte und fuhr dann fort: „Daher stirbt Marcus, obwohl er zweifellos in einer Hinsicht auf Wolken schwebt, vor Angst, du könntest dasselbe Schicksal erleiden. Zumindest nehme ich an, dass da das Problem ist. Und das erklärt gewiss seine übergroße Fürsorglichkeit. Bei den ersten Malen, als ich schwanger war, hat er mich praktisch wahnsinnig gemacht. Daher hasse ich den Gedanken, mir vorzustellen, was er in Bezug auf dich fühlt."

Der Gedanke, sterben zu können, war Marguerite noch gar nicht gekommen. Sie war bei dem Gedanken, ein Baby zu bekommen, so aufgeregt gewesen, dass die damit verbundenen Risiken ihr nicht bewusst geworden waren. Sie hatte einfach gedacht, Marcus sei besorgt, weil ihr dauernd übel war.

Sie schluckte schwer, wandte sich Diana zu und erwiderte: „Aber denkst du …"

„Was ich denke, ist, dass Marcus sich zum Narren macht! So, und nun werde diese lächerlichen Schals los und unternimm mit mir einen Spaziergang im Park. Für dich wird es viel besser sein, wenn du aktiv und gesund bleibst. Ich gebe dir mein Wort darauf, dass das Kinderkriegen viel Energie verlangt, und wenn du in den nächsten Monaten einfach herumsitzt und dir Sorgen über Marcus' Verhalten machst, dann wirst du verrückt. Komm schon, ich kann dir alles darüber beim Spaziergang erzählen."

„Da ist noch etwas anderes, Diana." Marguerite wollte diese Frage definitiv nicht unterwegs zum oder im Park stellen. „Ist es sicher ... miteinander zu schlafen, wenn man schwanger ist?"

Diana starrte sie einfach nur an. „Ob es sicher ist? Warum sollte es das denn nicht sein?"

Marguerite errötete. Vielleicht war Marcus einfach nicht interessiert, hatte sie überhaupt nur gewollt, weil er einen Sohn haben wollte. „Ich habe nur gedacht ... nun ... Marcus will mich nicht anrühren!"

„Marcus ist der größte Idiot, den ich kenne!", sagte die Schwester des abwesenden Earls unumwunden." Sie unterließ es, Marguerite zu informieren, dass er ganz bestimmt wusste, dass keine Gefahr damit verbunden war, eine Schwangere zu lieben.

Stattdessen begnügte Diana sich mit praktischen Vorschlägen. „Also, das ist es, was du tun solltest ..." Und sie begann, der Schwägerin einen skandalös detaillierten Rat zu geben, der einen sehr verruchten Ausdruck in Marguerites Augen und ein noch verruchteres Lächeln um ihre Lippen hervorrief.

„Das müsste Marcus befriedigen!“, fügte sie zum Schluss zuversichtlich hinzu.

Lady Rutherford fand, daran könne kein Zweifel bestehen.

16. KAPITEL

Mittels einer äußerst verschlagenen Befragung der Dienstboten hatte Marguerite sichergestellt, dass Marcus am späten Nachmittag, wenn sie angeblich sicher im Bett lag, sein Bad nehmen würde. Zweifellos hatte er gedacht, äußerst klug zu sein.

Ihre Schwägerin war ein Quell der Informationen und Ratschläge über die Schwangerschaft, die Geburt und Babys gewesen. Mit Kleinkindern hatte Diana sich nicht befasst. „Dafür ist noch Zeit genug. Das sind unausstehliche kleine Engel. Darüber sprechen wir, wenn es so weit ist." Und: „Sobald dir nicht mehr so übel ist, Marguerite, überrede Marcus dazu, dich nach Alston Court zu bringen. Frische Luft und angenehme Spaziergänge auf dem Land werden für dich viel besser sein als die Stadt ... Er will sowieso mit dir hin? Nach der Reise nach Yorkshire? Hm! Zumindest beweist er, dass er zu einigen vernünftigen Gedanken fähig ist!“

Marguerite war sich vorgekommen, als würde eine liebevolle Mutter oder eine ältere Schwester ihr beim Spaziergang Ratschläge erteilen.

„Natürlich sterben Frauen bei der Geburt, meine Liebe. Das kann ich nicht leugnen. Aber es ist Unsinn, sich jetzt deswegen Sorgen zu machen. Du kannst nichts dagegen tun, außer so gesund und glücklich zu bleiben, wie du bist. Ammen sind vielleicht en vogue, aber natürlich stillst du dein Baby selbst. Marcus wird das nicht stören, und es ist das herrlichste Gefühl, das du dir vorstellen kannst!“ Und später: „Natürlich komme ich zu deiner Niederkunft nach Alston Court …“ Diana hatte innegehalten, weil Marguerite sie erstaunt angestarrt hatte. „Nun, nur, wenn du das möchtest …“

„Wenn ich das möchte?“ Tränen hatten in Marguerites Augen geschimmert. Das Einzige, was ihr wirklich Angst gemacht hatte, war der Gedanke, die Tortur ohne Mutter oder Schwester überstehen zu müssen. Der Gedanke, Cousine Henrietta könnte bei der Geburt dabei sein, war unerträglich. „Würdest du wirklich kommen? Oh Diana!“

„Natürlich komme ich!“, hatte Diana indigniert erwidert. „Jetzt wisch dir die Augen aus. Du kannst unmöglich mitten im Hyde Park weinen. Es war schon unerhört genug, dich hier zu übergeben!“ Dann fügte sie in inspiriertem Ton hinzu:

„Weißt du, meine Liebe, an deiner Stelle würde ich die nette, vernünftige Mrs. Barlow, von der du mir erzählt hast, aus Yorkshire holen. Ich bin sicher, dass Marcus das für einen guten Einfall halten wird."

Jetzt klammerte Marguerite sich, während sie einschlief, an den Gedanken, dass Diana sie behandelte, als gehöre sie wirklich zur Familie. Flüchtig dachte sie an die Gefahren des Kinderkriegens. Diana hatte recht: Sie sollte sich darauf konzentrieren, glücklich und gesund zu bleiben. Und Diana hatte versprochen, taktvoll ein Wort mit Marcus zu reden. Jedenfalls taktvoll für Diana. Daher schlief Marguerite zufrieden in dem Wissen ein, dass Lucy fest versprochen hatte, sie um vier Uhr zu wecken.

Marguerite lag sicher in Marcus' Arme gekuschelt und fragte sich verträumt, ob sie beide aufstehen und sich fürs Abendessen anziehen sollten. Es war ein so hübsches Gefühl, einfach dazuliegen und Marcus' harten, warmen Körper an ihrem zu fühlen, seine Hände, die sacht und geschickt ihre Schulter streichelten, und hin und wieder seine Lippen, die ihr einen leichten Kuss aufs immer noch feuchte Haar drückten.

Sie hatte mit ihm gebadet und war zärtlich abgetrocknet worden. Danach waren sie in seinem Bett gelandet und hatten sich geliebt. Und nun lagen sie in einer so zärtlich intimen Stimmung beieinander, die ihr fast das Herz brach. In Augenblicken wie diesem war es so leicht, sich einzureden, dass er sie liebte, und zu wissen, dass sie ihn liebte … Die Worte brachten ihr fast das Herz zum Bersten, weil es sie drängte, sie auszusprechen. Sie hielt sie jedoch zurück, weil sie nicht wünschte, das zerbrechliche Glück des Augenblicks zu zerstören. Stattdessen wandte sie Marcus leicht das Gesicht zu und drückte einen Kuss auf seine Brust. Sie genoss das Gefühl des Gegensatzes zwischen der glatten Haut und den darunterliegenden harten Muskeln. Sie atmete tief den warmen Moschusgeruch seines Körpers ein.

Seine Arme schlossen sich fester um sie, und sie vernahm ein weiches, tiefes Aufstöhnen. Und dann, in einem unbeschreiblich zärtlichem Ton: „Marguerite, liebste, reizendste Marguerite. Mein kleiner Liebling …“

Sie konnte es nicht ertragen. Die Koseworte bohrten sich ihr wie ein Pfeilhagel ins Herz. Einen Augenblick lang erstarrte sie einfach und versuchte, den Schmerz zu ignorieren, aber es war unmöglich, noch länger zu heucheln. Ihre Augen füllten sich mit Tränen des Kummers, die ihr über die Wangen fluteten. „Nicht … bitte, Marcus … sag das nicht“, flüsterte sie.

Die Worte rissen ihm fast das Herz aus dem

Leib. Es war zu spät, wie er verzweifelt feststellte, während er sacht ihren Kopf zu sich herumdrehte. Marguerite wollte seine Liebe nicht. Er hatte ihr zu wehgetan, sie mit seinem widersprüchlichen Benehmen verwirrt. Als er ihre in Tränen schwimmenden Augen und ihren bebenden Mund sah, erwachte Hoffnung in ihm. „Sag das nicht?", wiederholte er. „Warum nicht, mein Liebling?"

Mit tränenumflortem Blick sah sie ihn an. „Ich kann es nicht ertragen", antwortete sie gebrochen. „Nicht ... wenn du mich nicht liebst." Oh Gott! Was hatte sie gesagt? Er wollte ihre Liebe nicht. Niemand hatte je ihre Liebe gewollt. Wie betäubt wartete sie auf die unvermeidliche Zurückweisung und darauf, dass er ihr rücksichtsvoll sagte, er könne sie nicht lieben und es täte ihm leid, aber er habe sie nur gern. Durch seine Freundlichkeit würde das die schlimmste aller Zurückweisungen sein.

„Dann liebst du mich, Marguerite?" Seine Stimme war kaum zu erkennen gewesen, weil sie so emotionsgeladen geklungen hatte.

„Ja", flüsterte Marguerite. „Es tut mir leid, Marcus ... ich kann nichts dafür." Sie versuchte, sich ihm zu entziehen, merkte jedoch, dass sie von ihm zurückgezogen und an ihn gedrückt wurde. Dann küsste er ihr die Tränen fort.

„Ich denke, dann müssen wir unser Abkommen neu verhandeln, mein Täubchen", sagte er erschüttert. „Etwas in der Art von ‚ein Herz für ein Herz'. Meins gehörte dir schon seit Langem, selbst wenn ich zu stolz war, das zuzugeben und dich um deins zu bitten. Wie ich das jetzt tue."

Vor Freude floss das Herz ihr über. „Oh Marcus", äußerte sie schluchzend. „Es hat dir immer gehört. Als du mich batest, dich zu heiraten, wusste ich, dass ich dich lieben werde. Du warst immer so freundlich zu mir, hast dich um mich gekümmert, mich aber nie bemitleidet. Selbst als du mir angeboten hast, mich zu heiraten, hast du mir einen Handel zwischen Gleichberechtigten angeboten. Früher haben die Leute mich entweder immer verachtet oder bemitleidet. Du warst der Einzige, der mich je akzeptiert und keinen Anstoß an meinen Eltern genommen hat."

„Und du hast mir das nie erzählt." Sacht küsste Marcus seine Gattin. „Unseres dummen Abkommens wegen. Und weil ich dich ausgeschlossen habe."

Sie schüttelte den Kopf. „Nein. Nicht nur das. Ich war ohnehin zu verängstigt. Weißt du, als ich nach Yorkshire reiste, dachte ich, Cousine Euphemia und Cousin Samuel hätten nach mir geschickt, weil ihnen etwas an mir lag. Aber sie … sie mochten mich nicht. Und haben mir gesagt, ich sei eine Schande. Also … konnte ich … ich dir das nicht erzählen. Warum in aller Welt würdest ausgerechnet du mich lieben wollen? Niemand sonst tat das."

„Weil ich ohne dich nicht leben kann, Marguerite", erwiderte Marcus leidenschaftlich, neigte sich zu ihr und gab ihr einen hingebungsvollen Kuss.

Marguerite fand, eine Galanacht in den Gärten von Vauxhall sei immer sehr erfreulich. Sie war schon mehrere Male in Gesellschaft von Diana und Toby dort gewesen, die ihre Anwesenheit bei Festen als gegebene Tatsache ansahen. Bei diesen Anlässen war Jack Hamilton ihr Begleiter gewesen. Er sah gut aus, war nett und las ihr jeden Wunsch von den Lippen ab. Er war ein Begleiter, auf den jede Frau stolz gewesen wäre. Aber nichts konnte sich mit dem Entzücken messen, in Gesellschaft ihres geliebten und viel zu beschützerischen Manns durch den Park zu wandern. Es sei denn, sie tanzte Walzer mit ihm.

Ihr auf ihn gerichteter Blick leuchtete vor Liebe, und er musste all seine Selbstbeherrschung zusammennehmen, um sich nicht zu ihr zu neigen und der Verlockung ihrer weichen, halb geöffneten Lippen nachzugeben. Er zog sie noch näher an sich. Er war sich bewusst, dass eine ganze Reihe von Leuten ihn und Marguerite mit Empörung oder Belustigung beobachteten. Nichts hätte weniger von Bedeutung für ihn sein können. Marguerite war die Seine! Und er wollte, dass die ganze Welt das wusste!

Und in einigen Tagen würde er sie ganz für sich allein haben. Mit ihrer morgendlichen Übelkeit war es so sehr viel besser geworden, da sie jetzt genügend Schlaf bekam. Nun konnte man nach Yorkshire aufbrechen. Danach würde er sie gleich nach Alston Court bringen. Der Gedanke, sie an dem Ort zu sehen, den er immer als Heim betrachtet hatte, wärmte ihm das Herz. Sie hatte nie ein richtiges Heim gehabt, eins, das voller Liebe und Glück gewesen wäre. Und in den letzten Jahren hatte er tief im Innern gewusst, dass Alston Court nach einer Herrin schrie, damit es wieder das glückliche Heim wurde, das es zu Lebzeiten seiner Mutter gewesen war. Marguerite dort zu sehen würde endlich auch diesen Geist der Vergangenheit begraben.

Marcus warf einen Blick auf Marguerite und sah, dass sie ihre Augen auf ihn gerichtet hatte. Das war die echte Marguerite – warm, hingebungsvoll, lebenssprühend. Die Maske war für immer verschwunden. Gott sei Dank, dass er endlich den Verstand und den Mut gehabt hatte, das Glück, das man ihm anbot, zu akzeptieren.

„Ich liebe dich, Schätzchen“, murmelte er.

„Ich … ich …“ Die Stimme ließ sie restlos im Stich. Ungeachtet der Tatsache, dass er in der letzten Woche keine einzige Gelegenheit ausgelassen hatte, um ihr zu sagen, wie sehr er sie liebte, schmolz sie noch immer dahin. Sie brachte kein Wort über die Lippen, aber der Ausdruck ihrer Augen, in denen plötzlich Tränen schimmerten, sagte Marcus genug.

„Zeit, sich zum Abendessen zu den anderen zu gesellen“, sagte Jack, nachdem er sich bei Marcus und Marguerite eingefunden hatte. Er würde versuchen müssen, Marcus unter vier Augen zu sehen, um die Warnung, die Lady Hartleigh ausgesprochen hatte, an ihn weiterzugeben. Lady Hartleigh hatte gesagt, Marcus solle auf seine Frau achtgeben. Winterbourne halte sich zwar im Moment nicht in der Stadt auf, aber wenn er zurück sei … Lady Hartleigh habe einige Dinge über Lady Rutherford und Blaise Winterbourne gehört, die sie beunruhigten. Sowohl er als auch Henrietta Fellowes hätten vor, Lady Rutherford etwas Böses anzutun.

Es hatte keinen Sinn, Marguerite zu alarmieren. Nicht in ihrem Zustand. Jack ging mit ihr und Marcus in den Pavillon, den der Freund für den Abend gemietet hatte. Dort fand er es jedoch unmöglich, seinem Gastgeber etwas ins Ohr zu raunen. Und nach dem Abendessen bestand Lady Grafton, die aus Bath gekommen war, darauf, dass ihr Neffe sie bei einem kurzen Spaziergang begleitete und dann mit ihr das Feuerwerk ansah.

Es war wundervoll. Marguerite, die es nie leid

wurde, ein Feuerwerk zu sehen, war vollkommen bezaubert. Sie stellte jedoch fest, dass es viel ermüdender war, so lange still zu stehen, als wenn sie sich bewegte. Sir Toby lud sie zu einem Spaziergang ein.

In den Gärten gab es unzählige Wege, die von weitaus mehr als dreißigtausend Lampen erhellt wurden. Marguerite und Sir Toby schlenderten auf und ab und trafen dabei wenige andere Paare.

Während man sich in gemütlichem Schweigen erging, dachte Marguerite über ihr neues Glück nach. In der seit ihrer beider Versöhnung verstrichenen Woche waren Marcus und sie mehr und mehr zu vollem Einvernehmen gelangt. Endlich konnte sie begreifen, warum er so verwirrt gewesen war. Sogar dann, als er sich in sie verliebt hatte, hatte es ihm widerstrebt, ihr das zu sagen. Das Abkommen war für sie beide nur ein Vorwand gewesen. Er hatte seine Ängste und seinen Schmerz über den Verlust der Mutter hinter den Bedingungen verborgen, Marguerite hingegen hatte es benutzt, um ihre Angst, zurückgewiesen zu werden, zu verbergen.

Nun war die Heuchelei beendet, und sie hatten die Freiheit, sich die Wahrheit einzugestehen. Dass sie sich liebten und das angebotene Glück mit beiden Händen ergreifen würden.

Marguerite wurde in die Wirklichkeit zurückgerissen, als hörbar ihr Strumpfband riss. „Oh, verflixt!“, sagte sie, weil ihr Seidenstrumpf herunterrutschte. Sie schaute Sir Toby an. „Mein Strumpfband … es ist gerissen. Würde es dich stören … Könntest du …“

„Oh, gewiss, meine Liebe“, antwortete er fröhlich. „Ich husche rasch um die Ecke und warte dort auf dich.“ Er verneigte sich galant und entfernte sich.

Marguerite kämpfte etliche Augenblicke lang mit dem Strumpfband, ehe sie beschloss, die Sache aufzugeben, und das lästige Ding zusammen mit dem Strumpf ins Ridikül zu stopfen.

Genau in dem Moment, als sie sich aufrichtete, hörte sie Sir Blaise Winterbourne amüsiert äußern: „Das kommt mir äußerst gelegen. Ein Gegenstand weniger, den ich Ihnen ausziehen muss. Und ich muss nicht einmal Carlton, diesen Trottel, ablenken.“

Marguerite drehte sich um und sah Winterbournes grausamen Blick auf sich gerichtet. Der Schock machte sie einen Moment lang sprachlos, und dann wollte sie schreien.

Sir Blaise war zu schnell. Blitzschnell hatte er ihr bereits einen Arm auf den Rücken gedreht, während er ihr mit der anderen Hand gnadenlos den Mund zuhielt. Sie konnte nichts tun, als er sie zwang, mit ihm zu gehen. Der Schmerz in ihrem Arm machte sie schwindelig. Sie bemerkte kaum, dass das Perlenarmband, das sie getragen hatte, aufgegangen und zu Boden gefallen war.

„Glauben Sie nicht, dass Ihr Mann dieses Mal imstande sein wird, Sie zu retten, meine Liebe“, sagte Winterbourne spöttisch. „Er befindet sich am anderen Ende des Parks. Und selbst wenn Sie ihm erzählen, dass Sie nicht freiwillig mit mir gegangen sind, wird unsere liebe Cousine Henrietta aller Welt versichern, dass sie uns beide wie ein äußerst glückliches Paar durch das Tor zum Fluss hat gehen sehen. Sie begreifen also, dass Ihr Ruf sowieso ruiniert ist. Bleibt nur abzuwarten, ob Sie den Namen Ihres Gatten in den Schmutz zerren oder sich ruhig in Ihr Los schicken wollen.“

Marguerite empfand lähmende Angst. Neulich bei Almack's hatte sie recht gehabt. Zweifellos würde Henrietta entzückt sein, wenn der gute Ruf ihrer Nichte ruiniert war und sie sagen konnte: „Wie die Mutter, so die Tochter!“ Und wenn Marcus, da er die Wahrheit kannte, ihr beistand, dann würde auch sein guter Ruf ruiniert sein. Marguerite bezweifelte keinen Moment lang, dass er ihr beistehen würde.

Die Schmerzen im Arm wurden stärker, weil Sir Blaise ihn aus Freude über seinen Triumph noch weiter verdrehte. Man war in einen leeren Teil des Geländes gelangt. Sir Blaise drehte Marguerites Kopf zu sich und zerrte sie brutal an sich. Sie hatte keinen Zweifel daran, dass er sie vergewaltigen wollte, doch plötzlich verwandelten sich ihre Angst und ihr Schmerz in lodernde Wut. Sie würde sich ihm nicht willenlos fügen und zulassen, dass er Marcus' Ruf und ihren zerstörte. Wütend fing sie zu zappeln an. Sie sträubte sich, trat Winterbourne auf die Füße und schlug ihn.

Er hielt ihre Hand fest und lachte. „Wenn Sie schreien, meine Liebe, wird unsere Cousine schwören, dass Sie freiwillig mitgekommen sind. Vergessen Sie das nicht"

Und dann fiel Marguerite etwas ein. Agnes Barlow hatte Nellie Bates einmal erzählt, wie man mit einem Verehrer umsprang, der zu dreist wurde. Marguerite konnte sich beim besten Willen nicht vorstellen, welchen Nutzen das haben sollte, aber Agnes hatte sehr sicher gewirkt.

Sie riss das Knie hoch und rammte es Winterbourne in den Schritt. Sehr hart.

Nach etwa zehn Minuten wunderte sich Sir Toby, wie lange seine Schwägerin brauchte, um ein zerrissenes Strumpfband zu reparieren. Er suchte sie, sah sie nicht und erschrak, als er ihr halb im Gebüsch verborgenes Ridikül bemerkte. Er machte es auf, und darin waren tatsächlich ein seidener Strumpf und ein daraufliegender zerrissener Strumpfhalter.

Und dann sah Sir Toby noch etwas. Fluchend rannte er darauf zu. Marguerite mochte ihr Ridikül fallen gelassen und es vergessen haben, aber dieses Armband hätte sie nie liegen lassen. Ohne zu zögern stürmte er zu den Pavillons zurück.

„Sie hat was gesagt?" Nach der von Jack erhaltenen Information war Marcus kreidebleich geworden. Er kam sich wie jemand vor, dem man das Herz aus dem Leib gerissen hatte. Verzweifelt schaute er sich um und fragte mit bebender Stimme: „Wo ist Marguerite?"

„Beruhige dich", antwortete Jack. „Sie ist mit Toby zusammen. Er ist sehr gut imstande, auf sie achtzugeben. Und Lady Hartleigh hat gesagt, dass Winterbourne nicht mehr …"

„Mr. Hamilton!"

Jack und Marcus drehten sich zu ihr um.

Lady Hartleigh ergriff Mr. Hamilton am Arm. „Winterbourne ist hier? Haben Sie …?" Sie warf einen Blick auf Rutherfords Gesicht. „Sie haben. Er hat kurz mit Henrietta Fellowes geredet und ist dann hinter Lady Rutherford und Carlton hergegangen. Sie beeilen sich besser. Diese Hündin sah aus, als hätte man ihr einen saftigen Knochen gegeben."

Marcus war weg. Er rannte in die von Toby und Marguerite vor einer halben Stunde eingeschlagene Richtung. Ihn entsetzte der Gedanke, Winterbourne könnte versuchen, Marguerite zu entführen. Die Wut, die er in der Hochzeitsnacht empfunden hatte, war nichts im Vergleich zu der, die er jetzt spürte. Damals hatte er Marguerite kaum gekannt. Jetzt war sie die Seine, das Kostbarste in seinem Leben. Dieses Mal würde keine Angst vor einem Skandal Winterbourne retten. Er würde ihn umbringen, falls Winterbourne die Hände auf Marguerite legte!

Schwach wurde er sich bewusst, dass Jack mit ihm kam. Er lief langsamer. Man befand sich bei der Kreuzung der beiden Hauptalleen und hatte keine Ahnung, wohin man sich wenden sollte.

„Das ist verrückt, Marcus!“, rief Jack aus. „Marguerite ist bei Toby sicher genug. Er würde sie nie allein lassen …“

Abrupt hielt er inne, als ein Schrei der Erleichterung an seine Ohren drang.

„Gott sei Dank!“ Toby rannte auf ihn und Marcus zu. Keuchend hielt er an. „Marguerite ist verschwunden. Strumpfband riss. Daher habe ich mich entfernt, damit sie das regeln konnte. Wisst ihr, nur um die Ecke. Kam zurück und fand das!“ Er hielt das Ridikül und das zerbrochene Armband hoch.

Mit zitternder Hand nahm Marcus die Gegenstände an sich.

Verstört schaute er Jack an. „Winterbourne. Dieses Mal bringe ich ihn um.“

„Was?“ Sir Toby war ziemlich verblüfft. In den

zwanzig Jahren, die er Marcus kannte, hatte er ihn nie so erlebt. Er hatte nie vermutet, Marcus könne so tiefe Gefühle haben.

„Wo warst du, Toby?“ Marcus zwang sich, logisch zu handeln. Er konnte Marguerite nicht helfen, wenn er im Kreis herumrannte.

„Folgt mir.“

Mit befriedigender Wucht spürte Marguerite ihr Knie in Winterbournes Schritt krachen. Und starrte ihn ob des Ergebnisses verblüfft an.

Er ließ die Hände sinken, krümmte sich keuchend und stöhnend und brach zu einem zuckenden, vor Schmerz winselnden Haufen zusammen.

In Gedanken hörte Marguerite Agnes Barlows Stimme: „Das macht ihn fertig und gibt dir die Zeit zum Wegrennen.“

Blindlings rannte Marguerite los. Sie hatte keine Ahnung, wohin sie genau rannte, wusste jedoch, wo sie sein wollte: bei Marcus … seine Arme um sich fühlend, ihr die Angst nehmend, sicher und geborgen seiend. Sie hatte jedoch kaum mehr als ein Dutzend Schritte gemacht, als sie gegen eine Mauer stieß.

Eine seltsame Mauer mit Armen, die sich um sie schlangen, und mit einer Stimme. Und die Mauer sagte in brechendem Ton: „Marguerite! Oh, Gott sei Dank! Bist du in Sicherheit?“

Sie hatte sich nie sicherer gefühlt. Und Jack und

Toby waren auch da, tätschelten ihr die Schultern und beruhigten sie.

Zuerst hatte Marcus das Gefühl, nichts anderes sei von Bedeutung als die Tatsache, Marguerite, die offenbar unverletzt war, sicher in den Armen zu halten. Fest drückte er sie an sich und schmiegte, als sie sich an ihn klammerte, die Wange an ihr Haar. Sacht streichelte und beschwichtigte er sie, bis er merkte, dass ihr Zittern nachließ und sie sich entspannte. Dann erübrigte er einen Blick auf Winterbourne, der sich immer noch vor Schmerzen auf der Erde krümmte. Schwach wurde er sich bewusst, dass er überrascht war, überrascht darüber, nicht das mindeste Mitleid für einen Mann in dieser Lage zu empfinden.

Dann überkam ihn Wut. Er suchte Jacks Blick und sagte: „Kümmere dich an meiner Stelle um Marguerite, Jack. Es gibt etwas, das ich zu erledigen habe." Sehr sanft drückte er sie dem Freund in die Arme und fuhr fort: „Bleib bei ihm, mein Liebling." Er suchte Jacks Blick. „Versuch zu verhindern, dass sie zusieht."

Dann ging er zu dem ächzenden Winterbourne.

„Steht auf, du Schwein!", brüllte er ihn an. „Dieses Mal bekommst du von mir, was du verdient hast."

Winterbourne blieb, wo er war.

Marcus wartete einen Moment und sagte dann scharf: „Geh zu den Kutschen, Toby, und leih dir eine Peitsche. Falls jemand dich fragt, was du damit tun willst, richte ihm meine besten Empfehlungen aus und sag ihm, dass ich sie brauche, um Winterbourne auszupeitschen, der zu feige ist, aufzustehen und sich mir zu stellen. Er hat nur genügend Mut, um eine Frau anzugreifen!"

Schwankend kam Winterbourne auf die Füße, die Hände noch immer auf den Schritt pressend. „Denken Sie ... Skandal", äußerte er keuchend.

„Ihr Skandal", erwiderte Marcus. „Es gibt genügend Zeugen, Lady Hartleigh inklusive, die beweisen können, dass Sie meine Frau angegriffen haben! Und wenn Sie Ihren Mund trotzdem nicht halten, bleibt mir nichts anderes übrig, als Ihnen eine Kugel zu verpassen! Ich glaube nicht, dass in den Augen des Gesetzes und der Gesellschaft mein Verhalten unverzeihlich sein wird. Das können Sie Henrietta Fellowes mit meinen besten Empfehlungen ausrichten."

Er wartete einen Moment und weidete sich voller Genugtuung an Winterbournes Qualen.

„So", äußerte er dann mit zusammengebissenen Zähnen. „So, Winterbourne. Jetzt habe ich Ihnen etwas zu sagen."

Er versetzte ihm einen Schlag auf die Nase und einen Kinnhaken, durch den Winterbourne gegen einen Baum geschleudert wurde. Er folgte ihm, doch Winterbourne rutschte stöhnend zu Boden.

„Großer Gott! Was in aller Welt hat Rutherford

mit Winterbourne gemacht?“, fragte Lady Jersey entsetzt. Sie und ihr Begleiter starrten Marcus unverhohlen neugierig an.

„Wirklich, Rutherford! Glauben Sie, dass das ein passender Schauplatz dafür ist, um Ihren Streit mit Winterbourne auszutragen?“

„Guten Abend, Lady Jersey“, erwiderte Marcus sehr höflich. „Es ist nicht der Schauplatz, den ich mir ausgesucht hätte. Aber da Winterbourne ihn als passenden Schauplatz für eine versuchte Vergewaltigung ausgesucht hat, sind er und ich … nun, sagen wir, quitt.“

„Was?“ Lady Jerseys Blick flog zu Marguerite, die noch immer von Jack gestützt wurde. „Du lieber Gott! Ist mit Ihnen alles in Ordnung, Lady Rutherford?“

Nachdenklich sagte der Earl of Jersey: „Tut mir leid, Sie gestört zu haben, Rutherford. Falls Ihnen der Arm erlahmen sollte, lassen Sie es mich wissen. Wäre glücklich, es auch mal zu probieren.“

„Oh! Um Gottes willen! Was ist, falls jemand vorbeikommt? Das Letzte, was Lady Rutherford jetzt braucht, ist, dass jemand etwas von der Sache erfährt. Nicht dass jemand ihr die Schuld gegeben würde, aber wenn eine solche Geschichte bekannt wird … das wäre für die Ärmste unerträglich!“ Lady Jersey warf einen verächtlichen Blick auf Winterbourne. „Verlassen Sie sich darauf. Ich werde dafür sorgen, dass er von niemandem mehr empfangen wird." Ihr Blick glitzerte bösartig. „Ich werde nicht sagen müssen, warum nicht. Niemand wird mir Fragen stellen."

Niemand, am wenigsten Winterbourne, zweifelte an ihr. Ihr Wort war Gesetz. Wenn sie befand, dass Winterbourne nicht mehr empfangen werden könne, dann war er, was die Damen anging, erledigt.

„Ich kümmere mich um die Clubs", erbot sich Lord Jersey und besiegelte damit endgültig Winterbournes Ruin. „Besser, wenn Sie sich heraushalten, Rutherford. Jemand könnte die Wahrheit erraten. Überlassen Sie die Sache mir und Sally." Er reichte seiner Gattin den Arm. „Komm weiter, meine Liebe. Ehe ich mich versucht fühle, Rutherford dabei zu helfen, diesen Abschaum zur Hölle zu befördern." Er führte seine Gattin davon.

Angewidert rückte Marcus von Winterbourne ab und unterdrückte den Drang, Toby nach einer Reitpeitsche zu schicken. Lady Jersey hatte recht. Falls jemand vorbeikam …

„Können wir … können wir jetzt nach Haus, Marcus?"

Er drehte sich um, schaute Marguerite an und ging zu ihr. Er zog sie in die Arme. „Oh Gott, Marguerite! Wirst du nie etwas so tun, wie du das solltest? Ich habe mit einer eleganten Frau gerechnet, die bei den Schneiderinnen astronomisch hohe Rechnungen machen würde. Die einzige Rechnung, die du gemacht hast, kam von Hatchard! Ich dachte, ich wollte nur eine Zweckehe, und habe mich stattdessen in dich verliebt! Jetzt bin ich hergerannt, um dich zu retten, nur um festzustellen, dass du selbst dich gerettet hast!“ Fest drückte er Marguerite an sich.

„Stört es dich?“, fragte sie, während sie sich an ihn schmiegte.

Stören? Stören? Wie konnte es ihn stören, dass sein Leben auf den Kopf gestellt und sein Herz umgekrempelt wurde? Er hatte nicht gelebt, ehe er Marguerite getroffen hatte!

„Kein bisschen, mein Liebling“, antwortete er und drückte ihr einen Kuss aufs Haar.

Taktvoll wandten Jack und Toby den Blick ab. Der Blick des Letzteren fiel auf Winterbourne, der immer noch winselnd und zusammengesunken am Baum auf der Erde hockte und sich nur seines geschundenen Körpers bewusst war.

Toby schnaubte verächtlich. „Das stinkende Schwein! Hat nicht einmal versucht, sich zu wehren!“

„Nach dem, was Marguerite ihm angetan hat?“ Jack hatte leicht belustigt geklungen.

Sir Toby bewegte sich unbehaglich. „Ja. Nun. Weißt du, Jack, habe nie gedacht, dass ich das sagen würde. Aber der Bastard hat das verdient!“

Sieben Monate später betrachtete Marcus Langley, Earl of Rutherford, hingerissen seine blasse, erschöpfte Gattin, die seinen Sohn und Erben an die weiche Brust gedrückt hielt. Das Baby wimmerte und trank hungrig, während die Eltern sich anlächelten.

Er beugte sich vor und drückte sehr behutsam einen Kuss auf den Haarflaum des Babys.

Ein Flüstern drang an sein Ohr: „Ich liebe dich, Marcus …"

Das Herz schwoll ihm, als er sich straffte und beide ansah. Seine Gattin und seinen Sohn. Seine Familie. Jetzt war sein Glück vollkommen, und jeder Zuwachs würde zu seiner Erfüllung beitragen. Das war das Seltsame an der Liebe – es schien, nachdem er sich ihr ergeben hatte, keine Grenzen dafür zu geben, wie viel er geben … oder empfangen konnte.

– ENDE –